公元787年，唐封疆大吏马总集诸子精华，编著成《意林》一书6卷，流传至今
意林：始于公元787年，距今1200余年

意林®轻文库

轻小说 青春最美，梦想出发
中国式优质轻小说第一品牌

若你离去，
后会无期

妖/著

图书在版编目（CIP）数据

若你离去，后会无期 / 妖著 . -- 长春：吉林大学出版社，2016.11
（暖爱青春馆）
ISBN 978-7-5677-7932-7

Ⅰ . ①若… Ⅱ . ①妖… Ⅲ . ①短篇小说 - 小说集 - 中国 - 当代 Ⅳ . ① I247.7

中国版本图书馆 CIP 数据核字 (2016) 第 252504 号

若你离去，后会无期
Ruo Ni Liqu,Houhuiwuqi

著　者	妖
总策划	安　雅　张　星
责任编辑	邵宇彤
图书统筹	凉小葵
特约编辑	杨　宁
绘　图	君　翎
书籍装帧	胡静梅
美术编辑	王　春
开　本	700mm×1000mm　1/16
字　数	245 千字
印　张	12
版　次	2016 年 11 月第 1 版
印　次	2016 年 11 月第 1 次印刷

出　版	吉林大学出版社
发　行	吉林大学出版社
地　址	长春市明德路 501 号
	邮编：130021
电　话	发行部：0431-89580028/29
网　址	http://www.jlup.com.cn
经　销	全国各地新华书店
印　刷	河北鹏润印刷有限公司

书　号　　ISBN 978-7-5677-7932-7　　　　　　　　定价：22.80 元

版权所有　侵权必究
如发现印装质量问题，请与印务部联系退换，电话：010-51908584

序

回到梦开始的地方

在没有出这部作品合集前,我总是幻想着,有一天,当我可以出合集时,我一定要对我的读者们说许多许多话,我甚至在脑海里堆砌了长篇幅的华丽辞藻,可当我写这篇序言时,那些我竟什么也想不起来了。惭愧。

那大概就是我文章里常写的,千言万语在一躬,这种时刻,大都用于多年后重逢,历经千辛的一面,梦想成真的一刻。

我是最后一种。

作为一个写短篇起家的作者来说,最大的梦想不是写多少本长篇小说、有多大的名气,而是能出一本合集,是对爱护自己多年的读者们一个交代,也是给自己一个成全。

此刻,写下这些文字的时候,我想到的是好多年前的课堂上,别人在记笔记,我却不务正业地在课本的空白处写下脑子里灵光一闪的故事情节。

那时候我还在读高中,参加了一个当红杂志举行的文学比赛,有幸被主办方赏识,第一篇文章就被作为范文登到杂志上,那一年刚出道的我就收获了无数赞誉,来自读者、编辑的,文章期期被读者投票为第一,还在年度投票中拿了当年杂志新人王的称号,那时没有刷票机,我也没有亲友相助,每一票都是真心喜爱我文字的读者不含任何水分地投出来的,是我得到的最大的荣耀。可惜的是,那年的比赛在决出十强时,就没有下文也没有解释地突然结束了。

幸运的是,那场比赛给了我一个机会,让我真真正正走上了写作之路。

读书时代,我家条件并不好,甚至可以用清贫来形容,我没有电脑,没有零花钱,而且在学生时代,我捣鼓这些东西在父母眼里就是叛逆、不务正业,所以那时候我写的故事都是偷偷用笔一个字一个字地写在草稿纸上,写一篇,删删改改,鬼画符一样,只有我自己能看得懂,等完全删改完了,再工整地抄一遍定稿版。

然后我就趁着周末没课的时候去网吧,在一片吵闹声与烟雾缭绕的环境里对着电脑一个字一个字地将写好的文章打成文档,我的打字速度就是在那个时候练出来的,因为我打字的时间越短,所需的网费就越便宜,就可以省下钱去买杂志。你们看,我向来是个会过日子的人。

还记得当时我去的那个网吧,老板是个刚出校园的男生,去了几次后,他大约是知道我来网吧干吗的,后来就总把网吧最角落、最安静的位置留给我。

没有想到吧，最支持我写稿的，竟是一个默默无闻的网吧老板。

当年的我还是个沉默内向的少女，涩于表达感谢，而此刻，如果人真的有心灵感应，就算天涯陌路，我想我的感激之情他一定能感受得到。

写字这一路，遇到的恶意不少，所幸，遇到的善意一路相随。

慢慢地，我写得久了，也多了，文笔渐渐成熟，也有了自己的文风，故事内容也不局限于校园，我写古风仙侠、都市言情、悬疑科幻，得到的反响也都不错，常受到来自编辑的，说我多才多艺的夸赞。

可在我心里最最珍惜的，仍是最开始写的校园故事。

它们青涩朴实，却是我的初心。

快十年了啊，因为出道早，当年很多喜欢我文章的读者都比我大个一两岁，可以说，我的文字陪了他们近十年，他们也默默陪了我近十年。我们靠着文字的联系，路过彼此的整个青春年少，他们和我一起，从学生时代踏入社会，立业、成家，他们中的很多人都不再是看少女杂志的年纪了，却还是会偶尔通过QQ、微博找到我，问一声好，像老朋友一样。

几乎每一年，我总是会被读者问，什么时候出作品合集，他们想收藏。

每一年，我都会对他们说，等一等吧，总会有机会出的。

只要等，就能等到的。

我等到了，梦圆了，并且不算太晚。

感谢给我这个机遇的编辑。

感谢陪伴我成长的读者们。

感谢替我牵线的老朋友ZZ。

感谢这本合集的幕后制作者们。

梦想成真是什么感觉？其实从我拿到印有自己文字的杂志，到现在你们看到的这本合集，我一路都在经历着梦想成真，我真的真的好幸运啊！

最圆满不过。

最幸福不过。

妖
2016年深秋

目录
Contents

- 001　薄　秋
- 015　而我只有你
- 029　还　春
- 041　离人心上秋
- 055　你在北纬以南
- 067　若你离去，后会无期
- 079　桑　凉
- 091　盛世锦莲

目录

103　岁月如歌

117　听说马尔星球在下雨

129　有没有人遇见你

141　远　郡

155　走失在南半球的北极熊

167　你知道我在等你吗

薄秋

"薄秋回到溪水镇,春去秋回,一年又一年,奈何沧海桑田,物是人非,事事休。"

1

从这里去福川城有多远？

十岁的薄秋曾想要用一双脚丈量出这个距离，小小的足，从白天到黑夜，目之所及只有一条消失在山峦间的公路，在如墨的夜色中，看不到尽头。

初秋的夜，带着些许薄凉的风，竟也是这样寒冷。薄秋坐在路边的石块上，揉了揉灌铅似的腿，不甘心地咬咬唇，刚要继续走下去，衣角处却传来力道不大的拉扯。

"姐姐，天好黑，我们回去吧。"

薄秋有些恍惚地看着身边说话的男孩，只着单衣的小小身子缩在一起，冻得发红的鼻头上方缀着双水汪汪的大眼睛，此刻正带着祈求的目光看着她。

将记忆倒退，是天微亮的时候，她正准备离开，镇里小卖部顾老板家的小儿子就像现在这样，牵住了她的衣角，怎么也不愿放开。薄秋无奈之下，只有带着他，一同踏上去往福川城的"征途"。

一走，就是一天。

"姐姐？"童稚的声音又唤了唤她。

薄秋回神，摸了摸男孩的头，牵起小巧而冰冷的手。

"锦书，我们回家。"

还没走多久，就听见拖拉机轰隆隆的声音，强烈刺眼的灯光打过来，薄秋反射性地遮住了眼，就听见父亲叫着"死丫头，看我不扒了你的皮"以及小卖部顾老板一口一个"心肝，可把爸爸急坏了，冷不冷，饿不饿"的声音由远及近。

待声音近到耳边时，如预料中，是一个力道十足的巴掌。薄秋还来不及疼痛，就被这股力道拉扯着头发丢到拖拉机的车斗上。

耳里持续的嗡鸣让薄秋遗失了片刻的听觉，直到拖拉机再度轰隆隆地响起，才渐渐恢复。薄秋瞥过眼，刚好撞见锦书带着愧疚和害怕的目光。薄秋扯了扯残破的嘴角，硬是朝他露出一个安心的笑，然后顺了顺被打散的发，抱着双膝靠在车斗的角落，刚闭起眼，身边就挨上一个小小的身体。

一样冰冷，却温暖了她的心。

回到溪水镇时，天已微亮，薄秋和父亲下了顾老板的拖拉机，父女二人一前一后地走在空无一人的街巷上。快到家时，薄秋看着父亲紧绷的身躯，想了想，说："我是想去找妈，在我……还记得她的样子前。"

父亲没有回话，只是加快了步伐，没等薄秋跟上，就"啪"的一声，关上了大门。

薄秋站在屋前,听见房内传来父亲压抑的哭声。

"对不起,爸。"

女生模糊的声线飘散在空气里,一下子就被风吹得一点儿都不剩。

2

为什么会喜欢秋天呢?

是因为自己的名字里带着一个"秋"字?

还是因为秋天意味着丰收,父亲沉默一年的脸会出现短暂的笑容?

薄秋坐在麦田边的梧桐下,百无聊赖地思考这无关痛痒的问题。枯黄的叶子被秋风吹落在腿间,薄秋仅是看了一眼后目光又飘到远方层峦叠嶂的山脉。虽然到了秋天,可还是一片青葱浓郁。

不知道山那边的福川现在是怎样的呢?

也仅仅是想想而已,距离唯一的那次出走已经过去了八年,母亲的面容也早早便忘记了。偶尔看见水中自己的倒影,总是会拼命地在其间找寻母亲的痕迹,反复几次后也就停止了这幼稚的游戏。

毕竟,把五官分开来说,每一样在世界上都能找到无数相似的。就像自己狭长的丹凤眼,配合这张脸,就成了一个败笔。可是有着同样狭长丹凤眼的顾锦书,却是怎么看都好看呢。

鼻间秋天的味道忽然换成大片的清香,木槿花的味道。

薄秋回过神来,慢慢睁开眼,眼前霍然放大的就是一大捧浅紫色的木槿花。视线拉长后,眼眶里出现的正是刚才脑子里所想的漂亮丹凤眼,笑盈盈的顾锦书。

"薄秋!"

正处于变声期的男声,声音交杂着稚气和成熟,若换在别人耳里,难免会觉得别扭和好笑,可是薄秋却觉得这声音顺耳得不得了。

"要叫姐姐,没大没小。"双手并拢接过男生手中的木槿花,薄秋忍不住数落几句。不记得是从什么时候开始,顾锦书对她的称呼就变成了直呼其名,而且异常顺口。她是有多怀念,当初那个整天赖着她叫她姐姐的小锦书啊。

顾锦书顺手拉起薄秋,然后低头朝刚到他肩膀的薄秋挑了挑眉,嘿嘿笑了两声,再明显不过的挑衅。

"男生这个时候个子当然会疯长啊,虽然高了我二十厘米,我可比你大两岁呢。"薄秋小声地咕哝,空出的一只手拍了拍沾在身上的草屑。

若你离去，
后会无期

"薄秋，我们回去吧。"假装没有听见薄秋咕哝的顾锦书，又无比自然地接了句。

薄秋懵懂地看着高出自己一个头的男生，因为这句话，觉得有些熟悉，只是又想不起是在哪里听过，摇了摇因为努力思考而隐隐作痛的头，牵住了男生宽厚的手。

"男女有别"这个词对于几乎是看着顾锦书长大的薄秋来说是没有存在的意义的，用薄秋自己的话来说，顾锦书小时候的尿布还是她剪了母亲的裙子亲手"做"给他的呢。

回去的路上所谈论的话题不过是围绕着顾锦书在学校里的事。学校距离薄秋是个很遥远的过去，也曾在适龄的时候上过两年学，成绩却始终徘徊在谷底，多次被老师叫去谈话，都是些"你这脑子里装的是什么，这么简单的东西你都记不住"或者"全班就你一个人没写作业，昨天你有带脑子来听课吗"之类的话。

所以，到了第三年的时候，薄秋就不愿意再踏入学校一步。

反正，她什么都记不住，去了也是浪费父亲的血汗钱。

不过，比起老师死板的教学，她倒是觉得听顾锦书说要有趣得多，也只有顾锦书，愿意一遍一遍不厌其烦地说给她听。

两个人在街口处分手，顾锦书不放心地再次询问："我还是把你送回去吧。"

薄秋摇摇头，抓着男生的胳膊朝前推了一段距离："去我家的那条路要经过你家的店，被你爸看到我们一起走的话就不好了。"看见男生不甘心的样子，又加了句，"而且，我才没有到连路都记不得的地步呢。"

顾锦书不再坚持，走了几步，又回过头来，语带歉意地说："我爸他……你不要在意，他就是嘴巴坏了些，其实心里不是那样想的。"

"我知道，你快回去吧。"薄秋重重地点点头，直到顾锦书离开许久后，才顺着墙上刻着的记号，朝家的方向走去。

3

薄秋有时候会想，如果当年自己没有因为贪玩而从山坡上滚下来跌伤脑袋的话，母亲或许就不会离开吧。

因为，如果没有伤了头，脑子里就不会有那块瘀血，也就不会花尽了家里的钱去为她治病，如果家里的小卖部没有因为还债卖给顾锦书的爸爸，母亲也不会因为受不了穷困的生活而丢下她和父亲跑去福川城，音信全无。

如果没有这些如果，他们会比现在幸福很多。

所以，尽管父亲对她近乎苛刻地严厉，她也从不会怨恨父亲。因为，所有的错，归根结底都要怪自己。

那次事故遗留下来的除了这些，还有一个健忘的脑子。起先，是忘记一些微不足道的事，比如忘记关门，忘记给种田养家的父亲做饭，忘记衣物摆放在哪个抽屉，到后来是忘记隔壁住的是谁，忘记今夕何夕，忘记回家的路。整个溪水镇的人，在她眼里都是陌生的，除了顾锦书，他出现在她视线里的频率从来没有低于自己的父亲。也只有顾锦书看她的时候，眼里没有其他人眼里的那些同情和鄙夷。

只有他，会在她认不出人的时候小声地在耳边提醒她，薄秋，这是谁。

每天早上醒来的时候，总是会先摸出记事本温习一遍昨日。

虽然是这样，还是会害怕。

怕，自己有一天，会忘记所有人，甚至是，忘记自己。

"没有亲身体会的人，不会明白这种好像被全世界隔绝的感觉。"

这是一次在她因为和顾锦书走动过于频繁，被一向视她为"扫把星"的顾锦书爸爸戳着脊梁骨咒骂她时，顾锦书对他爸说的话。

这句话，同时震惊了两个人。

顾锦书他爸震惊的是自己一向乖巧的儿子居然和他唱反调，而她震惊的是自己内心深藏的感觉居然被顾锦书看透。说到底，他也是个"没有亲身体会的人"啊。

想归想，她还是对顾锦书说了"以后我们不要再见面了"这样怄气的话。

而事情的发展，却是和最初所想背道而驰的，顾锦书依然大摇大摆地来找她。为了避免不必要的麻烦，两个人尽量不同时出现在顾锦书父亲的视线中。当然，作为溪水镇人接触频率最高的顾老板还是会听见"我看见你儿子和薄秋一起走啊"之类的话。

所以，每次父亲去完小卖部回来后，脸色总会很差。想也知道，定是顾老板同他说了些什么，于是，薄秋对父亲的愧疚更深了。

4

木槿花，花朝开暮落，故名。日及、曰槿、曰蕣，仅荣华一瞬之义也。

黄昏的时候，薄秋坐在灶台前，翻阅顾锦书从图书馆拿来的书籍。上面有一段对木槿花的释义，她一边看一边对锅里正在煮的木槿花产生了怜惜。倔强着绽放了一整天的美丽，只有在日落时才会低头凋零，如此温柔地坚持，竟和自己有些相似。正想着，思绪却被忽然推门而入的顾锦书打断："薄秋，你爸出事了，快和我去医院。"

若你离去，后会无期

薄秋只觉得脑袋被这突如其来的状况一下子炸成了空白，只能茫然地跟着顾锦书赶往镇里的医院，医院里里外外围了许多人，一看见薄秋出现，纷纷投来同情的目光。顾锦书拉着薄秋跑进病房，刚好看见医生给满身血迹的父亲盖上白布。

薄秋脑子"嗡"地一响，恍惚地叫了声"爸"，然后回头问顾锦书："我爸怎么了？"

顾锦书张了张嘴，却不知如何开口。

旁边溪水镇的人说："你爸拉稻谷去镇外，翻车摔下了山谷，被人发现时已经不行了。"

薄秋还来不及哭泣，整个人就因脑子剧烈疼痛晕了过去。

薄秋醒来时，已在家中。顾锦书坐在她身边，外面有嘈杂的谈话声。薄秋半眯的眼又合上，眨落了一行泪。

那一夜，薄秋在记事本上写：爸爸已经死了。

料理完父亲的身后事已是大半个月后，虽然依旧难抚悲恸，可生活还是要继续的。就像锦书说的那样，她只有活得更好，父亲才会走得安心。

薄秋这样平静地生活了一个月，镇里来了一位客人。据说他是福川城里的大老板，和溪水镇一直有着生意上的往来。溪水镇盛产木槿花，这位老板便是木槿花的购主。前些日子，他在溪水镇人口中得知薄秋家中的情况后，就萌生了收养薄秋的念头。在被薄秋拒绝后，索性在溪水镇住了下来，甚至接来自己与薄秋同龄的儿子当说客。

那是一个干净阳光的少年，穿着白色衬衫和牛仔裤。第一次看见他的时候，薄秋正在擦拭父亲的遗像，眼前突然出现一只拿着手帕的手，薄秋抬头，看见眉目如画的少年，揉了揉她的发，说："不要光流眼泪，哭出声来会好受些。"

薄秋看着男生递过来的白色手帕，忽然就"哇"的一声哭了出来，这一幕刚好被从家偷跑出来的顾锦书瞧见。顾锦书以为她是被欺负了，连忙挡在她面前，带着浓浓敌意的语气质问道："你是谁，想干吗？"

"我是秦夜，秦怀德的儿子。"

秦怀德这个名字对二人来说再熟悉不过，尤其是薄秋，毕竟这些日子里，叫秦怀德的中年人每天三次准时出现，向她做一番自我介绍。

而秦夜和他爸一样，自那天后，每天都来报到，陪着薄秋有一搭没一搭地聊着，话题说到最后也不过是去福川怎么怎么好，秦家会把薄秋当成亲生女儿来疼爱，而且大城市的大医院，医疗条件发达，也许会治好薄秋的病。

说的次数多了，薄秋也开始想，父亲死了，溪水镇那些亲戚对成为孤儿的她避之不及，而且秦叔叔和秦夜对她也真的很不错，自己也许去福川比较好。

可是，去福川的话，就不能时常看见锦书了吧。

5

冬至，顾锦书上课，秦夜陪薄秋去给父亲上坟。白色的雪稀稀拉拉地盖在坟头，薄秋擦完墓碑上的雪迹后，坐在墓前，看着碑上父亲的照片若有所思。

"在想什么？"秦夜挨着她坐下，看见女生额前扭成的"川"字，伸手抚了抚，"老皱眉会提前老的。"

"不知道到底要不要和你们去福川。"

"我爸可是个死脑筋，他既然认定要收养你，肯定会缠到你答应为止。"

想到这几个月秦怀德的缠功，薄秋有了笑容："他是个好父亲，和我爸爸一样。"

"嗯。"

"你和你爸很像，以后你的小孩肯定很幸福。"

"最好是有个像你这样的妈妈就完整了。"男生顺着话脱口而出。

意识到自己说了什么，秦夜的脸红了一大片，看着同样脸红的薄秋，"我……我……我……"了半天，也没说出一句完整的话。

结束两个人之间尴尬气氛的竟是薄秋的落荒而逃。留下身后的少年一脸懊恼地欲言又止。

薄秋决定答应秦怀德去福川是因为小卖部的顾老板。

自从父亲去世之后，顾锦书也不再顾忌，一心只想以行动安慰失去至亲的薄秋，常常将家里的鸡蛋和小卖部里的一些东西"走私"到薄秋家中。而薄秋也是因为日渐严重的健忘，对于家中那些莫名其妙出现的东西当成本来就有的。结果，在洗衣服的时候就被找上门来的顾老板抓个正着。

挺着啤酒肚的顾老板指着放在一旁的洗衣粉："这个是我刚进的货，你这个死丫头，小时候就知道带着我们锦书离家出走，现在又教唆他去偷东西给你，你妈没教过你，你爸难道也没有教过你吗……"

不是第一次听见这样的话，更难听的还有很多。薄秋低垂着头，抓着湿漉漉衣物的手渐渐收紧至泛白，才能压制住自己的难过。每次遇到这样的场面，薄秋总是这样，不会为自己去争辩什么，在她看来，反正自己隔天就会忘记这些不好的事，难过也只是暂时的。

只是这次却不同,就在顾老板兀自骂得正欢的时候,每天准时在这个时候出现的秦夜来了,把默默挨骂的薄秋护在身后。秦夜不愧是大城市来的,几句话就把顾老板说得脸色青一阵红一阵的,顾老板恼羞成怒地离开前,还恶狠狠地丢下一句:"你最好早点儿滚出溪水镇。"

院子里终于静了下来,只听得见女生低低的啜泣声和男生气愤而急促的喘息声。

薄秋平复了心情,抬头对心疼地看着她的少年说:"我跟你们去福川。"

去福川前的一夜,薄秋才和顾锦书说:"我要和秦叔叔一家去福川了,明天一早就走。"

正哼着歌剥玉米的男生像是忽然被人按下静止键,嘴里的歌声骤停,手上的动作也停了下来,看着薄秋,半天没有说话。

"以后,你要乖乖听你爸的话,好好学习,或许以后我们还能在福川见到……"

"为什么要走?"顾锦书红着眼问,像是某种被抛弃的小动物。

总不能实话实说是因为你爸那一番话,那样的话不知道年轻气盛的顾锦书回去又会闹出什么事来。

薄秋想了想,敷衍地随便扯了个理由。

"秦叔叔会出钱给我治病。"

"是不是只要治好了你的病,你就不会再离开溪水镇?"

"嗯。"

"说话算话。"丢下这样一句话,顾锦书便冲出外面,薄秋看着晃动的门板,脑子里散不去的是男生离开前眼里那抹坚定。

6

从这里去福川城有多远?

趴在秦怀德车里的薄秋忽然就想起十岁时的自己带着锦书徒步出走的傻事,这段记忆早就已经模糊,却在此刻不知道为什么突然间清晰起来。大概是看见这条走过的路的原因吧,薄秋这样想着。

早上出门的时候顾锦书来送她,只说了句"我很快就会接你回来,你等我"就不再说话。

坐在车上的时候,秦夜悄悄地在她耳边说:"锦书喜欢你。"

不是疑问句，是肯定句。

薄秋被他语气里的笃定逗笑："我知道。"

秦夜看着女孩笑嘻嘻的脸，联想到之前在墓地，自己脱口而出那样的话后女生落荒而逃的举动，忽然间就明白了。

自己，到底是比不了经历过所有她的喜怒哀乐的那个人。

薄秋是喜欢顾锦书的。

也不知道是从什么时候开始，忽然有一天醒来，发现自己的记事本里大多都是关于顾锦书的内容。字迹从歪歪扭扭到工工整整，从锦书过五岁生日偷拿了好大一块蛋糕给她到锦书在她十八岁生日时送给她一捧很没有艺术感的插花，记录的甚至要比关于父亲的事还多。

锦书从什么时候起已经成了她生活中不可或缺的一部分？会喜欢上锦书在她看来是再自然不过的事。不想去福川是因为舍不得锦书，而决定去福川是因为自己的病越来越重，薄秋自己也知道这种小时候遗留下来的病症，早就错过了最佳的治疗时机，痊愈的机会实在是比中彩票还要渺茫。

所以，才会想要在自己忘记全部，忘记锦书之前离开。锦书才十七岁，还有很长的路要走，还会遇见很多人。

正常的人。

也许，只要再过几年，锦书就会忘记现在喜欢她的感觉。

两个人都忘记，总比一个人铭记要好。

福川要比薄秋想象中更加繁华，更加宽阔。年少时的梦想成为现实，薄秋没有预期中的喜悦，大概是因为自己早早就放弃了寻找母亲的念头。所以，这座没了期许的城市，在薄秋眼里，就成了再普通不过的地方。

到达福川的那一刻，薄秋开始想念溪水镇的一切。

秦怀德一家对薄秋很好。

秦夜引领着薄秋慢慢融入福川城的生活，时常会带着她去参加同学、朋友间的聚会。那些穿着时髦的男男女女在听到秦夜介绍薄秋时，总是会意味深长地发出"哦——"声。单纯的薄秋当然不会知晓这声"哦"中所包含的意义，总是乖巧安静地坐在人群中，偶尔在别人询问时简单地回几句。

而有关顾锦书的一切记忆，也定格在一年前离开溪水镇时他的那副模样，像一只被抛弃的小兔子。记事本因为没有了顾锦书而以缓慢的速度翻页，只记录一些"15号要和秦夜出去""阿姨喜欢吃自己做的番茄炒蛋"等生活琐碎。

有时候，秦怀德会去溪水镇替薄秋给她父亲烧纸，回来时的谈话中偶尔会有顾锦书的消息。

听秦怀德说，锦书已经没有再上学了，现在帮着经营小卖部。锦书头脑聪明，小卖部的生意比之前好了很多，甚至临镇的人也会去溪水镇的小卖部买东西。

薄秋想不通的是，成绩一向名列前茅的锦书，怎么会辍学做起了生意呢？

7

雨淅淅沥沥地下，去镇外集市的山路泥泞满地，一路颠簸，待到雨势成了倾盆后，因为看不清路，车上的镇民纷纷下车顺着来路折回，除了躺在车后座被一大包货物挡住的顾锦书。七天一次的集市，是卖东西的好时机，每次都能赚到一笔钱，所以他宁愿躺在这里等雨势减弱后继续前往，也不愿放弃这次机会。存折里的数字正在逐渐增加，薄秋……也会很快被他接回来。想到薄秋，少年疲倦的脸上有了一丝温柔的笑容。

司机正在打电话，似乎是跟电话那头的人起了分歧，声音越来越大。顾锦书翻了个身，被司机突然吼出来的"秦怀德"三个字吸引了全部注意。

"秦怀德！我告诉你，你别以为陆医生替你隐瞒就没人知道你做过的事了……是，我就是在威胁你，要是给薄秋那丫头知道她父亲其实是被你撞下山谷死掉的话，哼哼，你还装好心人收养她……我怎么知道？是陆医生喝醉时说出来的……不多，你给他多少封口费，我就要多少……放心，我不会说出去的……啊！那是顾家小子！"

顾锦书在倾盆大雨中拼命地往回跑，他再没有什么时候比现在更想要见到薄秋，他要去福川找她，带她远离那个伪君子的身边。

一身污水的顾锦书冲回家，拿了装钱的木屉还没来得及走，父亲就一身酒气地从门外踏进，朝他嘿嘿笑了两声，就"轰"地倒下，怎么也叫不醒。顾锦书虽然心急，但也只能先把醉酒的父亲送去镇外的医院。这一折腾，竟到了深夜。

顾锦书从医院回家，拿起下午搁在家中的木屉，刚准备关上小卖部的门，就看见三个人向他走来。

"先生，不好意思，我们关店了，明天……"

少年的话戛然而止在一片血红之中，年轻的身躯支撑不住地倒下，他握紧了手中的木屉，涣散的视线中忽然出现一大片浅紫色的木槿花，还有花丛中，朝他微笑的女孩。

薄秋……

秋天即将到来的时候，薄秋因为流感而终日待在家中。秦夜在电视机前看新闻，新闻里一则消息吸引了薄秋的全部注意力。

刻板职业的女声念着："溪水镇小卖部遭遇抢劫，看店少年抱着装钱的木屉不愿松手，惨遭歹徒杀害……"

薄秋的手一抖，手中的玻璃杯就在秦夜惊愕的目光中跌落地面，碎成一片一片。

记忆突然变得清晰起来。

"秦叔叔会出钱给我治病。"
"是不是只要治好了你的病，你就不会再离开溪水镇？"
"嗯。"
"说话算话。"

最后是少年坚定地对自己说"我很快就会接你回来，你等我"的声音。

反应过来的薄秋，转身就要往外冲，赤裸的脚踏上地上的玻璃碎片，名贵的地毯上瞬间染上了朱红的鲜血。秦夜在门口拦下泪流满面的薄秋，说："我送你回去。"

8

顾老板曾经不可一世的样子已不复存在，整个人苍老了许多，佝偻着背，捧着顾锦书的遗像，走在送葬队伍的最前端。

薄秋站在满地淡黄色的纸钱中远远地看着远去的送葬队，眼泪悄无声息地落了一地。而秦夜，则站在她身后，几番欲言又止，却吐不出一句话。

两个人就这样，站在街口。

从白天到黄昏。

直到送葬回来的顾老板看见薄秋，叹了口气，说："锦书葬在后山，你去看看他吧。"

锦书的坟，面对着小溪，白色的幡飘摇在小小的坟头。薄秋坐在墓前，心中的千言万语，冲破喉咙却成了压抑的哭声。

是自己害死了锦书。

若没有告诉锦书，只要自己治好了病就不再离开溪水镇的话，锦书就不会早早辍学去小卖部赚钱。若锦书还在学校的话，就不会遇上那帮歹徒。若不是拼命护着辛苦赚来想要给她治病的钱,锦书也许……就不会死。

为什么死的不是自己呢?早在年幼时滚下山坡时,就不应该再活着啊。

薄秋悲哀地想。

在锦书坟前哭了一夜后,薄秋和秦夜离开了溪水镇。

回到福川的薄秋发了高烧,醒来后,健忘的毛病更加严重,甚至,连想起锦书的脸,都要花费很大的气力。薄秋不愿再出门,终日捧着几本记事本,翻了又翻,看到最后那句"自己害死了锦书"时总是会忍不住痛哭。

秋末的时候,薄秋烧掉了几本厚厚的记事本,独自离开福川。只留下一张"谢谢你们这么久以来的照顾,可我还是不习惯这里的生活,我决定回溪水镇,你们不要再来找我,我会照顾好自己的"的字条。

9

你有没有试过一个熟悉的人渐渐在你脑子里消失的感觉?

像是有人拿了橡皮擦,一点一点,擦去关于这个人的点滴。他的音容笑貌、他说话的声音,甚至是他的名字,就这么硬生生地在脑子里,以一种措手不及的速度变得模糊。想要阻止,却无能为力。

薄秋坐在前往溪水镇的大巴车上,咬着唇,哑着声哭泣。后座的小男生好奇地叫她"姐姐",薄秋唤了句"锦书"便直觉地伸手去拉。这样的举动吓坏了小男孩的母亲,抱着自己的孩子坐到了后面远远的位置。薄秋的手就这么僵在半空中,握紧,然后颓败地垂下。

什么都抓不住。

薄秋哭肿的双眼抵挡不住倦意,没一会儿便沉沉睡去。

梦里有个叫锦书的丹凤眼男生,面容模糊,对她说"你等我"。惊醒后的薄秋记不起这个人的脸,记不起有关这个人的任何事情。她不知道这个世界上是不是真的有锦书这个人,抑或这仅仅是她想象出来的?

她只知道,自己要回到溪水镇,永远不再离开。这是她,答应某个人的。

到达溪水镇时已接近黄昏,薄秋攥着怀中小小的行李,顺着麦田漫无目的地行走,路过小溪的时候,薄秋停下脚步,看着水中的倒影许久。

原来这便是自己的模样啊。

明明是不怎么搭调的丹凤眼,在脑子里某个小小的角落却蓦地出现一张有着同样丹凤眼的好看面容。

模糊地,一晃而过。

那个人会是谁呢?

还没来得及细想,铺天盖地的空白就席卷了薄秋的记忆。

彼时的木槿花刚刚经过它最繁盛美丽的时刻,低下了骄傲的头,花蕊里积蓄的水随着这动作全数跌落到地面。像是哭泣一般,哀怜自己短暂的生命。

10

就在薄秋离开的同一天,秦怀德家中来了几名警察,带走了秦怀德。

没过几日,福川城里所谈论的便是富商秦怀德雇凶杀人的事,接着还牵扯出一桩肇事逃逸的案件。这位平日里的大善人,一下子成了十恶不赦的罪犯。而最让人惊讶的是,告发他的人居然是他的亲生儿子。

秦怀德被执行死刑后,秦夜便带着母亲离开了福川。

他对薄秋是愧疚的,早在父亲雇凶时就被他无意中撞见,却因为不肯相信父亲是这样的人而没有及时说出。就是这一念之间,铸成了不可挽回的大错。心中铺天盖地的羞愧,让他不敢再见薄秋,逃似的远离南方,去了北城。

11

薄秋回到溪水镇,春去秋回,一年又一年,奈何沧海桑田,物是人非,事事休。

而我只有你

"喜欢一个人该是怎样的心情呢?
是想要把自己蜷缩成一颗种子,种在
他心里,待来年,等花开。"

1

阮阮是我的病人。

第一次看见她的名字,是在邮箱里一堆问诊资料里,她的资料就静静地躺在那里,黑暗中泛着蓝光的屏幕上,吸引我的是她的名字。

不同于其他人的长篇大论,她的邮件里,只写了一句话。

她问我:医生,到底要怎样做,才能不爱一个人?

我是一名医生,可我既不会望闻问切,也没精修过心理学科。我凭着父辈传下来的催眠天赋,窥探人心,解人心结,并以此谋生,开了间小小的诊所。

我医的,便是人心。

在我发出回复邮件的第二天,阮阮来到了诊所。她有着混血儿独有的惊艳,麋鹿般大而深的褐色眼睛,带点儿婴儿肥的脸,不谙世事的模样。

人如其名,是我对她的第一印象。

她还未开口,我就好奇地问她:"爱一个人是多么美好的事情,为什么要不爱?"

她有片刻的怔忪,低垂的眼睑掩去大半翻江倒海的心思,她说:"是啊,爱一个人是多么美好的事,可是如果你的爱,会成为你对所爱之人的折磨,哪里还称得上是美好?"

她说得很有道理,我一时无话可说,打量的目光落在她无名指上的戒指上:"你结婚了?"

她手指摩挲在那明显有些大的戒指上:"五年了。"

我了然道:"你说的那个人,便是你的丈夫?"

她点点头:"是的……"

2

她姓阮,名阮。

然而在二十多年前的西伯利亚,遇见他以前,她并不叫这个名字。

她的母亲是西伯利亚一家成衣厂的中国工人,一次夜归的途中被当地人侵犯,犯人很快被抓捕,按照当地的刑法锒铛入狱。而十个月后,年轻的女工生下一个安静的混血女孩,她将刚来到这个世界不足十个小时的婴儿丢在旧城区的巷口,便消失在西伯利亚这座古老的城市里。

小女孩无名无姓,知道她一点儿身世的嬷嬷说她是罪恶的果实,是不配拥有名字的，用阮阮的话来说，她就这样无比粗糙地靠着旧城区里居民的施恩长大，再大一点儿的时候，就跟着几个同她一样无父无母的孤儿上街做扒手。

遇见他那年，她已经是那群孤儿扒手里手艺最好的一个。

但，仍有失手的时候。

在短短几年扒手生涯里唯一的一次失手，是因为他。

离歌剧院不远的面包店，是他们时常光顾的地方，胖老板面和心善，睁一只眼闭一只眼，纵容这群无父无母的可怜孤儿，她就是知道这一点，才肆无忌惮，敢在众目睽睽之下，一把端走盛法棍的篮子。

可人还没走出面包店，衣领就被一股力道生生扯住。

她带着并不友善的表情回头，狠狠瞪去，却在看到那张陌生得有些新奇的脸后，忘记了言语。

他穿着一件当地的大氅，干净颀长，东方人的面孔，在一堆西方人里特别扎眼。他打量的目光并不友好，甚至有些鄙夷和嫌弃，用流利的西伯利亚语对身边的人说："报警，抓小偷。"

她也不知道是着了什么魔障，或许是第一次瞧见东方人，觉得新奇，傻傻地看着他，直到警察闻讯赶来，将她抱上警车时，她才恍然回神，而再看过去时，他已跟着同行的人渐渐隐没在人群中。

她被关在警察局两日，她从那一眼的震惊中回过神来后，越想越生气，她很讨厌这个有铁栅栏的地方，她年纪虽小，却也晓得自己那个像恶魔一样的生父就是被关在这样的地方。嬷嬷总说她骨子有恶魔的血液，总有一天要步他后尘的。而如今，她离那个恶魔这样近，这一切都是因为那个多管闲事的东方人。

小女孩的报复简单又粗暴，她打听到有东方人在歌剧院演出，这座城市着实很难有东方人扎堆出现的时候，她决定去碰碰运气。

那是她第一次偷偷混进富丽堂皇的歌剧院里，到处都是衣着华丽的人，她躲在后台阴暗的走廊里，挂满衣服的衣架是她的掩护，身后传来嗒嗒的脚步声，她回头，看见几个穿着长衫，脸上化着大面积的白底花妆的人，复杂的头发，一个个眉飞入鬓，上扬的眼角，朱色的唇，她捂着嘴，心里一阵颤动，小声地用西伯利亚语感叹："好美啊……"

那群穿着长衫的人中的一个人似乎是听见了，目光扫过那排厚厚的衣架，忽然就顿住了脚步，转而向她藏身的地方走去。

哗啦一声。

若你离去，后会无期

忽然面前的衣架就被推到一边，白衣小公子双手环胸，看着她愣了愣，嘴角勾起轻蔑的笑，又说了句什么。

是她听不懂的语言，声音却无比熟悉。

竟然是他。

她猛然想起来这里的目的，藏在背在身后的手一扬，馊水汤泼了他一身。

她挑衅地看着傻眼的他。

她以为绅士风度东西贯通，着实没有想到，这个东方小公子，竟然真的会同她一个小姑娘一般见识，揪住她的衣领，扬起的手眼看就要打下来。

她害怕地抱住头尖叫起来。

又有她听不懂的语言响起，西装革履的白发老人从骚动的人群里走出来，看了看他，又看了看她，高深莫测地笑了。

她被人领去休息室，没多久，白发老人和小公子也来了，小公子卸去了妆容，换了件干净的衣服，看着她的目光仍带着怒意。老人随身的翻译用西伯利亚语问了她几句话，不过是她叫什么名字，住在哪儿，她一一如实回答，她天生天养，不怕他们报复。

翻译同老人商量了一番后，老人走到她面前，弯下身，慈眉善目，用有些滑稽语调的西伯利亚语，一字一句地问她："你可愿和阮家班一起去中国？"

后来她才知道，小公子叫阮文毓，来自中国，出生于有名的戏曲世家阮家班。这一年，他的爷爷被新西伯利亚州的政府邀请来当地剧院演出，他随爷爷一起，也客串唱了几场。她在后台那声尖叫，清脆又高亢，老爷子觉得她有唱曲的潜力，是个好苗子。

收养手续很快就办好了，新西伯利亚政府将她当作建立友好邦交的桥梁，离开那日，送行的人站满了长街，人人都说她这个孤女命好，飞上枝头做凤凰了，她心里却不是这样想的，她会答应老人的请求，是因为，在她还很小很小的时候，知道自己生母是个中国人时，就想着有朝一日，等自己攒够钱，便去中国找母亲，问一问她，她的女儿并没有做错什么，她为什么不要她？

可是，一去经年，她没有奇迹般遇见生母，也早已忘了远渡中国的初衷，她的心里眼里，满满的，装的都是他。

这一生，只剩他。

3

初到中国，她的语言、她的容貌，都与周围格格不入。

人们讲的话她听不懂，也没人跟她玩，她觉得自己很孤独。

除了翻译叔叔，阮家班的大宅里，唯一会说西伯利亚语的，就只有阮文毓了。可她同他有那样大的过节，他连正眼都不愿看她。

很长一段时间，她不愿开口说一句话，阮家班弟子众多，是个靠声音吃饭的地方，不愿出声的她，很快就被人遗忘。

直到一日晚饭，她坐在餐桌的角落，以不熟练的姿势拿着筷子，艰难地吃饭。她吃得很慢，餐桌上只剩下她一个人时，阮文毓端着碗坐到她身边，默不作声地吃饭，碧色的瓷碗很快见底，他用餐巾擦了擦嘴，抬头看了她一会儿，用西伯利亚语问她："你想回去吗？"

她正看着他出神，被他一问，茫然地摇了摇头。

他皱眉："说话。"

她沉默了一会儿，小心翼翼地开口："不想……"

他满意地点点头，说："老头子看中的是你的嗓子，你若要这样一直当个哑巴，迟早是要被送回去的。"

她沮丧地垂下头："可是我不会……"

"不会什么？我是个中国人，可你看，我的西伯利亚语也说得还不错。"他咳了声，继续道，"你不会，我可以教你啊。"

她微微怔住，有些感动，更有好奇，问他："你不是讨厌我吗？"

他毫不犹豫地答："是啊。"

"那为什么……"

"因为你现在这副要死不活的模样更让我讨厌啊。"

"……"

他一手托腮，说："到了阮家班，是要改阮姓的，自己原本的姓可以当作名，你本无名无姓，嗯……就叫阮阮吧。"

她那时并不懂得中文，不知道阮阮这个名字有什么意义，在她看来，那同旧城区的孤儿伙伴们喊她12一样，只是个称呼的代号。可在这个对她来说陌生的土地上，他给了她一个代号，她再也不是那个被隔绝在外的存在了。

她觉得鼻子有些发酸，低下头，半晌，蹦出两个带了哭腔的别扭中文："斜斜……"

他"扑哧"一声笑出来，上翘的眼睛盈盈如盛着一汪春水，阮阮觉得特别好看。

那个时候的阮文毓，不过十几岁的年纪，却已生得眉是眉，眼是眼。

多年后，无论从语言还是生活习惯上，已成为一个地地道道的中国人的阮阮，回想起当年的心情，她觉得在中国博大精深的文化里，有一个词用来形容那时她对他的感觉是最好不过的。

那便是——眉目如画。

他的眉眼，就像出自名家之手，一笔一画，水墨晕染了她的整条心河。

翌日阮家班的唱功基础课上，阮文毓亲自领着她，不知说了些什么。

阮阮侧身站在他背后，看见老师还有师哥师姐们向她投来异样的目光。

她有些害怕，拽了拽他的衣角。

他低下头，整了整她腰间的绸带，一本正经地说："以后，你就是我小师妹了，我会罩着你，不会让人欺负你，你要听我的话。"

他教她中文，教她习字，教她唱曲，谈古论今，从昆曲到京腔。她学得很慢，却学得很好，半年后，在外巡回演出的阮老爷子回到国内，验收这一批新弟子的学习成果，她同他搭档，唱的是《长生殿》。

"向春风解释千愁，沉香亭同倚阑干。"

她一开嗓子，就技惊四座，阮老爷子的脸上乐出了褶子，直说自己的眼光没有错，她将是梨园界最好的旦角。

她成了阮老爷子的关门弟子，而阮阮，也没叫阮老爷子失望。

阮阮说，她这一生，对阮文毓这般依赖不舍，究其缘由，大概是在她感觉自己被世界隔绝在另一个空间，最孤独的时候，是他拉着她，一步步回到了这个世界。

在这个世界里，她没有父亲，没有母亲，没有朋友，她只有他，他是她存在下去的理由。

4

阮家班里，阮文毓是唱功最好的那个，阮家班在世界各地的演出中，他总是唱开场的那个，人人都说他不愧是阮家的小公子，血脉里承了梨园世家的精髓，必定会将阮家的衣钵发扬光大。

可就是这个被众人满含期待的小公子，却在阮家为他精心准备的十八岁成人礼上宣布，他不再唱戏，他要走遍世界，当他老了的时候，死在哪里，就葬在哪里。他这一番豪言壮语，跌破了所有人的眼镜，阮老爷子被气得血压上升，住进了医院。

阮文毓被关禁闭，阮老爷子勒令不给他饭吃，叫他好好反省自己的错误。

阮文毓性子犟，阮母还在求情时，他就对着红木大门隔空喊话，说自己就是饿死也不会留在阮家。更是激怒了阮父，没了求情的余地。

女人嘛，生性心软，阮母是，阮阮也是，一个假装弄丢了大宅子的钥匙串，一个偷偷捡起，带着饭菜去看他。

没有灯光的书房里，阮阮看着他饿得深陷的两颊，狼吞虎咽的样子，小小的心脏心疼不已，她很想抱抱他，伸出的手却犹犹豫豫地落在他头上。

他抬头，莫名其妙地看着她："你干吗？"

她尴尬地红了脸，收回滚烫的掌心："有……有只飞蛾……"

他嬉皮笑脸："哎哟，连蛾子都贪恋我的美貌。"

阮阮抿着嘴轻轻笑，看他吃完最后一口饭，才问他："师哥，你在成人礼上说的那些，都是认真的？"

他点点头，一边在餐盒里翻找着什么一边说："当然了，走到老，玩到老，那可是我的梦想。"

她认真同他讲道理："可是你看，你这个梦想，是要花钱的，你这十八年，除了唱戏什么也不会，你要同师父决裂，他们断然是不会给你一分钱的，你拿什么支持你的梦想？"

他像才意识到这一点，手里的动作顿下来，托着腮仔细想了一番，点点头："你说得很对。"又垂头思索了一番，拍拍她的肩："阮阮，还是你想得明白，我知道该怎么做了。"

她欣喜若狂："你不跟师父他……"

话没说完，他从餐盒里掏出一个梨，塞进了她微张的嘴里。

"喏，吃。"

她顺势咬了一口，下一秒就看见他将她咬过的梨送进自己嘴里，美滋滋地咬了一大口。

她一呛，差点儿咳出来，小脸顷刻间红了一片，幸好书房里没有灯光，没有叫他看出来。

她后来才知道，依照中国的传统，梨是不能分着吃的，分梨，分离，他会犯这样的忌讳，想来，大约从来就没有想过要常伴于她，她只是他生命里的一个过客，他们之间仅有的缘分，不过是一声师妹，一句师哥罢了。

隔日阮文毓便煞有介事地赤裸上身背了个竹扫把请罪，他态度诚恳，声泪俱下，阮

若你离去，后会无期

老爷子免了他的禁闭，阮家班又恢复了从前的平静，他依然跟着阮老爷子到处巡演，只是每到一处地方，都会拉着阮阮同他玩上几日，当地的风土民情、奇人异事，他一一牢记，在夜里一点一点写在博客上。他是个有趣的人，旅行游记很受追捧，渐渐地，他成了那个网站最热门的博主，再久一点儿后，就有杂志社来找他约稿。他拿到第一笔稿费时，请阮阮去吃饭，路边的烧烤摊里，他因为高兴，喝醉了，眼神迷离，却散发出异样的光彩。

他说："师妹，别看现在我只有这么一点儿钱，但它会越来越多的，我的梦想，就快要实现了，你的梦想又是什么呢？说出来，师哥一定帮你实现。"

语罢，他头一歪，醉了过去。

阮阮望着无边的夜色，后悔了，他被关禁闭的时候，她不应该同他说那些话，她应该让他同老爷子抗争到底，最后被无情的现实打败，安安分分留在阮家班，继承衣钵。

那么至少，她可以时时刻刻看见他。

她慢慢弯下身，张开双臂环住他的肩膀，小声对着不省人事的他说："师哥，你可知道，你就是我此生最大的梦想啊。"

可是她好像，就快要失去他了。

阮文毓离开阮家是在三年后，那时候，他已成为国内炙手可热的游记作家，赚了很多钱，足以支撑他的梦想。

他选择在深夜离开，唯一的知情人是阮阮。

那一场逃离，他们匆匆忙忙，作为他的共犯和掩护者，她一路跟在他身后，收拾行李，叫出租车，陪同他赶往机场。

他一路都在接电话、查行程，短短一个小时里，她只来得及问上一句："师哥，你为什么不想唱戏了？"

他低头翻找护照："一家人都是唱戏的，不是很无聊吗？"

他换好登机牌："何况，阮家有你。"

他朝安检处走去："阮阮，这就叫作既生瑜，何生亮！"

安检外，他突然转身抱住恍恍惚惚的她："阮阮，再见了！我会给你寄明信片的。"

那是这一生，她与他靠得最近的时候，只有短短几秒钟的时间。

阮阮已经十八岁了，生得玲珑有致，因为混血的关系，要比一般人更好看，师哥师姐们开她玩笑，说她是天使的面容魔鬼的身材，一颦一笑，都那样勾人心魄。

可这样优秀的她，他却只拿她当妹妹。

就连离开，都没有回过头。

阮文毓离家出走，遭殃的是共犯阮阮。

她跪在阮家祠堂，接受家法。暴怒的阮老爷子手举藤条，狠狠地打在她的背上，血珠印在衬衫上，一道道，触目惊心，她疼得冒了一身汗，却没流一滴泪。

她躺在床上休养半个月后，收到了阮文毓从圣托里尼寄来的明信片，他站在童话一般的城镇下，身后是湛蓝的海和天，染成红色的板寸头特别扎眼，他在明信片上写：Become more happy。

她看着他笑了，笑着笑着就哭了。

她想起十三岁时，他对她说："以后，你就是我小师妹了，我会罩着你，不会让人欺负你，你要听我的话。"

同他一起长大的这几年，她始终记得他说的这句话，他说什么，就是什么。

他让她瞒着阮家，帮他离开。她说好。即便她是整个阮家里，最不希望他离开的那个人。

她想让他快乐，可是自己，却是那样不快乐。

5

阮文毓每到一个地方，都会给阮阮寄明信片，他接触的人多了，也开始恋爱了，明信片的照片从一个人变成两个人，他身边的那个人，不断变换着样貌。偶尔他会同她倾诉感情的波折，他一个人在陌生的城市买醉，而她在电话这边心疼得无法自已。

她对他的心思，阮家人人皆知，偏偏他不知。

阮母心疼她，安慰她说，男孩子成熟得晚，等他长大了，玩够了，就会回来，就会懂得她的好。

她每天都会在门口等上他一会儿，她在很多年后才明白，他不会回来，他根本就没想过要回来。

再久一点儿后，阮家人慢慢接受了阮文毓的行为，阮阮给他打电话，说："师父和阮叔答应不再强求你了，他们认同你现在的职业，走了这么久，该回来看看了。"

他那时正在非洲大草原同当地人追踪非洲豹的足迹，没有什么耐心地答："我知道了，等我有空，先挂了啊。"

"师……"

她还想说什么，他已迫不及待地挂了电话。

她听着电话那头的忙音，委屈又心痛，心口一阵阵地缩紧。

他行走了很多地方，渐渐地，他也走累了，累的时候，就回到国内休息，可他仍旧不愿回北京的阮家，他一个人住在阮家在另一座城市的老房子里，他说那里的院里有一株红梅，他很是喜欢。

她想去看他，可话没说出口，他就说道："你可帮我看好了我爸妈，他们要来我这儿你就想办法帮我拦着，我一个人惯了，可不想让人扰了我的清静。"

她到了嘴边的话，唯有咽回心里。

也有忙里偷闲的时候，她偷偷去那个城市看他，像个偷窥狂，站在远方，隔着许多建筑和树影，他有时是一个人，有时是两个人。那是阮阮最孤独的时候，明明离他这样近，可这个人，遥远得却像在天边。

阮文毓只有在过年时才会回一趟北京的大宅子，那个时候，阮家班遍布世界各地的子弟都会回来，加上新晋的子弟，大宅子很热闹，已经很少有人直呼阮阮的名字了，大家都称呼她为阮老师。

她如今已是阮家的一把手，拿了许多国际上的大奖，亦是最年轻的梅花奖得主，她是阮家班的骄傲。

而她的这些成长，他都不曾经历。

她把她得的那些奖一件件拿出来，捧到他面前给他看，像个小女孩想要得到重要的人的评价那样，眼睛一眨不眨地盯着他，她也很想告诉他：师哥，阮阮已经变得很好，她再也不是那个连话都不敢说的孤女，她足以配得上做你的身旁人。

可她没有勇气告诉他。

他挤眉弄眼，做出夸张的赞叹模样，捏着她的脸说："我们阮阮可真厉害。"

她羞涩地笑，她觉得再高的奖项都比不上他这句话。

每一年，她只有半认真半开玩笑地问上他一句："师哥，我嫁给你好不好？"

他却只当她是开玩笑，在她的额头弹上一记栗爆："你这个丫头，什么时候也开起师哥的玩笑了？"

她承了他的姓，这二十几年来，有人叫她阮小姐，也有人叫她阮老师，可没人晓得，她其实只想被人叫作，阮太太。

6

那一年，没有到年关，阮文毓就回来了。

她那时正坐在门口等他，这是她这些年来的习惯，只要没有演出，只要她在家，就会坐在那儿等上他一会儿。

看见风尘仆仆的他时，阮阮吓了一跳，以为是自己过于思念而产生的幻觉。揉了揉眼睛，他已近在眼前。

她愣了好久，看着他憔悴的眉眼，突然就哭了。

她不知道自己是怎么了，眼泪一直流，他哄了好久，才好不容易止住眼泪。

早已过了饭点，她去厨房给他做饭，这些年，她将厨艺练得很好，就是想要有朝一日能做给他吃，他兴许是真饿了，狼吞虎咽，她托着腮看着，突然幸福得不行，想象时间若永远停在这刻会多好，她脱口而出："师哥，我嫁给你好不好？"

他头也没抬，说："好。"

她蒙了，耳鸣之中，似有什么破碎的声音。

她没有问为什么，这样的时候，说什么都是多余，他们连夜乘飞机去往拉斯维加斯注册，那是她人生中做的最疯狂的一件事，却无关乎爱。

那一夜，在拉斯维加斯最好的酒店的蜜月套房里，她睡卧室，他睡客厅。

她睡不着，摩挲着他给她的戒指，那不是她的尺寸，她戴着根本不合适，随时都会担心它从指间滑落，聪明如她，在戴上的那刻就知道，那并不是他为她准备的。

她一夜无眠，辗转到半夜，起床，打开卧室的门，看见没有开灯的客厅里，他抱膝坐在窗前，看着外面的灯红酒绿发呆。

她转身抓起毛毯，想去拿给他保暖，手搭在门把上的时候，却犹豫了，最终放下手。

她明白，不是那个人给的，再多的温暖，都是无用之功。

第二日清晨，他们在拉斯维加斯的机场分别，她回阮家，而他，又不知道去哪里流浪。

阮家大宅里，阮母看见她无名指上的戒指，和拉斯维加斯的婚姻证明，沉默了很久，然后告诉她："别苛求太多。"

是啊，别苛求太多。

她爱他，这就够了。这一生，除了他，她本就别无所求。

爱一个人该是怎样的心情呢？

是想要把自己蜷缩成一颗种子，种在他心里，待来年，等花开。

人家说种瓜得瓜，种豆得豆，她这颗种子，却永无开花结果之日。

因为她这一生，都不曾靠近他的心脏。

这世上，有些因果，注定与她无关。

他们结婚一年后，阮老爷子突发疾病，送进了重症病房，弥留之际，老爷子留下她说了很久的话，他说："阿毓生性爱自由，他不愿接下阮家班这个担子，我不强求他，我就把阮家班交给你了，但你要明白一点，阮家班永远姓阮，你虽嫁给了阿毓，但……毕竟不是真正的阮家人，阮家的香火得有真正的阮家人绵延下去，你懂我的意思吗？"

阮阮点头，老爷子的意思是让她生一个阮家的孙子，培养他，成为阮家班真正的主人。

可老爷子不知道，谁都不知道，他们结婚这么久，只见过三面，他连她的手都没有碰过。

老爷子去世后，作为独孙，阮文毓搬回了阮家大宅。他们住一间卧室，一张床分成两边，相敬如宾地过着日子。

一个隆冬的夜里，他突然接到一个电话，放下后，他就一个人坐在那里，动也不动，从天黑到天亮，又从天亮到天黑，她忍不住伸手去碰他，房间里明明开着地暖，他的身上却冰凉冰凉。

她叫他他也不应，她担心得不知道怎么办，端了盆热水给他擦脸，沾了热水的手碰到他冰凉的脸时，他突然握住她的手，不停用力攥紧，身体微微颤抖。

她被他攥得生疼，更心疼他的反常，她问他："师哥，发生什么事了？"

他抬起头，通红的眼睛无焦地看着她，良久，他说："她死了。"

她知道他心中有个深爱的姑娘，他从未和她说过她，可她就是知道有这样一个人存在，他停下踏遍世界的脚步是因为她，和她结婚是因为她，她手指上那枚不合尺寸的戒指，也是为那个姑娘准备的。

她不知道说什么安慰他，那个姑娘死了，他的灵魂也随着她去了。

此后每一年初冬，无论他在哪里，无论发生什么事，他都要去墨尔本，有时候她觉得，那个陌生而遥远的国度，葬着那个人的地方，才是他心里真正的归处。

后来，他就从阮家大宅子里搬出去了，年关也不再回来。

阮母虽伤心，可不敢在阮阮面前流泪，因为她知道，阮阮才是最伤心的那个。

阮阮觉得很孤独，好像又回到了那一年，她从西伯利亚刚来到中国的时候。

阮阮说，她本有机会，就这样藏着自己对他的心思，陪伴他到老的。他是她此生最爱的人，只要能时时看见他，对她来说，也是好的。

可她错在贪心，对他说了那样的话，让他察觉到，她是真心爱着他的。

阮文毓心有所属，即便斯人已逝，可他的爱情永不灭。

他需要一个妻子，却不需要一个爱人。

他托管家带给阮阮已经签上他名字的离婚协议书,她崩溃地打电话给他,却说不出一句话,只能握着电话小声地哭泣。

最后,他在电话那头长长叹了口气:"阮阮,给自己一个机会,也给我一个机会,我们的婚姻本就是个错误,不能再继续错下去了,是我太自私,把无辜的你牵扯进来,阮阮,对不起。"

她说:"师哥……"

他说:"阮阮,我受不了良心上的煎熬,这真的好痛苦。"

落地窗上反射出她的影像,她看见自己因为哭泣扭曲的五官,眼角皱起的纹路,她想自己是真的老了,恍恍惚惚,就像做了一场梦,已经过了这么多年。

十三岁时,他牵了她的手,他成为她的小宇宙。

十八岁时,她把自己蜷缩成一颗种子,悄悄埋在他心房。

二十三岁时,他在她的无名指上套上戒指,她成了阮太太。

二十八岁时,他让她给彼此一个机会,他不要她了。

她不知道,没了他,这漫长的余生,要怎么度过。

7

所以,阮阮找到了我,她说她也想自私一回,如果她不爱他,是不是,就能不让她的爱变成对彼此的折磨?

可我只是个医生,不懂魔法。

科学上来讲,记忆这种东西,除非你的大脑遭到什么事故,否则是无法人为地选择忘记的。

我一度想要推掉这个案子,可阮阮求我,她说自己已经没有别的办法了。

我心软,也很想将她拉出那个痛苦的旋涡。

半年来,她每周都来我这里做心理治疗,深度催眠中,我让她一遍遍回到最让她难过的时候,每一次,她都哭得泣不成声。

如果这个人总是让你失望,总是让你伤心,你的付出总是得到冷漠的回报。每一个小失望,汇聚成洪流,最后压垮你,你还会不会对这个人深爱如初?

这个问题,我不会知道答案,只有阮阮这个故事中的人,才知道。

我们心照不宣,有时候,心理医生只不过是人们给自己找一个出口的幌子。

半年后,阮阮说她可以停止治疗了,她要走了。

我问她之后有什么打算,要去哪儿。

她说不唱戏了，阮家班会还给阮文毓，他不再是从前那个孩子般的大男孩了，在爱那个人的漫长时光里，他已成为一个有担当、有责任的人，他不会没了阮家班的百年名声。阮阮说她会回到西伯利亚，在哪里开始，就在哪里终结。

我回想了下自己对西伯利亚的印象，感叹：“那可是个很冷的地方啊……”

她望向大雪纷飞的窗外，淡淡道：“是啊。”

西伯利亚的冬天有多冷？

最冷，不过人心。

8

阮阮离开中国后，阮文毓当真如她所料那样，来找过我。

那个看上去一身书卷气的男人问我：“我的太太，听说她离开前经常找你……你是医生，她生了什么病？”

我说：“你放心，她很健康，大小病都没有，她来找我，只是想要给自己另一番生活。”

他沉默良久，说：“她没有事，那就好。”然后他站起来，转身想要离去。

"你不去找她吗？"我突然开口，叫住他。

他顿了一下，没有回头："不了，她不告而别，说明她对我这个人已失望到了极点，那样很好，就能让她从此放下，有自己的生活。"

我没有说什么，从抽屉里拿出一份文件，递给他："这是阮阮留给你的。"

那是阮阮签好的离婚协议书。

他接过，低下头看了眼，手微微抖了抖，大步离去，没有回头。

又过了很多年，一次偶然的机会，我路过西伯利亚，没有刻意，只是想去看一眼阮阮口中那个缘分开始的大剧院，剧院外喧嚣的广场上，我站在厚厚的积雪中，回头就看见了她。

她还是那么美，穿着长长的棉衣，支着一副画架，周围围了一群小不点。

她看见我，愣了好久，反应过来，张了张口，用没有声音的唇语问：

"故人安在否？"

"故人安在。"

他很好，那就好。

她点点头，温柔地笑了。

还春

"宋年恩,这个没有你的地方,再美丽都只是荒凉。"

若你离去，后会无期

> 没有你的地方，再美丽都只是荒凉。

1

那是一场山殇。

雷雨天，行驶在山区蜿蜒公路上的大巴忽然遭遇山体滑坡，巨大的石块混着泥沙从天而降，如此措手不及，瞬间掩埋了大巴。

不知道昏睡了多久，从黑暗中挣扎着醒来的还春在被挤压变形的车内，身躯弯成一个奇怪的弧度，周围是死一般的沉静，弥散在狭小空间里的是微弱的泥土与血腥混杂的气息。还春只觉着有什么东西正从自己的身体里一点一点地悄悄流逝，被这等待重生或是死亡的漫长的时光洪流无声卷走。

耳边熟悉的嗡鸣不安分地震动，还春于是微微侧过头，眼珠在眼眶内转动，最终停留在一处，从残存的缝隙外透进来的一缕光灼伤了她的眼，像是多年前的那个午后，少年余光的尽头，回头，笑语嫣然。

那一年，她十六岁。懵懂的年纪，却像只小兽，骨子里渗出的是孤僻与冷漠。

春节过后的几天，她穿着红色的碎花旧棉袄，混在人潮涌动的庙会人群中。从街头到街尾，再从街尾到街头。捏面人的摊前，她看见一个男人弯下身，黑色的皮夹从裤子后的口袋里露出一大半。她走过去，轻轻地抽走，不动声色地塞到自己的棉袄下。转身，便淹没在人群中。

还春在远离庙会的小巷尽头拿出刚得手的皮夹，刚要打开，却听见身后传来脚步声。她回头，看见一个同她一般大小的少年站在巷口，逆着光，眉头皱成一座小山。

他指了指还春手中的钱包，说："那个是我爸爸的。"

还春下意识地将拿着钱包的手背到身后，抿着唇不说话。看着少年一步步走近，最终在她面前站住。还春看了看他漂亮的黑色运动鞋，把自己穿着船一样厚重棉鞋的脚往后挪了挪。

"请把钱包还给我。"

少年的声音在头顶响起，掺杂着一丝若有似无的檀香，拉回了还春的思绪。她抬起头，注视着少年墨黑色的眼，缓缓把钱包放在他修长的手中。少年接过钱包，摸了摸口袋，掏出一个红色的纸包，递给还春，说："这是我的压岁钱，你拿着，以后，不要再去偷了。"

还春握着红纸包呆怔了片刻，回过神的时候少年已经走到巷口处，她急忙叫住他，说:"谢谢你。"

少年回头,冲她微微一笑。

还春站在阴影处,傻傻地看着少年离去的身影,将手中的红纸包握了握,连同那抹笑一起,握到心口的位置。

2

不是没有想过会再次遇见,只是没想到是在这样一种情况下。彼时的还春正拿着一个小铁钩在路边的垃圾里翻找,手里还拖着一个装了一半塑料瓶的蛇皮袋。本应是腐败的恶臭,其间却忽然夹杂了些许熟悉又陌生的檀香味。还春手中的动作顿了顿,猛然回头,就看见那张在脑子里想过无数遍的脸。

一样皱成小山的眉,只是眼眸里多了一些其他的东西。

"你,怎么会在这里?"

半响,还春才生涩地出声。

"我家搬到那边了,"男生扬起手指了指远处一片建筑说,"我一个人出来遛遛,没想到,就看见了你。"

还春顺着他的手看向那片新建不久的小区,富人的标志。若是别人,她或许会依旧骄傲地昂着自己的头,可是,当面对的是他时,那些被她深埋在骨子里的卑微便一下子扩散到每个细胞,沉重得抬不起头。

还春不自觉地往后退了一小步,拿起脚边的蛇皮袋,踩着慌乱的脚步逃也似的离开。她一路不敢回头,直到快到家时才放慢脚步。临近转角处,还春刚要踏出去,忽然的谈话声却让她伸出去的脚又收了回来。

"许家的那个小孩还真是命苦,没有父母事小,还被一个病得半死不活的奶奶拖累,一个女孩子,日后要怎么活哦。"

"她不是还有个妈妈吗?"

"妈妈?不过是骗婚骗过来的女人,不然谁会嫁给那个瘾君子,她妈一生下她就不见了,会要她才有鬼……"

还春顺着爬满青苔的墙壁慢慢蹲下身,抱紧了双膝,将脸埋在其中,腿一软,便跌坐在湿润黏滑的青石板上。一直悄悄跟在她身后的少年咬了咬唇,上前拉起低垂着头的还春,用手托起她的头,在看见女孩满脸的泪水后,将她整个围进自己小小的怀抱。

"我也不想当个没人要的小孩啊。"还春喃喃地说着,不停涌出的泪水很快便淋湿了宋年恩心口的位置。

小小的少年紧了紧自己还不算坚强的臂膀，满腹的话到嘴边却变成简单的三个字。

"我要你。"

年幼的誓言或许脆弱不堪一击，而羁绊，却是自那刻起，在心底扎了根生了芽，等待有朝一日，长成参天大树。

两个人的交往从那天开始便逐渐加深，宋年恩常常会从家中拿来一些吃的用的看还春，而还春也由一开始的拒绝到现今的欣然接受。因为宋年恩说这不是施舍或者同情，这只是他想力所能及地让她少一些负担，多一些明媚。

还春看着他坚定的眼神便湿了眼眶，吸着鼻涕的时候又闻到那股一直围绕在他身上的檀香味，于是好奇地问："宋年恩，为什么你身上有一股檀香的香气？"

宋年恩的脸红了红，说："这是我出生时就有的，一个男生有这种味道很奇怪是不是？"

还春连忙摇了摇头："怎么会奇怪，很好啊，这样的话我只要闻到檀香就知道你在哪儿了。"

九月末的时候，还春拿到重点高中的录取通知单，还春拿着录取通知单在宋年恩面前招摇："宋年恩，你可要好好努力，明年考来当我的学弟！"

宋年恩笑了笑，点点头，伸手覆盖住还春满是愁绪的眉宇，说："我知道你在烦恼什么，在我面前不需要假装欢喜。"

还春的笑容僵在嘴角，举在半空中的手画出一个颓败的弧度垂了下来："学校说会减一半的学费，每年还有特困生的补助，加上这些年来的积蓄，是够了，但……"

还春看了看躺在屋里的奶奶。

宋年恩沉默了片刻，说："有什么需要，不要忘了我，将来我会考医学院当医生，以后就可以免费给奶奶看病了。"

还春看着男生好看的脸上写满信誓旦旦的憧憬，长久以来在心底筑成的冰山瞬间融成一片温暖。还春侧过头，微微一个倾斜便靠在男生厚实的臂膀上，张了张嘴，蹦出柔软的声线：

"谢谢你。"

宋年恩，我是何其幸运。

在有生之年,得你如此。

4

此后的一年,学习和宋年恩成了还春生活的全部。每日清晨,宋年恩骑着单车载还春去学校。待到黄昏放学的时候,还春总能一眼就看见等在学校外面的宋年恩。同行的女生羡慕还春,谄笑着说:"许还春,你男朋友真好,每天都来接你回家。"

还春浅浅地笑,不可置否。

第二年,宋年恩如约考上还春所在的学校。一日放学,轮到还春打扫教室,宋年恩站在空无一人的教室外边,扯着嗓子兴奋地叫她。还春应声望去,在看见宋年恩身边的洋娃娃一样的女生后微微一愣。

宋年恩说:"还春,我给你介绍,这是苏若,我们从小一起长大的,她刚从国外回来上学。"

叫作苏若的女生穿着漂亮的小洋装,仰着漂亮的脸,占有地攀住宋年恩的手,说:"我和年恩哥是青梅竹马。"

还春"哦"了一声,便低头吃力地想要提起巨大的垃圾袋。

"我来。"

男生修长的手忽然出现在面前,微微一用力,便把袋子整个提了起来。在看见还春满脸的沉重后,了然地扯出一抹笑,说:"还春,别傻站着了,等下我带你去个地方。"

站在一旁的苏若连忙说:"年恩,你忘了吗,等下我们要去饭店,庆祝我回国和你考上重点高中。"

宋年恩摆摆手说:"回去告诉我妈,我只想跟我最重要的朋友单独庆祝。"

语罢,宋年恩一手提着垃圾袋,一手拉起还愣在原地的还春的手往外走。还春不放心地回过头,便与苏若带着难过与仇恨的冷冽目光撞在一起。

宋年恩领着还春回到还春的家,两个人做了四菜一汤。吃过饭后,天已经黑了一大半。宋年恩神秘地把还春拉到屋子后面的工地废墟,从一堆石块的下面掏出个袋子,打开,满满的一捆仙女棒。

他回头对还春开心地笑,点燃一根递到还春手里,说:"我知道你喜欢这个,我可是找了好久才找到这些呢。"

还春和宋年恩坐在乱石堆上,一根根点燃仙女棒,绚丽的火花在指间不停地绽放凋谢。还春浅笑着仰起头,注视着男生火光映衬下的脸,轻声道:"宋年恩,谢谢你。"

"谢什么？"

"谢谢你把我当成最重要的人。"

"傻瓜。"

"宋年恩。"

"嗯？"

"在我心中，你也是最重要的人。"

5

还春知道苏若喜欢宋年恩。

苏若看宋年恩的眼神，这些年来，她在和宋年恩彼此的眼神中都曾看过，压抑在心底的感情。若抛开宋年恩不谈，还春想她和苏若或许会成为好朋友。苏若的身上，没有刻意的矫揉造作，得天独厚的气质，以及在面对感情时那种不放弃的执拗，都是她所羡慕的。

只是，三个人的纠缠，总会有一个被踢出局。

也不是没有问过宋年恩，优秀的女生那么多，为什么会选择平凡到渺小、出身不明的自己。得到的回答是一句古语：弱水三千，我只取一瓢饮。

还春不明白，宋年恩便认真地说："还春，我第一眼看见你时是在庙会的街上，你走在人群中，全身散发的是一种与世隔绝的冷漠，我一直注意着你，你偷了我爸爸的钱包，我在那一瞬间甚至有一些开心，因为我可以以这样的方式跟你相识。"

还春笑，说："我偷东西，那么坏，你怎么会想要与我相识，而且我……"

宋年恩打断她的话说："还春，你要知道，每个人来到这个世上，必定会有他生存的意义，比如我，生存的意义便是你。"

"还春，我喜欢你，从第一眼看见你的时候。"

还春轻轻地笑，摊开男生紧握自己的手，把头枕在上面，嘴角扬起欣慰的笑。

高三的时候，宋年恩已经跳级和还春坐在同一间教室里。而这一年，也成为苏若最仇恨还春的一年。

高考前填志愿，两个人一致选择了本市的一所医学院。还春说这样方便照顾奶奶，宋年恩便义无反顾照着还春的志愿表抄了一份。

苏若去找宋年恩和还春，说："还春，你和年恩哥终于熬到柳暗花明了，我祝福你们，你们以后结婚我要预定当伴娘哦。"

宋年恩为苏若的释然而高兴，拍了拍她的头，说："知道了，小丫头片子。"

宋年恩去车棚拿车，还春便和苏若在操场外的楼梯上等他。还春想了想，拉起苏若的手，笑得诚恳："谢谢你。"

苏若冷冷地瞪了她一眼，甩开还春的手，说："许还春，你别以为我不知道你是从什么家庭出来的，请你以后不要随便碰我，我觉得脏，也不知道年恩喜欢你哪一点，不过，你放心，你们门不当户不对，年恩想通了便会回到我身边的。"

还春的手僵在身侧，咬着唇，直到尝到一丝血腥。

苏若笑着退后了一步，却一脚踏到台阶外，整个身子忽地向后倒去，还春迅速抓住她的手，苏若却反射性地挣开，滚下楼梯，一同飞奔下去的还有赶过来的宋年恩。

还春睁大眼，不知所措地看着苏若痛苦地捂着自己的腿。宋年恩打横抱起苏若，在经过还春身边的时候顿住脚步，说："许还春，你刚才为什么要放手？"

还春张张嘴，想要解释。苏若却带着哭腔开口："是我不好，我不该提还春的身世，年恩哥，你不要怪还春。"

还春转头拉住宋年恩的衣角，说："不是这样的，宋年恩，你信不信我？"

宋年恩的眉头皱了皱，撇开还春拉住衣角的手，把苏若抱到自行车后座，回头对还春说："我送苏若去医院，你自己先回家。"

还春固执地摇摇头说："我在这儿等你。"

宋年恩深深地看了她一眼，说："随便你。"然后，便骑着车离开。苏若回过头，向还春露出胜利的笑。

还春看着宋年恩渐行渐远的身影，忽然有一种宋年恩会就这样驶离她生命的错觉。

还春一个人在学校门口坐到深夜，宋年恩依旧没有出现。她走到路边电话亭打电话给他，说："宋年恩，天黑了，你怎么还不来？"

电话那头的宋年恩沉默了片刻，声音有些疲惫与虚弱："今晚我要在医院照顾苏若，你自己回去吧。"

还春深吸了口气说："那条路没有路灯，我怕黑。"

宋年恩说："还春，你不能总是这样依赖我，我也不会每时每刻待在你身边，我们都要给彼此一些喘息的空间。"

还春握住电话的手怔了怔，无力地垂了下来。盛夏的夜，还春拖着麻痹的双腿走在空荡荡的街道上，天，是蒙蒙的黑。而心，也如这夜，黑暗潮湿。

6

那天之后还春便再没有出现在宋年恩面前，连同自己的奶奶，彻彻底底地消失在这座城市。宋年恩寻找了很多地方，却都一无所获。于是放弃了这样漫无目的的寻找，拿出自己所有的积蓄买下还春住过的房子，没课的时候便去那里，一坐便是一整天。如此，开始漫长安静地守着一间空屋。他希望，当有一天，还春累了倦了，回来的时候，第一眼看到的，便是他。

坐在屋子里的他时常会有一种感觉，还春没有离开，她的气息，她的影子，她的一颦一笑，都那么深刻地围绕着他。那样深刻的一个人，怎么会说消失就消失了呢？

怎么也不愿相信。

就这样，一晃便是四年。

宋年恩毕业参加工作了，遵循年少的誓言，成了一名医生。可是，那个可以让他履行诺言的人，却依旧没有出现。

还春回来的时候是除夕夜，她把奶奶的骨灰安顿在家乡的墓园后便去了老屋。走进熟悉的院落，她深吸了口气，熟悉的檀香味萦绕在潮湿的空气里，像是从未离开过一样。而下一刻，还春却又自嘲地摇了摇头。这么多年，物是人非。他们再也不是当初的自己了。只是，在异乡漂泊的时候，还是会像这样，总是会有一种闻到他的味道的幻觉，总是会深深地想念他，想他过得好不好。

当还春推开一扇木制的小门时，却被眼前的一切震惊了，全身的血液仿若在一瞬间被冻结。屋内，满桌子的饭菜，还有桌前，坐着的熟悉的身影。他变成熟了，瘦了，也憔悴了。

听见声音回过神来的宋年恩看着门外的她微怔了一下，随即淡淡地笑着说："你回来了，饭我已经做好了，快点来吃吧。"

说着，便拿着碗筷忙碌了起来。

还春站在门外，一动也不动。宋年恩添饭的动作顿了顿，带点指责和疼宠的语气道："别站在那儿啊，今天回来得本来就晚了，饭菜都凉了。"

"今天？"

还春奇怪地看着他飘忽的眼神，迟疑了下走过去，伸手想要触碰宋年恩的脸，却被他闪开了。宋年恩退到桌子对面，苦笑地看着她，摇了摇头说："不要碰，上次，我不小心碰了你一下，你就……这么消失了，连着好几天都不来，我知道……你还在怪我，我……是我不好,跟你说那样的话,我……"

宋年恩的眼角迅捷地掉下一滴泪,还春只觉得胸腔涌上一股酸涩,眼泪便"啪嗒啪嗒"往下掉。她走到宋年恩面前,执起他颤抖的手放到自己的眼角,然后在他错愕的目光中投入他的怀抱。

那么真实的触感。

宋年恩慢慢由错愕变成欣喜,加紧了自己的怀抱,喃喃地说:"不是幻觉,还春,你真的回来了。"

还春微微地笑,说:"傻瓜,我回来了,不走了。"

7

还春搬去宋年恩的小公寓住。两个人如此幸福地度过了一段时间。而关于四年前还春突然的失踪与这四年来的生活,他们也有了一致的默契。还春不说,宋年恩不问。

春雷过后,天便开始放晴,养在阳台上的栀子花簇簇地盛开,混合着檀香,形成一种独特的味道。

宋年恩从身后环住还春,头枕在她的发间,说:"还春,这个周末我带你回家。"

还春点点头,轻轻拨弄绿色叶子上白色的花瓣。

该怎样去形容第一次见面呢?

还春手里捧着新焙的春茶,扬起目光看着从楼梯上慢慢走下来的贵妇人,手一抖,几滴滚烫的茶便洒落在裸露的手上。宋年恩当她是紧张,便紧了紧缠在她腰际的手,对着贵妇人说:"妈,这是还春。"

还春突然感到一阵眩晕,头一歪,便倒在宋年恩身上。

醒过来的时候已经是在熟悉的床上,守在一旁的宋年恩长长地舒了口气,关切地问:"哪里不舒服吗?要不要明天去医院做个检查?"

还春虚弱地摇摇头,说:"我没事,只是有些累,你快去睡吧。"

待宋年恩带上房门离开后,还春从床上爬起来,光着脚从柜子的衣服最底层翻出一个小小的相册,她一遍一遍看上面那张熟悉的脸,想到小的时候,在学校被人骂她是没有母亲的杂种后,回家哭着找奶奶。奶奶拿了这本小相册给她,说:"还春,你不是没有妈妈的,你的妈妈跟你一样漂亮。"

还春看着相片上母亲的影像,渐渐与宋年恩的母亲重叠在一起。

一样的容貌,一样,在靠近眉心的位置,有一颗红色的痣。

她的母亲，也是他的母亲。

8

春天的最后一日，宋年恩下班回到家里时，看见还春坐在沙发上，低垂着头，旁边竖立着她小小的行李箱。

宋年恩坐到还春面前，握住还春冰凉的手，笑着说："要去哪里玩？我和你一起去。"

还春摇了摇头，不动声色地抽出自己的手，说："年恩，我不是去玩，我要走了，永远都不会再回来了。"

宋年恩看着她，像是一座被痛苦雕刻成的雕像："为什么？我们不是好好的吗？"

还春说："我给你讲一个故事吧，是我的一个朋友的故事。她伴随着肮脏仇恨唾骂来到这个世上，唯一的依靠是自己的奶奶，她们的生活，很艰难很艰难，可她从不埋怨，她只是奢望有一天可以亲眼看见自己的母亲，而不是看着那些仅有的照片上不会动的人。于是，她经常去偷钱，因为她幼稚地想，若是有一天被抓住了，警察一定会找她的家人，或许她便可以以这样一种方式看见她的母亲。

"她十六岁的时候遇见一个人，开始爱一个人，他说的每一句话她都会用心去听，去相信，她沉浸在自己编造的梦境里，却忘记了梦始终是梦，永远也不可能变成现实。但是有一天她的梦碎了，碎成一粒一粒的玻璃碴，扎在心口的位置。那天，男生第一次没有送她回家，或许是报应吧，在那段没有路灯的巷子里，她遭遇了不好的事，她再没有理由待在男生身边，于是她连夜逃离了这座城市。在一座座陌生的城市里，她开始在薪水很高的酒吧上班。她以为，这一辈子，那个男生将不再存在于她的生命里。

"可是四年后，她回到那个有他的地方，第一眼便看到了他。在那儿等了她四年，他那么傻，那么固执，让她有一瞬间的冲动，抛掉所有跟他过一辈子的冲动。可是她发现她做不到，因为只要一面对男生，她便会想到自己所遭遇的一切，她或许可以昧着心自欺欺人地和他生活下去。可她永远也不会幸福，所以她要离开，不是不爱他，而是没办法爱。"

还春讲完这个故事的时候，脸上笑容依旧明媚，可眼泪却一直流，在相对而坐的两个人心中汇成一片汪洋大海，凉到骨头里。还春深深看了一眼默默流泪的宋年恩，握紧手中的行李箱，逃也似的离开。

宋年恩在空荡荡的房子里从天黑坐到天明，心底的疼痛没顶而来。他怎么也没有想到，当年自己的举动竟然成了这一切悲伤的根源。只是现在，再多的懊悔或解释都已经显得苍白，来不及。

他还是失去了她。

站起身，宋年恩要离开的时候，却被旁边的火盆吸引，走近时看见里面有一张没烧尽的照片。宋年恩拍了拍上面的灰烬，就着微弱的阳光，在看见照片上那张遥远的熟悉的脸时睁大了眼。宋年恩想到还春那天在自己家中所有的反常，忽然就明白了一切。他捂着胸口，跌坐到地面，瞬间便陷入无边的黑暗中。

生命，所不能承受之重。

得知宋年恩死亡的消息时，还春正在驶往陕北的火车上，是苏若打来的电话。

她说："宋年恩死了，是心肌梗死，在家中发病，第二天被人发现送进医院时早已来不及了。"

她说："宋年恩从小心脏不好，那年宋年恩送我去医院时突然发病昏迷，他醒来后没有力气回去找你，又不想让你知道，所以才会对你说那样的话。"

她说："这次宋年恩发病的时候他的药就在身边，可是为什么他不救自己？许还春，你告诉我，这是为什么？"

还春默默地挂了电话，眼睛所能包容的东西忽然被水雾融成一片混乱，如同她的世界，她的生命，她的年华。

她看不清。

此一行，便走了大半个地球。

每去一个地方，还春都会写一张明信片，上面只有一句话：宋年恩，这个没有你的地方，再美丽都只是荒凉。写完便收在一个檀木盒子里，待到装满，已是五年后。

还春决定回到那个有宋年恩的城市，她坐飞机、火车、汽车，飞过云海穿山越岭。她的目的地是城市的南郊，宋年恩长眠的地方。还春靠着车窗，在脉搏处涂了些檀香香精，离开宋年恩的这些年，她染上了一个怪癖，闻不到檀香的味道便会胸闷气喘。

车子一个颠簸，还春手中的香精瓶骨碌骨碌地滚到座位下，她弯下身去捡，忽然就听见漫天滚石的轰隆声，她的头撞击在前座的铁栏上，眼前一黑，便失去了知觉。

睁开眼时周围已成一片汪洋，她的行李箱砸在身边，檀木盒子蹦开来，各式各样的明信片散落了她一身一地。她注视着那一抹破败的亮光，眼皮渐渐下沉。恍惚中，遥远

若你离去，后会无期

的地方传来救护车的鸣笛和人声的嘈杂。

还春合上眼，握紧手中的瓶子，嘴角扬起一抹笑。

"只要闻到檀香，就知道你在哪里。"

离人心上秋

"我是离人,是他心上的秋,心上愁。"

渔村被大海淹没的第三年，我又梦见了许平顺。

梦里浅滩落霞，海风拂面，木架上晒的渔网将橘色的阳光撩拨成一片晃动的海浪。许平顺就在这片橘色的海浪中踏浪而来，身上还带着钻石般晶莹的水珠，像披了件珍珠大氅，他在我的面前停下，带着一贯温和的笑颜，眼里闪烁着潋滟粼光，微微俯下身来看我。

他说，平顺平顺，你要记得平顺，你要平安和顺。

1

同许平顺第一次见面，我就毫不客气地捂着肚子嘲笑他的名字土气。

他眨巴着那双总带着层薄薄水雾的大眼睛不明所以地看着我，无辜至极，像极了我在福川家中养的兔子。

许多年后想起，记忆中那个潮湿中泛着热浪的秋日午后，许平顺脸上的表情在我停不下来的笑声中慢慢柔和模糊，当他觍着脸憨憨地跟着我笑起来时，我一愣，一手捂着肚子笑得直不起腰，一手指着他说："你这个傻瓜。"

话音刚落，头上就挨了爷爷一记响亮的爆栗。

其实只有我知道，那记爆栗一点儿都不疼，但我还是哭了，畏于爷爷不怒而威的脸。爷爷是军人出身，几十年的军营生涯，养成了他严谨严厉的性格，加上一成不变的刻板面孔，对那个年纪的我来说，爷爷就是世界上最恐怖的生物。

过去几年，爷爷奶奶每年都会去福川家中住上一两个月，这两年，爷爷奶奶年纪越来越大，渐渐经不起长途奔波，爸妈心疼他们，想把他们接到福川常住，被他们拒绝。在他们心中，这个与西沙群岛遥遥相望的小渔村才是他们几十年的家。两相权衡之下，爸妈便将我和哥哥在暑假时送到爷爷奶奶身边待两个月，以慰他们思念孙儿的心绪。

我八岁那年，第一次去渔村，因为许平顺，爷爷第一次动手教训我，让我委屈至极，对许平顺的印象坏到了极点。

我欺负他，并撺掇哥哥也欺负他，将他骗到了村子的池塘边。我对他说那里面有黑珍珠，我从未见过黑珍珠，很想看一看。

他靠近池塘小心翼翼地看了眼，然后，捏着鼻子"扑通"一声跳了进去。

我朝哥哥伸出手："哥，那傻子真跳了，你的四驱车得归我了！"

那时候我并没有觉得许平顺跟我们有什么不同，只是觉得他傻愣愣的，特别好骗，而这或许跟他从小在渔村长大，没有见过什么大世面有关。

许平顺在池塘里浮浮沉沉，不时冒出水面深吸一口气，然后又一个猛子扎进去，我笑得花枝乱颤。可渐渐地,我就笑不出来了,我本以为他跳进去就会发现是我的恶作剧,随后就会上来,但我没想到他会在里面游那么久,并且,看上去并没有要上岸的打算。

我急了,大喊:"许平顺,你上来吧,我不要了。"

他像是没听见,埋头扎进池塘深处,半天都没有冒出来。

哥哥说:"他不会被淹了吧?"

听哥哥这么一说,我急得眼泪直往下掉,再看一眼平静的池塘水面,我"哇"的一声哭了出来,我说:"许平顺,我不要黑珍珠了,你回来啊。"

哥哥跑回去叫大人,我在池塘边边哭边跺脚,就在我以为许平顺真的被我害死了时,"哗啦"一声,他从水里冒出来,边咳边游到我旁边,他的脸皱巴巴的,抱歉地对我说:"对不起啊,阿愁,那里面都是泥,太暗了,我看不清,没有找到黑珍珠。"

他的身上脸上还沾着稀烂的黑色泥巴,散发着阵阵臭味,可那一刻,一向有些洁癖的我大约是急坏了,扑过去抱着他的头哭道:"我不要了,不要了。"

那天晚上我和哥哥被爷爷罚不许吃晚饭,站在院子里面壁思过,夜深人静的时候,我有点儿站不稳,哥哥比我大些,身姿站得挺拔,我拉拉他的手,说:"哥,我饿,饿得站不动了。"

哥哥说:"站不动也要站,不然爷爷发起火来,明天我们都吃不上饭。"

我哭丧着脸,却忽然听到窸窸窣窣的声音,我回过头,就看见许平顺猫着腰坐在我家院墙上,正想往下翻。

我压低声音喊:"许平顺,你干吗呢?"

他一个不稳,就从墙上掉了下来,趴在地上好一会儿才站起来,他蹑手蹑脚地跑向我,从怀里掏出两块黑乎乎的糍粑,递到我和哥哥手里,说:"快,快吃。"

他已经换上了干净的衣服,可或许是因为在池塘里待了太久,身上隐隐还有着难闻的臭味,我犹豫地看着手里的糍粑,在他热切的目光中咬了一小口,冲他咧嘴笑了笑。

许平顺也笑,他露出白瓷般的虎牙,弯弯的眼睛像极了天边的月牙儿。

2

后来我在爷爷和爸爸的谈话中知道了许平顺的事。

渔村所在的军区大院里,住的都是大海对面西沙群岛上驻兵的家属。许平顺的父亲也曾是驻岛的官兵,故于八年前的一场海上事故,他的母亲挺着大肚子赶去奔丧,途中遭遇大风浪,在摇晃的船中剧烈颠簸,导致早产加难产,他的母亲拼死生下他,只来得及说一句，"希望他一生平安和顺"，便匆匆闭了眼，甚至来不及看他一眼。

"平顺"这个名字，是他的母亲留给他的唯一的希冀。

许平顺生来就和别的孩子有些不一样，他从来不哭，四岁时才开口说话，他反应迟钝，脑子也不太灵光，所幸渔村的人待他都很好。他从小由奶奶带大，不喜欢与人接触，却独独对第一次见面的我莫名地亲近，言听计从。

我哥说许平顺一定是喜欢我的。

我就问许平顺："许平顺啊许平顺，你喜欢我吗？"

他黝黑的脸上绽放出大大的笑，头点得跟小鸡啄米似的。

我满怀期待地问他："你喜欢我什么？"

他毫不犹豫道："你会给我超好吃的糖。"

我一愣，在脑子里搜寻了一遍，我并未给过他任何东西。

许平顺大声提醒我："大白兔！"

我"啊"了声，想起是有这么一回事儿，那是我刚来渔村的第一天，因为惧怕爷爷，头天晚上哭闹了整整一宿，眼睛都是肿的，下车时，我抱住了我妈的大腿，再一次哭号着要和她一起走，却被她无情地推开。为了表示我对我妈失望决裂的心情，我将她特地给我买的一包大白兔奶糖随手塞进了路边一个遛狗的小孩手里，然后气呼呼地转身就走，甚至根本没有看清那小孩的模样，现在想来，那个小孩，大约就是许平顺了。

我有些沮丧，到头来，他喜欢我不是因为我这个人，而是因为我给他的糖。

正沮丧着，许平顺突然凑近我，双手托着下巴，眨巴着眼说："阿愁，那你也喜欢平顺吗？"

我愣了愣，然后点了点头："喜欢啊。"

八岁的孩子，哪里懂得什么是喜欢，只晓得和这样一个对自己说一不二的人待在一起，自己的心情会很好。

许平顺是我在渔村里唯一的玩伴，而我也是他这么多年来唯一的朋友。

在渔村长大的孩子，水性都特别好，许平顺也不例外。

那个时候，我最喜欢的事就是和许平顺奔跑在细细软软的沙滩上，再"扑通"一下跳到大海里游几圈，我不敢游太远，只敢在浅滩里意思一下，许平顺却不一样，他在大海里就像一条灵敏的鱼，时常游着游着就忘乎所以。

有一次我从浅滩里爬上岸，回头看见许平顺朝着海与天相交的地方越游越远，我叫了他几声，风声太大，将那些声音吹散在礁石之上，他没有听见，也没有停下来。

眼看他越游越远，几波浪打来，他的身影消失在海面，我急了，双手拢在唇边大喊："许平顺！"

声音在海面上久久回荡着，海浪的呼啸声与之相随。

我静静等待了好一会儿，许平顺突然从海面上冒出来，手里还捧着一只硕大的螃蟹，他举着螃蟹对我乐呵呵地笑。

我吊着的一口气重重地吐了出来。

他上了岸，兴奋地朝我飞奔而来，在我面前停下，我说："许平顺，游那么远，你不害怕吗？"

他摇摇头，头上的水珠甩了我一脸，他说："不怕啊，我总觉得，那边有人在叫我呢。"

他手指的方向是一望无际的大海边缘，我无端端地想到哥哥同我说的许多睡前故事里，关于海中女巫的故事，她们总是带走人最重要的东西。我突然就想，女巫是不是也要将他带走？我打了个寒战，连忙拉着许平顺离开了海边。

那天晚上爷爷用许平顺捕来的螃蟹做了一锅海鲜煲，爷爷说他只见过渔村最有经验的渔夫捕过这么大个的螃蟹。

我听得心里美滋滋的，叼着螃蟹腿摇头晃脑道："许平顺可比那些人要厉害得多呢！"

这话一点儿都不假，许平顺脑子不太灵光，身手却十分敏捷，藏得再深的牡蛎，跑得再快的沙蟹，都逃不过他那双手。

记忆中那个暑假，他给我的大海馈赠数不胜数，从沙虫到海鳗，从海胆到皮皮虾，无一不让我这个见过大世面的城里人如获珍宝。

那一年暑假结束，我回福川，坐在停在路边的大巴上，许平顺站在车外，踮着脚尖，黝黑的脸贴在车窗上，巴巴地看着我不说话，没有笑。

许平顺很爱笑，看见被冲上岸的水母会笑，自己晒的渔网被海风吹散在天空也会笑，甚至，看我在他面前摔倒，他也是笑，并不急于拉我一把。

于是，那一刻，我便晓得，许平顺不开心。

我的心情也很沉重，有着懵懵懂懂的不舍，不舍得他带给我的惊喜，不舍得这样一个契合的小伙伴，我轻轻叩了叩车窗，叫他："许平顺。"

他没有说话。

我说："你等我。"

他看着我，慢慢点了点头，脸上终于绽开久违的笑容。

3

那之后，每一年的暑假成为我最期待的日子。

每一次，当我还在车上，将将能在远方看见一点儿渔村的样貌，总能在道路尽头看见一个牵着狗的瘦小身影。

我兴奋地从车窗里探出大半个身子，挥舞着手大喊："许平顺！"

那瘦小的身影开始迅速移动起来，朝我的方向飞奔而来，远远地，我就能看见他咧开的嘴，白瓷般的虎牙，弯如月牙的眼睛。

爷爷说，从我回福川的第一天起，许平顺每天都会去村口等我。

每一天，风雨无阻。

小小年纪的我，第一次体会到被人期待的感觉，感动到喜极而泣，那是一种无可言喻的幸福，像被全世界拥抱着，有什么声音自云端而来，温柔地叹息。

渔村的孩子都在军区大院的学校里读书，独独除了许平顺。他记性不好，简单的拼音都不会记，那些笔画甚多的字对他来说更是天方夜谭。开始还有老师可怜他的身世，一对一给他做课外辅导，但最后都屈于他的迟钝。许平顺读了四年一年级，同学都变成了学长，整所学校的人都知道，有个永远的一年级生。

久而久之，总有些风言风语。

十三岁时，我千里迢迢从福川背来一辆折叠自行车，和许平顺在小路边，教他骑车，有几个在路边玩的小孩视线通通被我们吸引。

有人小声道："啊，是那个弱智。"

他们或许不是嘲笑，只是同情，可那些字眼在我耳中仍旧像根刺。许平顺也听见了，他抬起头，朝那伙小孩友好地笑了笑，说："叫我干吗？"

我也不知道哪来的力气，一把将许平顺和自行车推倒在地。然后气势汹汹地直冲那些小孩杀去，在所有人都没有反应过来时，我已经抡起胳膊挥向他们。

我和他们扭打成一团，寡不敌众，许平顺想冲过来救我，反而被其中一人一拳打翻。我看了更来气，打得也更凶。后来，还是哥哥来找我们时看见这一幕，加入了战局，哥哥比我们都大，力气也大，很快就将那群小孩打得哇哇乱叫。

毫无意外地，那一天，我和哥哥又被罚了。

站墙角时，哥哥问我："何愁，你为什么和他们打起来？"

我狠狠道："我看他们不爽！"

然后努力仰起头，看着蓝得不像话的天空。很久之后我低下头，发现哥哥已经不在了，而许平顺不知什么时候站到了我身边，正仰头看着天空。

我看着他，那个时候，他的个子已经长得比我高得多，眉眼也在渐渐长开，出落得清秀惹眼。

我说："许平顺，你干什么呢？"

他也不低头，保持着那个姿势说："看你在看什么呀。"

我好不容易倒流回去的眼泪顷刻掉落，许平顺缓缓低下头，伸出手，沾了沾我的眼角，然后放进嘴里，咂吧了下嘴，朝我笑："阿愁，原来，你的眼睛是大海啊。"

他一生都觉得对大海有着莫名的熟悉感，有人在海的尽头唤他归去，可是在我失去许平顺的很多年后才晓得，原来，召唤着他去尽头的那个人，一直是我。

许平顺，何愁平顺，不如归去。

4

初中毕业那年，正是同学录刚刚兴起的时候。我的生日在六月，哥哥送了我当时小店里最漂亮的一本同学录，我特地将第一页留下，在暑假来临时带到渔村，让许平顺写。

"许平顺"握着笔，在姓名栏背后停了许久，水笔的墨迹晕成一个黑色的圆点。

许久之后，他在上面画了个大大的笑脸，又指了指自己。

我便晓得，他不知道该怎么写自己的名字。

我拿了笔，握着他的手，一笔一画教他："一点，横折提，一撇，一横……"

许平顺三个字，被我们俩写得歪歪扭扭，滑稽不堪，可那却是许平顺学会的第一个名字。我让他日夜练习，写了整整一本练习本。我告诉他，许平顺的意思就是，许你平安和顺。

他便问我："那何愁呢？是什么意思？"

说到我的名字，我不由颇为自豪，我妈是个作家，我和哥哥的名字是她的得意之作，何忧、何愁。

意为没有什么好忧愁。

许平顺似懂非懂地歪着头，我就叹气，在他的世界里，一切皆是善意，哪里有什么忧愁，他怕是从未尝过愁滋味吧。

我跟他说这个典故后不久，一天，我把自己埋在沙滩里闭目养神时，老远就听见许平顺在叫我。我朝他望过去，他手里拿着什么，当他走近我，我看清他手里拿的东西后，惊得眼珠子差点没掉下来。

我说："许平顺，你竟然能看书了？"

他兴奋地咧着嘴，把我拉起来，指着书页中的一句道："阿愁，是你的名字耶！"

我仔细一看，他指给我看的原是一句诗——离人心上秋。

心上秋，正是愁。

许平顺嘀咕着："不过这前面两个字，是什么呢？"

我看着他，说："是离人。"

他追问："什么是离人？"

我突然就不说话了，因为我觉得这两个字和愁连在一起，似乎有些不太吉利，冥冥之中，像注定了什么。

许平顺不断催促着我，我没有办法，答他："是离开的人。"

许平顺沉默了一下，半响，他突然站起来，朝大海跑去。一个猛子扎进海中，很久之后，他游回来，一身水珠地跑到我面前，清秀的脸看上去无比委屈，他说："阿愁，我将那本书埋在海里了，你不要离开，好不好？"

我的心里突然一片柔软，笑笑说："你傻呀，我总会回来的呀。"

他一愣，像是认真地想了想什么，然后重新露出笑颜，重重地点头："对呀，你总会回来的。"

这些年来，像养成了习惯，每一年离开渔村，我都会告诉他一句："你等我。"

他就傻呵呵地笑，拼命点头。许平顺从来都是对我言听计从的，他相信我的每一句话，每一个字都被他视为箴言，他将所有信任毫无保留地给了我，甚至没有一句为什么。

那几年的时光过得飞快，我总是希望自己快快长大，大到足以保护许平顺，然后，我要带他去看一看外面的世界，我生活的那个地方，作为他带给我的惊喜的报答。

可是很多年以后，当我长到足够大，可以保护我身边的每一个人，却又无比希冀时间可以倒流，让我回到当初那个保护不了任何人的年纪。

那时候，我一无所有，却有许平顺。

后来，我拥有一切，却再没有一个许平顺。

我的妈妈希望我一生无愁，而许平顺的妈妈希望他一生平安和顺，可最终，我们都辜负了各自母亲的一番心意。

5

我上了重点高中后，课业繁忙，每个假期都被无数个补习班安排得满满的。

我两年没有回过渔村，我让许平顺的等待变得没有尽头。偶尔被繁重的学业压得喘不过气来时，我总会想到许平顺，仿佛闭上眼就能看见他在路的尽头等待我的样子，于是，再怎么黑暗的路我都不再害怕。

第三年的时候，我回渔村，这次举家浩浩荡荡地回去是有要事在身，爷爷身体出了问题，在爸妈的说服下，他和奶奶终于同意和我们一起回福川，享受更好的生活和医疗条件。

令我意外的是，当大巴车在村口停下时，我并未看见那个在我无数个梦中徘徊的身影，我的心里说不出地失落，四下张望了许久，期待中的那个身影并未出现。

已经走到前面的哥哥回头大叫了我一声，我回神，低下头快步跟了上去。

吃饭的时候，大家谈论起渔村。说现在全球气候日益变暖，海水一年一年吞噬着海岸，也离渔村越来越近，有专家说渔村保不了多少年了，说不定哪一天，一个浪头打过去，渔村就成为海中的废墟了，这也是爷爷奶奶下决心离开这里的主要原因。这几年，渔村的人不断外迁，住进了政府的安置房，许平顺家也分到了一套安置房，但可恨的是，他那个远房表叔连哄带骗让许平顺签了房屋转让协议，自己拿了房款，消失得无影无踪。许平顺唯有和年迈神志不清的奶奶依然生活在渔村的小小房子里。

爷爷叹了口气说：“就前几天的事，许家老太太去海滩捡贝时摔了一跤，当时就不行了，也不知道平顺这孩子以后要怎么办。”

筷子"吧嗒"一声掉在桌上，大家沉浸在对许平顺的同情中，并未注意到我，我捡起筷子，胡乱扒了几口饭，找了个借口溜了出去。

许平顺家的门上还贴着白色的"奠"字，我敲了敲门，过了很久也没人来应门。我倾身想贴在门上听听里面的动静，门却在此时被拉开，我一时收不住，直接贴到了一个温热宽厚的胸膛上，我愣了一下，缓缓抬起头。

他比记忆中更加瘦弱，常年受日晒海风洗礼的肌肤黝黑，清秀的眉眼暗淡无光，看上去疲惫不堪。

许平顺低着头看着我，很久之后，他叹息着拥住我，说："他们都说你不会回来，可我知道，你会回来的。"

我的心跳突然加速，脸上也不合时宜地燥热起来，在听到他这句话时，心里忽然就模糊不清地疼了一片，我的手抚上他的背，轻轻拥住他："许平顺……"

我不知道我该说什么，有什么东西似乎想要冲出体内，脱口而出，可我不知道那是什么，我害怕，那些莫名的情绪。

军区大院的人已经渐渐搬完，偌大的院子里，只剩下寥寥几户人家。我开始担忧起许平顺的未来，终于，我忍不住问他："要不，你和我们去福川吧，只要有手，总能找到活，况且，你我还有个照应。"

许平顺垂眸看着我，眼神清澈，似懂非懂地别开眼。

我当他是答应了，抽了个周末，我带他去附近的城市里购买一些生活用品。我听爷爷说，许平顺的奶奶得病后就无法照顾他了，他的鞋子早已容不下他飞长的脚，脚趾冲破鞋面，滑稽地露在外面，衣服也大都不合身。军区大院的人送他的衣物总会被他送回，问其原因才晓得，原是当年我无意用一包大白兔收买了如此听我话的他后，怕他也叫别人收买去，我千叮万嘱，让他不许无缘无故接受别人的东西。

那一句戏言，他信了好多年。

那是许平顺十八年来头一次离开渔村，看到外面的世界，他站在人潮汹涌的街头，把头仰得老高，半晌没有动静。

我拉拉他的衣角，他指着远处高耸的建筑说："它太高了，我看不见大海了。"

他不知道，我们现在距离大海已经很远，就算没有那些建筑，他也不可能看见。我觉得有些忧伤，这些年来，他就像只坐井观天的青蛙，所见的，只有渔村那一方小小的天地。

我带着他去城里最繁华的商场，商场的人很多，对衣着简陋的许平顺投来好奇的目光，这让许平顺很不舒服。他明明比我高许多，却佝偻着背将大半个身子藏在我身后，这个举动，让我们更加成为众人的焦点，甚至有人掩唇咬耳朵对着我们指指点点。

不只许平顺，连我都感到前所未有的压力，想快些逃离这个地方。

我看着许平顺开口的鞋，他身上洗到抽丝的衬衫，破了好几个洞的短裤，我叹了一声，将他带到楼梯的安全通道处，把几颗大白兔奶糖放到他手里，说："许平顺，你在这里等我，我一会儿就回来。"

他局促不安，嘴巴张了张，似乎想要说什么，但最终，他只是点了点头。

我迅速买完了东西，回去时，却发现安全通道边围满了人。我挤过人群，看见许平顺抱着脑袋缩在一角，几个中年妇女指着他大骂，言语极其难听。

我一问，才晓得在我离开的时候，几个小孩也跑到了这里玩，看见许平顺衣着破烂躲躲藏藏，又见他手里攥着的大白兔奶糖，就上前抢。许平顺死死护着，也不知道出了什么混乱，将其中一个小孩推倒在地，头磕了老大一个包，剩下的几个小孩叫来了他们的母亲，对着许平顺又掐又骂。

路人指了指脑袋说："一看那个男孩啊，这里就有什么问题，大约是流浪到这里的吧，唉，年纪这么小，也怪可怜的，那几个大妈也真可气，仗着这一点，可劲地欺负他，明明就是自己管不好自己的小孩，小孩没家教，这大人更没家教。"

我心情复杂地看向许平顺,他正好像感应到什么似的抬起头,看见了我。他朝我伸出手,我却鬼使神差地退了几步。

许平顺就那么眼睁睁地看着我,似乎愣住了,悬在半空中的手慢慢垂了下去,眼睛蒙了层水雾,像钻石一样晶莹剔透。

那是我第一次看到他的眼泪,我的胸口难受得泛酸,可我只是轻轻别开了目光。

商场的保安来协调后,那几个大妈带着孩子骂骂咧咧地离开,围观的人群也散尽,许平顺的衣服在拉扯中已经破烂不堪,只剩几块挂在身上,他趴在地上,努力去抠被大妈一脚踩扁粘在地上的奶糖。

我终于忍不住,走过去拉住他的手,说:"许平顺,弄脏了,不能要了。"

他看了我一会儿,说:"不脏的,洗一洗就行了。"

我突然难过得不行,舌根泛着苦意,我说:"不要了,我们回去了。"

他呢喃着:"可那是你给我的啊……"

我假装没有听见,拉着他的手,没有走电梯,从楼梯离开。

我们像两个逃兵,匆匆地,狼狈地回到渔村,彼此都没有言语。

那之后许平顺变得更加沉默,离开渔村的前一天,我问他:"许平顺,东西准备好了吗?明天我们就走了。"

他垂首编着一条渔网,沉默了许久,头也不抬道:"阿愁,我想留在这儿。"

我心里翻江倒海,也不知道说些什么,静静地坐在他身边看着他编完渔网。

他张开五指,将渔网撑起,对着阳光看了看,又侧过头对我笑:"你想我的时候,就来看我呀,我会等你。"

我知道,他在渔村里待了太久,他第一次试着走出那里,就遭到了来自他人的恶意,他恐惧害怕,他只想在他的小小世界里,安安稳稳。

很多年以后,我想,如果那时我坚决一点儿,将他带走,如今,或许便是另一番境地了。

可那时的我,年纪太小,我虚荣、贪慕、敏感,在意别人的目光,和许平顺在一起接受众人揣测的目光,我觉得他让我很丢脸,而当我将他独自留在安全通道时,就已经将他推离了我的身边。

6

那一次离开渔村后不久,我就接到了首都一所名校的录取通知书。

那里和我生活的小城又是天壤之别,它更繁华,也更有魅力,让我想要在这座城市的中心刻上自己的名字，我要融入它，就得让自己变得更加优秀。

我发愤读书，在学生会里大放异彩，也有了男朋友，他是我们导师的儿子，出身书香世家，谈吐优雅，气质俊逸，是许多女生心目中的白马王子，却独独将玫瑰抛给了我。

他对我很好，大三那年，我拿到年级的唯一一个交换生名额，和他一起去了巴黎。

我不知道恋爱的感觉该是怎样，但是，对于我来说，恋爱并不像书上说的那样充满心跳与热度。和他在一起的每一分每一秒，我的心，就像最平静的幽潭，没有一丝起伏。

和他在一起，就像和哥哥、爸妈在一起的感觉一样。

好友说许是我们在一起久了，我便释然，心安理得地同他享受巴黎的浪漫繁华。有时候想起许平顺三个字，也只是一个很模糊的影子。

大学毕业后，我留在巴黎继续读书，男友在一家牙医诊所工作，半年间一切看似安好，可我们最终没有逃过分离的命运。

他说："何愁，和你在一起这么久，我甚至感受不到你的心为我而跳。"

我的心中没有一丝难过，当月就回国在北京的一家世界级的外企找了份工作。我全年无休拼死拼活的工作态度，很快得到领导赏识。为了做一个国际项目，我熬夜几天，终于病倒，领导给我放了长假，带薪留职，让我好好休息一下。

爸妈来北京照顾我，每天给我煲汤疗养。

也不知道是谁先开口，提到了过世的爷爷，说他生前最放心不下的，是渔村里那个叫许平顺的孩子。

听到这个名字，我的心中一颤。好像有什么东西吹开覆在心上的灰尘，那个深埋的影子，渐渐清晰起来，我才发现，他的眉眼，他眼角的痣，他嘴角弯曲的弧度，都清晰得像在昨天。

我妈说："渔村果真如那些专家所说，一年一年在变小，你爷爷啊，身体不行，还去了渔村三次，想要接走许平顺，可他不愿意，硬说什么他和人说好，会在这等他，他要是走了，那人就找不到他了。去年的时候，来了阵台风，渔村直接就没了，听说那里现在就是一片汪洋了，谁也不知道台风来时那孩子在不在那里，咦，阿愁，你怎么哭了？"

我抱着碗，没有出声，眼泪却一直往下掉。

我知道他等的人是谁。

我以为这么多年我都没有回去过，他早像我忘了他那样忘了我，不再等待。离开渔村的那一年,我甚至没有像过去那样告诉他"你等我",或许从那一刻开始,我便晓得,自己不会再回去。

我没有给他承诺,让自己心安理得,可我忘了,许平顺他单纯、一根筋,认定了什么就是什么,不会改变。

7

那一夜,我连夜坐飞机赶往渔村。

渔村的确和我妈说的一样,已经成为大海的一部分。我在海岸边徘徊许久,哑着嗓子哭,被曾经住在渔村的邻居发现,在我的请求下,他答应明天退潮时,开船带我故地重游。

我离开渔村时十八岁,如今我已经二十四岁,六年了,我的眼角甚至也有了淡淡的纹路。

邻居说,许平顺身手敏捷,他在已经搬空的渔村内躲躲藏藏,政府派去找他的人再多,最多只能看见他一闪而过的身影。他水性好,再没人比他更熟悉这里海岸礁石的分布,只要他想藏,没有人能找得到他。那场台风之后,政府曾出船去找过他,但是没有找到,连尸体都没有,或许被海浪卷入了深海,葬身鱼腹。

因为退潮,掩埋在大海之下的渔村露出了微微一点儿模样,那场台风已将渔村的建筑摧毁成断壁残垣,邻居开着小渔船,在其中灵敏地穿梭。

目光扫过一块露出水面的墙壁时,我突然像被十万伏特的电流击中,不能动弹,只能大喊一声:"停!停船!"

在邻居还未反应过来时,我就跳入了海中,游向那块礁石,扶着它往下潜,当我终于看清石头上的东西时,蔚蓝的海水里,我的心在顷刻间崩溃。

那一整面石头上,都是他刻的字,歪歪扭扭,密密麻麻,不断重复着一句话:离人心上秋。

我颤抖着手,拂过那些已经模糊,快被海水侵蚀掉的字,泣不成声。

我是离人,是他心上的秋,心上愁。

从没有人可以像他那样带给我快乐,也从未有人让我只要想到就万般柔情涌上心头,也只有他能让我的心跳如擂鼓,可这十多年的时光,我没有一刻想过自己会和他有除了朋友外的关系,想来,在我内心深处,也和那些人一样,觉得他是个异类,而自己,只会和像我一样的普通人在一起。

在那水泥森林里,我舍不得灯红酒绿的繁华,舍不得将一生屈就于那个小小渔村。

若你离去，
　　后会无期

　　我在那片被大海覆盖的废墟之上痛哭失声，撕心裂肺地大喊："许平顺！你回来好不好？"

　　我等了好久，却再也没有一个破水而出的他替我擦去那些不断涌出的眼泪。

　　一直等我的许平顺，再也不会等我。

　　风卷着海浪拍打着礁石，也像拍打在我的心上，那么重，像快要死去般地痛。

　　后来，我辞掉了北京的工作，在靠近渔村的一座小城里定居，开了家宠物医院，闲下来的时候，就牵着我的边牧在城市的大街小巷游走。

　　我仍不愿相信，许平顺真的归去在深海，我依然期待，某一年某一天与他在人潮汹涌里擦肩而过。

　　他可以不记得我，可以不记得自己的名字。

　　但只要，他，平安和顺。

　　就好。

你在北纬以南

"她穿白色的长裙,旧旧的小白鞋。她躲在阳光后面朝他挥手,细细的眼睛弯成一座桥。"

1

记忆中遇见杨以南的那个秋天，福川阴雨绵绵的天倏然放晴，猛烈的阳光似乎是在一瞬间把水汽全数蒸发，仿佛又回到了炎热的夏季，四合院里的老人们坐在槐树下纳凉，打牌儿拉家常。

杨以南就是在这个时候被父亲牵进来的，狭窄的院子里忽然停止了喧嚣，几双眼睛纷纷落到这个陌生的小女孩身上。

父亲径直把杨以南带到他面前，将行李放在地上，就走进卧室里同母亲说话。留下俩人，各自带着警惕的目光打量对方。

不久，父亲独自出来，牵着杨以南朝他走了几步，道："北纬，这是以南，往后，以南就是你的妹妹了。"

宋北纬还没缓过神来，杨以南就似讨好般脆生生地叫了声"哥哥"，声音带着南方小女生特有的软糯，还有小心翼翼。

宋北纬没有什么表情地别过眼，不发一语。

宋北纬一家住的是四合院里最大的一间，可说是最大，也只有一室一厅，卧室被衣橱分隔成两个小小的空间，一边属于父母，一边属于他。

而当杨以南来到后，他不得不将属于自己的这个空间同她分享，他原本睡的木床让给了杨以南，自己则睡在父亲临时借来的弹簧床上。

宋北纬认床，到了半夜仍然辗转难眠，所以，尽管杨以南将动静刻意压低，没睡着的宋北纬还是听到了响声，他轻手轻脚地爬起来，踮着脚偷偷地跟了上去，杨以南在客厅里存放她行李的衣柜面前停下，窸窸窣窣地从里面掏出什么东西，沉默了一会儿后，瘦弱的小肩膀不停颤抖。

宋北纬看了一会儿，转身回到弹簧床上，不知过了多久，他听见杨以南轻柔的脚步声，最后戛然而止在相距甚近的另一张床边。

这是两个人都失眠的夜。

第二天天刚微微亮起，一夜未眠的宋北纬就如释重负地爬起来，洗漱完回到屋里，刚好看见杨以南，她的眼睛又红又肿，脸上却挂着淡淡的笑，同父亲说些什么。

宋北纬莫名就想起夜里那个颤抖的杨以南，和眼前这个女孩简直判若两人。

一直到很多年以后宋北纬才知道，杨以南从小就是这样的人，流再多的泪，也不会哭出声，再深厚的痛，都不动声色。

2

杨以南总在半夜起来，蹲在衣柜前，对着什么东西悄无声息地哭。

后来有一天，趁着爸爸带杨以南出门上户口，宋北纬从她那箱行李中翻出一张照片，他认出上面的某个人，是杨以南，还有另外一个陌生女人。

他觉得自己像个小功臣，发现了杨以南的秘密，献宝似的将照片拿给了母亲，母亲看完后把照片撕碎丢进了垃圾袋，让他一起丢到巷口的垃圾池里。

那天注定是个不平静的夜。

杨以南半夜起来发现照片不见了，她满脸眼泪，急得话都说不利索："妈妈的照……片不见了，我一直……一直放在箱子里的。"

"不见了？"父亲严厉的目光扫过宋北纬和母亲，"在自家东西还会不见，什么贼放着钱财不偷，去偷一张照片？"

宋北纬心虚地往后退了一小步，而这个动作，自然没能逃过曾当过侦察兵的父亲的眼。

他被父亲揪着耳朵拎了出来。

"小兔崽子，你把照片弄哪儿去了？"

他到底还是个孩子，被勃然大怒的父亲吓哭，说不出一句话。

眼看一巴掌就要落下来，母亲拉过宋北纬，将他护在怀里，同父亲吵："是我扔到垃圾堆了，怎么？你也要打我吗？你把我们母子都打死算了，你好带着这个孽种去找照片上那个狐狸精。"

杨以南"哇"的一声哭出来："阿姨，那是我妈妈，不是狐狸精。"

三个人的哭声纠缠成一团，父亲丢了句："我去找照片，回来再同你解释。"

母亲冲他的背影嚷嚷："你走了就别再回来了！"

谁想竟一语成谶。

夜色浓重，没有路灯，父亲弯身在垃圾堆里找照片时，驶进巷子的垃圾车没有看到，径直倒车，将父亲夹在车与垃圾堆之间，等到司机察觉下车查看时，父亲已经断了气。

一行人赶去时，垃圾堆外已经被围观的人群围了个密密麻麻，母亲大叫了声冲进去，宋北纬蒙了好一会儿后，仿佛忽然意识到父亲出了什么事，边叫着"爸爸"边想要挣开小卖部王老板的怀抱往里冲，这时，他感到紧贴着他的，还有另一股拼命想要往外冲的力量。

他茫然扭过头，看见杨以南，他同她一起被王老板抱在了怀里，他突然不知道从哪里来的力气，用力挣开王老板的手，然后狠狠推了杨以南一把。

如墨的夜色中，他的脸在警车闪烁的灯光下呈现一片诡谲之色，以一种特别仇恨的语气对杨以南说："是你！我爸爸是被你害的！"

杨以南跌坐在地上，看着他，泪眼蒙眬，颤抖得像秋风里一片凋落的叶子。

3

杨以南从那天起就被赶出了宋家，宋母不愿看到她，宋北纬也不愿和她这个"杀父凶手"同住在一个屋檐下。

最后一次看见她，是在父亲的葬礼上。

她混在人群里，被母亲认出，引发一场混乱。

十三岁的杨以南看上去要比同龄女孩瘦弱许多，几下就被推搡在地，除了哭，就是极力反驳对自己母亲的谩骂。

"我妈妈不是狐狸精。"

杨以南这句辩解的话引来了亲戚们更强烈的指责，眼看母亲有晕倒之迹，宋北纬拨开人群扶住母亲的胳膊，冲杨以南道："你害了我爸爸，现在还要害我妈妈吗？你走！你走啊！"

杨以南停止了哭泣，攥着行李袋的手不断握紧，面色苍白地爬起来，一步步离开了葬礼现场，她看上去那么瘦弱，脊背却挺得笔直，没有回头。

这是杨以南留在宋北纬记忆中的最后一个画面。

葬礼匆匆结束，仅剩几个家属在照拂悲恸的母亲，有人走过来叫母亲的名字，是父亲当兵时的战友。

他行了个军礼，踌躇了下道："嫂子，冒昧地问一句，刚才那个小姑娘，叫什么？"

母亲狐疑地看了他一眼，答："杨以南。"

军人脸色突变，沉默了一会儿后为难地开口："那个小姑娘是我们杨班长的女儿，您大概是误会了什么。当年杨班长同宋队是很好的朋友，那时候，宋队说您月子里没调养好，他们就想去林子里打刚出生的山猪带回去给您补补，他们猎小山猪时，母山猪护犊，狂性大发，杨班长将母山猪引到另外一条路，让宋队趁机把小山猪跑走，他随后就到。可是到了天亮，杨班长仍然没有回来。"军人顿了顿，面露惧色，似乎是陷入了什么沉重的回忆里，"我们一行人去林里搜查，发现了杨班长的……遗体，因为擅自打猎是违纪行为，宋队和杨班长都被开除了军籍，遣返回乡。之后的事，我知道得就不大多了。宋队回乡后，很少和我们联系，但听杨班长的同乡说过，杨班长遗孀带着女儿过得很困苦，似乎后来又得了什么病，今年年初刚去世的。"

母亲的脸色由白变红，而宋北纬内心翻江倒海，说不出一句话来。

他站在殡仪馆门口四下张望，口里念念有词，可哪里还有那个瘦小的身影。

葬礼结束后的第十三天，一封来自西北的信寄到了宋家，母亲站在大槐树下拆开草草看了一眼，用打火机点燃一角，随意丢弃在院子一角。

宋北纬坐在房间的书桌前，注视着母亲的一举一动，手指摩挲在桌面上那张被透明胶粘在一起的皱巴巴的相片上，那时母亲让他丢掉，他偷偷藏起放在了糖罐子里，父亲葬礼后的每一个睡不着的夜，他就起床趴在小小的台灯下，用透明胶一点一点拼凑起照片，边拼边小声啜泣。

他并没有发现，自己啜泣的声音里，细不可闻的词句。

"对不起。"

对不起，爸爸。

对不起，杨以南。

4

父亲去世后的第五年，因为母亲工作变动，他转学到福川城西的一所高校。

学校和新家之间仅隔着一条长长的小道，道路两侧种满了槐树，新植的槐树枝叶稀疏，每天经过时，他总是很想念四合院里那棵枝繁叶茂的大槐树。

就像他时常会想念起那个女孩的姓名、声音、模样。

所以，路口的黄色早餐车刚出现，他就先人一步注意到堆满各式早点的柜台后的女孩。

她同他一样，十八岁了，记忆中稚嫩的五官都已长开，可虽然变了模样，他仍然认得她眼底那份只属于她的倔强。

自从杨以南的早餐车出现后，人们蜂拥而至，与小街其他早餐店门前的冷清场景相去甚远。

宋北纬远远看着，从没有近过早餐车十步之内，最后当围着早餐车的人流慢慢减少时，他会在一旁的早餐店里买一杯豆浆一袋馒头，然后骑上自行车向学校驶去。

如此半个月后，早餐店老板对他这个忠诚的顾客惺惺相惜，话也多了："我瞧那小姑娘，和你年纪差不多大吧，啧啧，不好好读书，跑出来卖弄什么风姿，同我们这些上了年纪的抢生意，我们一大家子都靠着这个早餐店吃饭呢，断人食粮，也不怕折福。"

宋北纬淡淡地瞥眼看他，老板常年被烟熏得黑黄的牙齿让他感到无比恶心，他忽然没了食欲，放下挑好的早点，骑车疾驰而去。

早餐店老板被他这个忽然之举弄得一头雾水，在后面挥着装馒头的袋子喊："同学，早点还要不喽？"

早餐车后的女孩听见声音，习惯性地抬头望去，清晨的阳光不烈却刺眼，她看见穿白衬衫的男生屁股悬在车座上方拼命踩脚踏的背影，她愣了愣，瞳孔一紧，手中的包子"啪嗒"一声掉了下来。

5

隔日是周末，补习班下课早，走到必经的路口时，宋北纬下意识地望向早餐车的方向，讶然发现早餐车前围了许多执法人员，他一眼扫过去，并没有看到杨以南。

推车走近了些，周围的谈论让他明白发生了什么事。杨以南的早餐车属无照小摊贩，被人举报到了城管处，城管要拖走早餐车，杨以南便躺到了车底下，抱着轮胎，谁也劝不出来。

宋北纬叹了口气，停好车，走到早餐车车尾处，趴下身，果然看见杨以南光洁的额头。

他开口叫她："杨以南。"

静了好一会儿，车下的人翻了个身，下巴扬起，大大的眼睛同他对视了会儿，匍匐爬了出来，冲他笑了笑："宋北纬，好久不见。"

他愣了愣，问了个不该出现在这种状况下的问题："你认得我？你记得我？"

"你不是也认得我吗？"杨以南漫不经心地回答，余光瞧见城管因她离开了车底而开始拖车的举动时，连忙冲了上去，死死抱住一侧的车门，"喂喂喂，别动我的车！"

宋北纬愣了愣，看着女生滑稽的样子，终于忍不住"扑哧"一下笑出声。

最后是他陪着杨以南一起去的城管大队，城管队长先将杨以南不负责任的父母数落了一通，最后道："车是一定要扣的，钱也是要罚的，叫你父母吧。"

"大叔！"杨以南突然一声喝，"我爸爸妈妈要是还在，我这个年纪会不去读书，出来卖早点吗，谁家的家长舍得让子女这样啊，大叔舍得吗？"

城管队长愣了愣，试探着问："你父母呢？"

杨以南转过头看着宋北纬道："我是孤儿。"

宋北纬被她看得脸上一片燥热。

兴许是杨以南孤儿的身份说服了城管队长，他没有再为难杨以南，归还了早餐车，告诉她以后有什么困难可以来找他。

"并不是所有城管都是可恶的嘛。"离开的路上，杨以南发表了这样的评论。

宋北纬没有接茬，沉默了一会儿，问："这些年，你都是一个人生活？为什么不回家？"

杨以南说："妈妈死后，我就没有家了，爸爸的骨灰被送回来时，我还是个婴儿，长大了点儿后知道，爸爸是被开除军籍的，亲戚们当他是家门的耻辱，早就和我们撇清了关系，一直都是我和妈妈。"瞥了眼认真聆听的男生，继续道，"妈妈的后事是宋叔叔一手操办的，宋叔叔领养了我，带我来福川，后来……我离开宋家，不知道该去哪里，我去福利院，可是他们不收我，因为我的户口是在宋家的户口本上，宋叔叔虽然不在了，可他的家人还在，就等于我的家人也在。"

她停了下来，似乎是陷入什么回忆里。

宋北纬忍不住催促："后来呢？"

"后来啊，我什么都没有，饿到不行的时候也偷过东西。我年纪小，没人愿意给我工作，我就捡垃圾卖唉，一点一点，慢慢能够温饱了，我还租了房，还有这个早餐车，就是我捡垃圾换来的。"她转头对他笑了笑，眼里满是神气。

宋北纬觉得鼻子发酸，当年他对杨以南的不友好大多来自于他不愿同她分享，分享父亲的爱，分享自己拥有的一切。他一直想，造成父亲事故的始作俑者是自己，若他没有去拿她的照片，若他能好好接纳她……可是如今，说这些都没有用了。

他总会安慰自己，他那时年纪小，不懂得这些。但世间的错误，哪能都用年纪小搪塞过去？如今听到杨以南的辛苦，他除了愧疚，更有想弥补一切的冲动。

他望向她瘦弱的背影，低声道："对不起。"

阳光柔软地铺洒进餐车内，周围的车流声、话语声交织成片，良久，女孩恬淡的声音从车前座传来。

"没关系。"

6

宋北纬没有再问杨以南是怎么认出他的，他想，他俩本该走到一块儿的，无论横隔多少时光和距离。

他成了杨以南早餐车的常客，也去过杨以南租住在城中村的简陋房子，房子是由一张床和一个矮桌以及堆放在角落的纸盒、塑料瓶组成的，他看了心里难受，几次冲动地想把杨以南带回去，但想到母亲可能会有的过激反应，只能作罢，便偷偷从家里顺些小玩意，用留存许久的压岁钱往杨以南的小房子里添家具。那些钱，是他偷偷攒下报考空军学校的费用。

他对杨以南说起自己的梦，眉眼里的神采熠熠夺目："因为我爸的关系，我妈一直对军职有抵触，但那是我的梦想，小时候，我爸常把我扛在肩膀上追飞过头顶的飞机，我就向我爸保证，总有一天，我会自己开着飞机驶向那片蓝天。"

杨以南捧着脸看他描述自己的梦想，阳光落在她盛满笑意的脸上，像覆了层细碎的金屑，宋北纬说到兴奋处时低头看见杨以南的笑，嘴上一滞，脸慢慢红了起来，他在心里想，这是他见过的最动人的笑容。

喜欢上杨以南是意料之中的事，若要深究这感情的来由，大概就是自己曾毁了她一个家，想要给她另一个家。

每个周末，同杨以南的"约会"也让他有种家的感觉，杨以南有一手好厨艺，唯一称得上是缺点的就是，她嗜甜，所以做任何东西都偏甜，问其原因，杨以南淡淡地答："因为甜的味道，会让人感觉快乐，就觉得生活也没那么悲催了。"宋北纬想到她独自生活的那些年，心里模糊不清地疼了一片，秉持着想让她一直会感到快乐的想法，糖啊、巧克力啊、蛋糕什么的一股脑儿乱买，陪着她一起肆无忌惮地吃甜食。

注意到体重这个问题是在学校体检时，检测的老师知道他一心想要报考空军学校，看到他的体重时，惊道："你知道你这个体重已经超过空校的标准了吗？"上下打量了一番，摇着头道，"怎么才半年，你就胖了这么多，还有三个月，减得下来吗？"

他信誓旦旦地点点头，回去后也克制了饮食，每天只吃一点儿蔬菜，吃不饱的感觉并不好，还要瞒着母亲，每天装模作样地以学习为借口，端碗进房间吃饭，然后将一碗饭菜倒入事先准备好的袋子里，隔日带给街头的流浪狗。

如此毅力和坚持，按常人来说，一定是能减下去的，可偏偏宋北纬的体重悬在空校体重标准的上方一点儿，怎么也下不来。

空校的面试，他第一轮就被刷了下来，从面试室走出来时，他的样子并不太好，失望及梦想破碎的表情交织成一张情绪低落的脸。光看，就知道面试是以失败告终。

杨以南跟在他身边，垂着头，不发一语，俩人走了一段距离，沉默的宋北纬忽然停下来，望了她一眼，看见她红红的眼圈，仿佛比他还要难过的样子，他的心就像泡在一瓶柔顺剂里，软软塌下去一片。

他伸手揉了揉杨以南的头说："没什么的啊，空军当不了，我可以做飞行员的启蒙老师啊，我的成绩一向很好，随便上个师范大学是不成问题的。"

杨以南本来还只是泛红的眼眶突然掉下几颗晶莹的泪珠来，浅浅地吸着鼻子，还是不说话。

他叹了口气，伸手将她拥在怀里，抚着她的背，轻轻安慰。

7

高考前一日，母亲买了许多菜回来，在宋家的小楼房里做了顿香气四溢的晚餐。宋北纬草草吃完，借着最后的复习的借口，将自己关在小房间里，然后翻窗跳了出去。杨以南在两个人事前约好的小公园里等他，一见他跑得气喘吁吁地出现在她面前，就将一瓶饮料递给他："酸梅汁，我自己做的哦。"

他"咕噜噜"地灌了大半瓶，抹了抹嘴，坐在她身边，长长吐了口气，像是鼓起巨大的勇气，说："以南，考完试后，在这儿等着我，我有话要同你讲。"

杨以南一愣："什么话？"像想到什么，脸上一红，又笑笑，"好。"

他一直很喜欢她的笑容，像炎热夏日余晖时的一阵清风，总让他有种岁月静好的感觉。后来自己又同杨以南说了什么他已经记不清了，整个人都晕乎乎的，眼睛闭上的那刻，他想，陪她一辈子都不够。

醒来时，自己躺在公园的长椅上，阳光很刺眼，头也很痛，他睁了几次眼才适应这样的光亮，杨以南已经不在身边，只有被他喝了大半瓶的酸梅汁孤零零地摆在长椅之下。

他掏出手机想看时间，却在看到日期时惊得说不出一句话，6月8日，距离第一天高考已经过去了整整一日。他的脑子还未清醒，想到的第一个问题是，杨以南呢？杨以南有没有出事？

赶回家时，母亲被一群亲戚簇拥着坐在沙发上哭，一看见他，所有人都惊呆了，纷纷围上来拉着他的手打量。

小舅斥责他："你妈妈担心死了，以为你遭遇不测，失踪未超过24小时警察局不予立案，你知道这二十多个小时你妈妈是怎么度过的吗？你到底去了哪里？"

他愣了愣，说："我……在外面睡着了。"

"睡着了？"母亲又气又惊的声音响起，"你知不知道你错过了高考，你读这么多年书，为的是什么？"

母亲恨铁不成钢的拳头砸在他身上，他低着头不发一语，借口头痛回到卧室后，将被子拉过头顶，微微发着抖，他心里想的，是他不愿相信的，他的作息很正常，再晚入睡，总会在第二天清晨醒来，哪有那么巧，喝了杨以南给他的酸梅汁，就睡了那么久。

他去杨以南租住的城中村里，敲了半天门都没有人应，最后房东打着哈欠出现，给他开了门，门的另一边，杨以南并不在。空荡荡的小屋子里，唯一的矮桌上压着一个信封，他走过去打开，映入眼帘的是杨以南娟秀的字迹。

宋北纬，你那么聪明，也一定猜到了吧。就像你想的那样，酸梅汁里有小剂量的安眠药，是我让你睡了那么久。我这么做只是因为我恨你，你不会真天真的以为，我独自生活的那几年，是像我同你说的那样吧？宋北纬，你有没有想过，陌生的城市会带给一个孤苦无依的小女孩什么，你能想象到的所有不好的事情，都在我的身上发生过。那个时候，你和你妈赶我走时，就没有想过这些吗？我恨你，活下去是为了报复，如果没有那些恨的支撑，我可能早就活不下去了。能再遇见你，是老天给我报复的机会，是我故意让你吃那么多甜食，故意让你的体重超标，故意让你参加不了高考，毁掉一个人的梦想的滋味，我终于也让你尝到了。

宋北纬苍白着脸，心里的绞痛一阵又一阵，他亏欠她的实在太多，而最让他害怕的是，他或许这一辈子都没有机会偿还。

8

2010年，杨以南孤身一人坐夜班的火车回到西北小城，她从那里来到福川，曾想过回去，也以为永远不会回去，但最终还是得回去。

世事就是这样捉摸不透，就像她对宋北纬的恨，到最后竟然变成了她从没有想过的爱。

他有什么好，小时候，他欺负她，赶她走，让她吃了那么多苦。喜欢上他，实在是一件不可思议的事，只能归咎于，冥冥之中有着双方老爸的牵线，是注定要摊上"情"这一字的。可是到了最后，还不是变成互相伤害，他伤害过她，她也伤害了他，往后两个人，便是生生世世不相欠。

火车的呼啸声听起来像是呜咽，杨以南看着手机屏幕上，宋北纬在自己的博客里发的照片，被透明胶粘在一起皱巴巴的，是她和母亲最后一张合照。她曾以为失去的合照，宋北纬在照片下写了一行字，他说：我欠你一句话，那句话是，陪我一生好不好？

这句话，像打开了杨以南泪腺的阀门，她"哇"的一声哭出来，像个孩子失去了最心爱的玩具。

她不知道为什么心里会那样难受，明明她毁掉了他的梦想，她应该开心的不是吗？

就像她也不知道，久别重逢的那一刻，宋北纬的梦想，就只剩下她。

2014年，复读一年的宋北纬从师范学院毕业，自告奋勇去了西北一所中学教书。他会到这里来的原因只有一个——杨以南。他查了好些年，无数蛛丝马迹中，拼凑出杨以南回到家乡这样的传闻。他等不到她回来,没关系,反正他有大把大把的时光去找她。

西北的小城不若南方明净的天空,时常有风扬起沙尘,漫漫黄沙中,他被吹得拼命流泪。体育课上,他陪学生绕着操场跑了一圈又一圈。

年轻的学生问他:"宋老师,你一个南方人,干吗要来这里受水土不服之苦啊?难不成,是为了某个姑娘?"最后一句调侃的话让所有人哄笑起来,他也笑,哼哧哼哧地答:"对哇,我老婆在这里啊,我要陪着她啊,弄得惨一点儿,她再见到我时,会心疼的吧。"又腼腆地加上句,"全世界我最喜欢她了。"

他那时已经是身高一米八的大小伙,曾经不符合军校标准的体重在日积月累的锻炼下变成精壮的肌肉,白皙的皮肤也被西北恶劣的气候熬得黑黄,像是地道的当地人,他做好一切与她重逢的准备,静静等待那一天的来临。

忘记是哪一日清晨,蝉鸣聒噪,他看见一个叫作北纬以南的作者发表在当地报纸上的作品,里面有一句话戳中了他的心脏:他和她的名字从小就被绑在一起,却是一个北,一个南,一个永远无法拥抱的距离。

就像多年前的重逢,有种冥冥之中的直觉让他笃定,这是他的杨以南。

他欣喜若狂地跑到报社编辑部,死缠烂打要来了杨以南的地址,给她寄了个切掉中间部分的地球仪和一封信,信上写:以南,你就在那里不要动,看我毁灭地球,坚定不移地朝你跑去。

从此以后,他的梦想不再是成为一个飞行员,而是,一个为爱而生的小怪兽。

"我其实并不害怕死亡,我只是害怕,在那么多年后,还有没有一个人如我这般爱你。在远离你的地方,独自思念,地老天荒。"

若你离去，后会无期

1

苏迦南。

我已经忘了，这是第几次写下你的名字。一笔一画，像刻在心脏上的一道伤痕，因为温暖，所以不能愈合。

不知道为什么，自你离开后，我总是会想起你。想起，你的年华、微笑，以及杂七杂八。我这样死乞白赖地遥想当年，你若是知道，一定又要笑我傻吧，你说过，人总是要向前看的。可是，一向以好学生标榜的我却始终学不会这一点。我花大把大把的时间用来缅怀过去的时光，夜不能眠。

虽然现在，这些都只是我一个人的事。

我认识你时，年满九岁，还是个扎着羊角辫，有些自闭的小姑娘。我和爸爸住在福川路的一幢破旧小楼里，已经四年。

我至今还能清晰地回忆起那一天，万物复苏的春日，湛蓝的天空上飘浮着几朵零散的云彩。我像往常一样，坐在楼梯处，抱着破旧的洋娃娃等爸爸。楼里又有新的住户搬进来，穿着蓝色制服的搬家工人不停地从我身边路过。于是，我走到拐角处，低着头，看青石板上缓缓爬过的蚂蚁，消磨时间。

"小妹妹，你在做什么？"

不知道过了多久，头顶有陌生的声音响起，我微微抬头，就看见了你。你穿着干净的白T恤，逆着光，满脸友善的笑意，我可以清楚地闻到你身上清新的肥皂香。苏迦南，说实话，第一次见到你时，我是蛮讨厌你的。因为，你笑得那么好看、温暖。我做不到，所以讨厌。

你看，那时的我，就是这样偏执古怪的小孩。

我讨厌你，所以我拉着你的手，撅着嘴说："哥哥，你可不可以帮我拿下我的风筝？"

我指了指不远处的一棵老槐树。那个风筝，是前些天不知道从什么地方飘下来的。我垂涎了好久，却因为树的高度，渐渐放弃了占有它的想法。可是你的出现，又让我看见了希望。

你打量了一下树的高度，有些为难，但看到我乞求的目光后，你一咬牙，说："走，我带你去拿。"

你牵着我，来到树下，卷起袖子，抱着粗壮的树干，费力地往上爬。终于，你够着了风筝的边缘，轻轻一扯，便拿到了手里。你摇着风筝冲我胜利地笑，我的"小心"还没喊出来,你就连人带风筝摔了下来。你抱着腿发出闷闷的痛苦的叫声,头上布满豆大的汗珠。大人们被你的呼喊声吸引过来,着急地背起你匆匆离去。

我呆在原地,不知所措。

我只是想,让你为我拿风筝,弄脏你的白衬衫,让你不再笑。却没想到,会弄得你摔伤左腿。以至于,在往后的日子里,你走路的时候,左腿总会不自然地拖在地面。

是的,我害你成了瘸子。

你出院的时候第一时间找到我,喘着气还来不及说话,就递给我漂亮的风筝,你还细心地为它牵上一条长长的线。你平复了下气息,挠着脑袋说:"对不起,到现在才来得及给你。"

我背着手不敢看你,也不敢接过风筝。我对你有着深深的歉疚,可是我不知道用什么方法来表达。

你见我不说话,就拉起我的手,带我去时代广场上放风筝。漂亮的风筝,在你的牵引下,飞到空中,与云共舞。你把线放在我手中,我紧紧地握着,感受风筝的一线牵,开心地笑。

那个时候你还不知道我的名字,你叫我小妹妹,你说:"我们刚学了个词,叫作'云淡风轻'。"我觉得这就是在形容你笑起来时的眼睛,云淡风轻。

可是苏迦南,你一定不会知道,这是我两年来第一次露出笑容。从我……从我被抛弃以来。

2

我的"爸爸"是一名铁路工人,五年前的除夕夜,在回家的路上,看到了倒在路边的我。他急忙把我送进医院,我在他的悉心呵护下渐渐醒来,却因为高烧忘记了很多事情,包括我为什么会倒在路边。只记得自己是有父母和一个哥哥的。我悲哀地想,他们,一定是不要我了。毕竟,又有谁愿意要一个像我这样的小孩呢?

后来,"爸爸"收养了我,带着我搬到了福川。本以为,我们的生活可以就这样平平静静地度过,我也会在这样的生活中忘却身世的悲伤。

但总有些人喜欢乱嚼舌根,我的身世很快就被传成了多个版本。在我五年的成长岁月里,我的身边充满了白眼与嫌恶。爸爸工作很忙,每天早出晚归,所以大部分的时间只有我一个人。我也已经习惯了这种寂寞与孤僻。

直到,你的出现。

不可否认,你在我的童年里,充当了极其重要的角色。你带我放风筝,带我捉蟋蜂，带我去游乐园，带我去看流星雨。你的脑子里，总有千奇百怪的想法，这让我对你无比崇拜与景仰。

说到那次看流星雨的经历，我就忍不住想笑。你在新闻上听到射手座将会在凌晨两点有一场流星雨，几十年难遇。你欣喜地把这个消息告诉了我，并制订了一个看流星雨计划。

你告诉我，不见不散。

于是，凌晨两点，我偷偷从家里溜出来，刚出门就看见了你。你裹着厚厚的棉被，拉着我就往天台跑，你满脸憧憬地睁着圆鼓鼓的眼睛在漆黑的空中搜寻，眨都不敢眨，生怕错过一颗。

你义正词严地对我说："快想好愿望，等流星雨哗啦啦下时一许，上帝就可以听见你的心愿，你就赚了！"

我似懂非懂地点点头。

小小的我们都忽略了气象台也会有不准的时候，你强打着精神等了好久，满天的星星就是不掉下来。最终，你靠在我身边，沉沉睡去。我却没睡，因为我想帮你达成心愿。所以，整整一晚我都强打着精神不敢合眼。终于，天色微亮的时候，一颗拖着长长尾巴的流星出现在我的眼前，我急忙双手合十，心底暗暗许下愿望，方才松了口气，放下心来，蜷缩在你身边睡下。

那一夜的折腾，让我们都得了重感冒。你更惨，因为你还有个带坏麦小西的罪名，被你爸爸狠狠骂了一顿。你又气又恼，说："没许成愿还被骂，太不人道了。"

我吸着鼻涕安慰你："没事没事。"

可你还是为这件事难过了好长一段时间，我看着你难过，心里也挺过意不去。好几次，我都有种冲动想告诉你，你的愿望，我替你实现了，所以不要不开心啦。可是你说过，愿望说出来就不灵了，为了如你所愿，我一直守口如瓶。所以，苏迦南，你要原谅我的不告知。

我曾经仰着头问："有那么多愿望，上帝来得及帮我们实现吗？"

你一本正经地说："会的会的，上帝不会骗人。"

你说得那么振振有词，所以我也就深信不疑。

后来的我，常常会想，是上帝骗了我们，还是我所见到的那颗流星只是过于疲惫所产生的幻觉？

3

不知道为什么，除了爸爸以外，我愿意为其笑的人，只有你。

时光荏苒，十七岁的我，已不再是当初那个偏执自闭的小孩了。在你的调教下，我成功地蜕变成一个爱笑的开朗女孩。相反是你，从儿时的聒噪变成现在的安静沉默。如此静好的少年郎。常常会有人羡慕我，他们说："小西，为什么苏迦南只对你笑？"

我眨眨眼，笑意浮于面上："这是青梅竹马的特权啊。"

是的，青梅竹马。

苏迦南，虽然我们之间也有过几年的空白，但我还是喜欢用这个词来形容我和你，它完美地将我们的成长连在一起，密不可分。我喜欢，这种浅浅的暧昧。

我们的教室只隔着一条窄窄的走廊，窗对着窗。苏迦南，你一定不知道，很多时候我都在偷看你。我看见你在桌下偷偷看杂志，我看见你托着腮思考，我看见你莫名其妙地笑。于是，我的心中，满满的幸福便溢了出来。

高中的座位是根据成绩排的，第一名可以自己挑选座位。为了保住靠窗的位置，我只有无比勤奋地学习，这也就是为什么不爱学习的我却保持着班级第一的原因。

喏，说了这么多，我只是想告诉你：苏迦南，你是我麦小西一直喜欢的人。是从什么时候开始的呢？是你带我去看流星雨，还是你为我取下风筝？又或许更早些，不过，这一切都不那么重要了。

那时《仙剑奇侠传》电视版刚出来，你租来碟片和我一起看。画面上的李逍遥一脸认真地说："我要是认定一个女孩，就会一生一世只爱她一个。"

于是，我一边啃着苹果一边装作不经意地跟着后面说："我要是认定一个男孩，就会一生一世只爱他一个。"

我悄悄地观察你的表情，你先是愣了一下，然后，嘴角扬起一个温暖的弧度。

我坏心眼地大叫："苏迦南，你好卑鄙，你在偷笑。"

你一脸无辜："我没有。"

"我看见了！"

"没有，别说话，看电视。"

"你有你有你有！"

我叫嚣着晃着脑袋，你不耐烦，抢过我手中的苹果，整个塞进我嘴里，成功地让世界安静下来。我叼着苹果满脸怨恨，可我心里是美滋滋的，我确定一定以及肯定，苏迦南，你也是喜欢我的。

你之所以什么都不说，是因为觉得理所当然。理所当然地觉得，我麦小西本来就是你苏迦南的。我们两个，本来就属于彼此。

我是多聪明的小孩啊，早早就洞悉了你的想法。

4

学校举行校运会，我从来都不去参加，陪着你做后勤工作。这一切，都是因为你的腿。虽然你什么都不说，可我清楚的知道你其实很希望可以像那些运动员一样，奔跑在墨黑色的操场上。我的内心其实一直对你有着深深的歉疚，毕竟，是我当年的不懂事谋杀了你的梦想。

班上的长跑运动员突然扭伤不能出场，正找不到人顶替的时候，老班眼尖地发现混在人群中的我。于是，我很荣幸地被派去完成一千米的长跑。老班慷慨激昂地说："麦小西，只要你上去跑了，就算拿倒数也没关系！"

我为难地看向你，你朝我点了点头。

我上场了，我跑了，我真的拿倒数了。因为我跑到一半就直接晕了，倒之前我看见人群中飞奔而来的你，我就特傻地对自己说：值了！

醒来时，我躺在医务室。我眯着眼，骨碌骨碌地转动眼球。苏迦南，你居然靠在我床边的椅子上睡着了，睫毛覆盖在眼睑上，投射下一片浅浅的光影。我慢慢地直起身子，前倾，细细地看你。

你的睫毛微微颤动，我连忙直起身，东张西望。你奇怪地看着我，摸摸头："你醒啦？刚才怎么跑着跑着就倒了？"

我说："我也不知道，大概是我从来都不运动的原因吧，现在没事了，可以飞檐走壁了。"

说完，我还煞有介事地在床上跳了几下。

你看着我，宠溺地微笑。

我一直以为我会和你就这么理所当然地走下去，上学、工作，直到结婚。可惜天总是不遂人愿，我们平静的生活中出现了一个人：莫宛航。

他是附近美术学院的学生，经常出外写生，沿途用笔画下所见的美好。那天，我们放学回来，就看见他架着画板站在破旧的楼下，比画着。

我好奇，拉着你凑过去看。他友好地冲我们笑："你们好，我是莫宛航。"

不知道为什么，我觉得他的笑那么熟悉，好像在哪儿见过。后来仔细想想，大概是因为，他笑起来的样子很像初见时的你，好看且温暖。

莫宛航每天都会来这里画画，他画得真好，浓浓的油彩，凛冽的颜色，像是谁在哭泣。我知道,他是一个有故事的人。我喜欢他的画,我开始期待放学,因为可以赶回去看他画画。

他的脸上总是带着温暖的笑,可我知道这些笑容下真实的脸不是这样。

我们谈到梦想,我问莫宛航:"你为什么会选择画画?"

莫宛航沉思良久,才喃喃道:"小时候,我的梦想是当一名医生,可是后来却成了美术学院的学生,四处写生,你知道为什么吗?"

我摇摇头,好奇地看向他。

"找一个,我弄丢了的人。"

他的眼神突然染上了深深的蓝色,浓浓的哀伤感染了我。我想,他一定是弄丢了对自己很重要的人吧,我突然很想抱抱他。我也这么做了,我抱着他说:"你一定会找到的。"

然后,我抬头,看见远处的你红红的双眼,我慌忙松开手,跑到你面前。你什么话都不说,只是深深地看着我。我知道,你是在等我跟你解释。可是我也说不清楚,对于莫宛航,我总是有着一种熟悉的感觉,总是不自觉地想靠近他。他在忧伤些什么,我想要知道。他紧锁的眉,我想替他抚平。

你见我不说话,便转身离开。

我去找你,你坐在天台上一言不发地看着似墨苍穹。我走过去,坐在你身边,用胳膊撞了你一下,你不理我。

"喂,苏迦南,你是在吃醋吗?"

你别过头,嘴硬地说:"谁吃醋了?我才没这么无聊。"

我在一旁若有所思地笑,你的脸"唰"地一下红了一片,瞪了我一眼,然后匆匆离开。

你的身影刚消失在门口,我就捂着胸口,脸色苍白。自从那日校运会上晕倒后,我的心脏总是会像撕裂般地痛,一阵一阵。我不想让你担心,我在你面前就算痛时也会强忍着对你笑。

你这个笨蛋,你居然都没有发现我的笑有多难看。

5

你开始寸步不离地紧跟着我,对莫宛航表现出深深的敌意。我却无比高兴,因为你终于也会表现出紧张。情人节前夕,你找到我,不自在地塞给我一张门票,说:"喏,明天的时间要空给我。"

若你离去，后会无期

我惊讶地抬头看你，你的脸红得像熟透的番茄。我还没来得及说话，你就迅速跑开，留下我一个人站在原地，手里捏着游乐园的门票，还处于神游状态。苏迦南，你知道吗？这是你第一次这样正式地约我。

一整个下午，我都找不到你的人。于是，我去看莫宛航画画。莫宛航奇怪地看着我问："为什么苏迦南没有跟来？"

我耸耸肩，下意识地看了看手中的门票。他凑过来看，顿时一脸了悟，盯着我笑得灿烂。我低下头，满脸胭脂霞。有风吹过，撩乱了我的头发，我顺手撩到耳后。再抬头，却看见莫宛航紧紧地盯着我的耳朵，眼里写满惊愕。

他突然放下画笔，跑到我面前，问："小西，你耳朵上……"

我笑，下意识地摸了摸耳朵，那里有一块深褐色的胎记，我一直都用头发做掩饰，我说："那是胎记，你没见过吗？"

莫宛航踉跄地后退了几步，摇了摇头，看了我一眼："小西，有些事我要去确认下，你等着我。"然后他便匆匆离开，我觉得奇怪，但没多想，回到家去准备明天我和你的约会。

情人节那天，我穿上漂亮的百褶裙，别上精致的发夹，在镜子前折腾了好久才出门。刚在游乐园下车，就看见马路对面，游乐园的门口，你捧着一束鲜艳的玫瑰站在那儿。原来你也是个懂得浪漫的人。

我欣喜地想要跑过去，胸口却突然传来一阵剧烈的疼痛，我的视线变得模糊，呼吸渐渐急促，就在我以为自己要倒在马路上时，一个温暖的怀抱接住了我，是莫宛航。他的手上拿着一个厚厚的信封。

他担忧地问我："小西，你怎么了？"

我看见你望过来，下定了决心般对莫宛航说："你带我回家。"

他迟疑着点点头，打了一辆车，迅速带我离开。透过后视镜，我看见你将手中的玫瑰重重地砸在地上。我知道，一同砸碎的，还有你的心。

苏迦南，对不起。

回到家时，我的心痛已经好了很多。莫宛航坚持要送我去医院，我拒绝，沉默地看着窗外只剩下枯枝的老槐树。

半晌，莫宛航掰过我的肩，一字一句地说："麦小西，你不愿去医院是不是有原因？"

我没否认，越过他，从床头的柜子里翻出一张泛黄的病历，上面写着：麦小西，女，九岁，先天性心脏病。

我一直都知道自己有心脏病，当年爸爸从路边把我带到医院时我就知道。那时医生说我活不过二十岁，但或许会有奇迹发生。遇见你后，因为一直没有病发，我天真地想也许真的会有奇迹发生。可是，苏迦南，我错了。这个世界，原来永远都不会有奇迹。

我垂下眼，思绪飘向那个遥远的年代，我自嘲地笑说："我是个不健全的小孩，难怪我的亲生父母会抛弃我。"

叹了口气，抬头，却看见莫宛航手里握着我的病历，呆怔地看着我翻弄柜子时掉下的那个破旧的洋娃娃。

"莫宛航？"

我不解地叫他，他回过头看我，神情就那么忽然地悲伤起来。

他跟我讲了一个故事。

故事里面有一个幸福的家庭，爸爸、妈妈、哥哥，还有妹妹。妹妹生下来时就被确诊患有先天性心脏病，谁都不愿放弃她。于是，她出生后，家人就带着她去各个医院治疗。可是，妹妹厌倦了成天待在医院里的生活。于是，她去求她亲爱的哥哥带她出去看一次烟花。哥哥不忍，就把她偷偷地带了出去，却没想到，看烟花的人那么多，小小的他们很快就被人群冲散。他在那一年的除夕夜，痛失了他最爱的妹妹。这么多年来，他一直没有放弃寻找她。从天南，到地北，都留下了他寻找的脚步。

莫宛航捡起洋娃娃，说："这个娃娃，是哥哥送给妹妹的除夕礼物，妹妹的耳朵后有一块深褐色的胎记，我昨天回去，就是为了找这些东西。"

说着，他把信封递给我。

我颤抖打开，里面是一沓照片，都是同一个小女孩，短短的头发丝毫掩饰不了耳后深褐色的胎记。最后一张，是九年前的除夕，她穿着爸爸当初捡到我时身上穿的衣服，抱着洋娃娃对着镜头笑得苍白。

我呆呆地站在原地，脑子里像遗失久远的幻灯片，模糊地闪现着一些画面：医院洁白的房间，眉眼清晰的小男孩，还有绚丽的烟花。

莫宛航握住我的手，说："小西，你是我的妹妹，莫宛颜。"

就像歌里唱的那样，上帝在云端开了个玩笑，用一朵花开的时间。原来，这一切，只是上帝对我们开的玩笑。原来，从来都没有人抛弃过我。是我，抛弃了自己。

6

城市上空，有浮云急速流动。天气开始转暖，依稀可以看见树上新抽的绿芽。莫宛航坐在草地上，我靠在他身边，微微地眯起眼。远处，你背着单肩包，双手插在口袋里，一个人走，很快身影便湮没在阴暗的楼道里。

自从情人节后，我们就一直是这样疏离的状态，我办了退学手续，不跟你说话，不再与你同行，可是每每看到你时我总是会莫名地难过起来。我不知道，我要以怎样一个姿态离开你，忘记你？

几个月后的一天，我又看见了穿着蓝色制服的搬家工人，你抱着大大的纸箱向我走来。你逆着光，像我第一次遇见你时那样，金色的阳光包围着你，炫目的温暖。你说："我要走了，以后大概再也不会回来了。"

我装作若无其事地点点头，十指紧紧地纠结在一起，指甲深深嵌入手心。

你蹲下来，眼睛通红，声音带着哽咽，把手放在我的手心里，说："小西，你告诉我说你跟莫宛航的一切都只是误会好不好？你拉住我的手，不要让我走好不好？"

如果可以，我会不顾一切地握紧你的手，不再放开。可我最终还是颤抖着抽离了自己的手，我忍着心里的痛残忍地说："我会跟莫宛航一起走，所以，请你离开。"

你站起来，那么悲伤的表情，你说："当年我想对着流星许个愿，我希望我可以和身边的这个女孩一直走下去，可是，终是不能如愿。"

语罢，你转身离开，头也不回。车缓缓地开走，于是，我蹲在碧绿的草地上，眼泪肆意地流。莫宛航走过来，轻轻地抱住我。

人们总是会清楚地记得他生命里每一个曾经伤害过他的人，将他们放在内心深处，虽不去触碰，但至少，他们会长久地留在自己的心上。岁岁年年，日日夜夜。既然我不能主宰自己的生命，那么，请原谅我用这种方式，永久地陪伴着你。我情愿与你生离，也不愿让你承受死别的痛苦。你那么重要，又怎么可以赐你这样的煎熬？

苏迦南，让你走，只是不想让你看见最后的悲伤。

7

莫宛航带着我和爸爸回到了我在另一座城市的家，爸爸妈妈抱着我，笑着哭着。他们说，要把失去的这几年通通补偿给我。我欣慰地笑，掩去眼底一闪而过的悲伤。我也想接受他们的补偿。如果，如果我还有时间。

我辗转得知你们全家移民去了芝加哥。

在你去芝加哥前，你曾经来看过我。你站在离我远远的地方悄悄地看了我许久。你以为我不知道，我就装作不知道。我轻轻地喊了声："苏迦南。"

声音只有我自己听得见，然后我冲过去，紧紧地抱住莫宛航，说："我很想你。"

莫宛航摸摸我的头，了然道："我知道，你很想他。"

我待在他的怀里，眼睛却偷偷地看你。

你黑了，瘦了，笑了。

你落寞地转身离开，在我的视线里渐行渐远。于是，我就难过得落下泪来。你走的时候没有跟我说再见，那么，我们就真的不会再见了吧。

我知道，这一别便会是永远。

我的心脏越来越糟糕，晕倒的次数越来越多。我知道，有一天，它会突然停止跳动。于是，我在一天夜里，留下一张写满抱歉的字条，离开了家。

我一个人背着大大的帆布包，装着一张世界地图，回到了福川。我住在离老楼不远的一个小小的里弄里。黑瓦白墙，碧绿的爬山虎生机盎然地扶摇直上。我站在阁楼上，就可以看见对面破旧的老楼，那里装满了关于你的回忆，我舍不得，弃它而去。

我一遍一遍地看地图，手指轻轻划过你在的地方，想象你就在那里，在我的指尖，静静地，开出婆娑的花朵。

我签了眼角膜捐赠书，受助者是一个九岁的小女孩，我初见你的年纪。我想，在那么多年后，时间已经遗忘了曾经发生的一切。有没有可能，你回到这里。有没有可能，你遇见这样一个女孩，她笑起来的眼睛云淡风轻。有没有可能，你会忽然记起曾经给过你锥心伤害的那个女孩，她叫麦小西。

我在这里，等待死亡。可是苏迦南，我其实并不害怕死亡，我只是害怕，在那么多年后，还有没有一个人如我这般爱你。在远离你的地方，独自思念，地老天荒。

桑凉

"如若生的世界只剩下孤单与痛苦，倒不如这样永久地睡下去。睡着了，就不会再害怕悲伤了吧。"

若你离去，后会无期

1

有关卓良的记忆，要从很多很多年前说起。

而再次遇到卓良，却是十年以后。

阳光有些暗淡，细碎地穿透厚厚的云层，在地面投射出一块块形状各异的阴影。

桑夏站在高楼林立的城市中心，一种莫名的恐惧从四周慢慢地侵袭聚拢。不知道，该向哪个方向，更不知道，自己花光了这些年来所有的积蓄，离开生活多年的小镇奔赴到这个繁华的都市到底是对还是错。

桑夏深深吸了口气，攥了攥背后帆布包的背带，朝着人潮汹涌处走去，很快就淹没在人群中。

彼时，庄如玉的舞队正在广场中心搭制的简易平台上做着一个个高难度的街舞动作，引来路人阵阵喝彩，就在他一向沉静的脸上将展露出难得的笑容时，围观人群中一个瘦弱的黑影伴着惊呼声踉跄地朝他的方向倒去。

一瞬间，一片混乱。

待有些狼狈的庄如玉像提小鸡般提起怀中那个软绵绵的东西时，原本要发怒的脸却慢慢地皱到了一起，凝结成眉间浓得化不开的愁绪和怜惜。

是个女孩子。柔软的长发杂乱地覆盖在苍白的脸上，微张的双眸散发着浓浓的不安，整张脸上唯一带着些生气的也只有那泛着紫的红唇。宽大的白色棉裙松垮地包裹住瘦弱的身躯，单薄得不像话。

她是吃什么长大的？庄如玉脑中不切实际地出现了这样的疑问。

"发生了什么事？"

原本坐在舞台后的少年在听到乱成一片的嘈杂声后，拨开围观的人群，低下头，看到的便是这样一幕戏剧性的场景。

昏迷中的桑夏随着人群的移动，看着少年拨开人群，仿佛穿越了重重时光，最终逆着光居高临下地俯视着她。他站在那里，像无数次出现在她常常繁复的梦境里一样，千秋万代，凄绝婉转。

你好吗？

我亲爱的卓良先生。

我终于，

得以与你相见。

2

"你好吗？我是卓良，你可以叫我卓良先生。"

稚嫩的小小少年学着大人的口气向矮他半个头的怯生生的小女孩友好地伸出了手。

小女孩抬起头，有些迟疑地盯着眼前沾满泥泞的手，问："你会带我去看天空中的花吗？"

"天空中的花？"小小少年满腹疑问，歪着头想了半天，方才恍然大悟，"你是说烟花？"

然后，他信誓旦旦地拍了拍胸膛："好。"

小桑夏的脸上绽开灿烂的笑容，伸出手就想抓住那只泥泞写满誓言的手，可是握到手里的只有空气，冰冷的空气。

然后，便是那片炙热燃烧过的红，铺天盖地。

我可以悲伤，但我不哭。

"喂，醒醒，醒醒。"

陌生的声音徘徊在耳边。

"你是谁？"桑夏揉了揉疲惫的双眼，打量着周围陌生的环境。狭小的空间摆放着几个大小不一的纸盒和两个音箱，而她此刻正躺在这个房间里唯一的床上。

"庄如玉。"少年微笑着回答。

"庄如玉？"桑夏重复了一遍，疑惑地摇了摇沉重的头。

"就是你刚……"庄如玉刚想进一步解释，却被突然踹门而入的少年吓了一跳。

"喏。"雷厉风行的少年远远扔来一袋东西，刚好砸在桑夏身上。

"卓良！"庄如玉有些责备地狠狠瞪过去，从袋子里拿出一个面包，递给桑夏，"吃吧。"

接过面包，桑夏看了看跷着二郎腿坐在角落里的少年，墨黑色的眼睛亮了亮，却在接触到少年不耐烦的目光后又黯淡了下去。

"我是桑夏。"女孩柔软的声音低低响起，随即有一口没一口地啃着手中的面包。

"桑夏，很好听的名字啊。"庄如玉喃喃道，然后拿起袋中最后一个面包朝角落的少年走去。

桑夏不争气地又将目光投过去，而少年毫无反应地跟庄如玉说着什么。桑夏低下头，泪便重重地落下来，原本期待的心，就此溃不成军。

卓良，我是桑夏啊，你不记得我了吗？

3

待到深夜，庄如玉大方地将这间他们用来练舞的房间让给桑夏将就一晚，然后便和卓良一起离开。桑夏趴在窗前，注视着那个熟悉的身影消失在陌生的街角，心里千万种滋味纠缠在一起。

城市的夜太过繁华，霓虹交错。第一次远离家乡寂静的夜，换来的竟是一夜无眠。

第二天，舞团的人都来了，除了庄如玉和卓良，还有一个头发染成稻草色的女生，狭长的丹凤眼从一进门就盯着桑夏若有所思地笑个不停。

桑夏被看得心里发毛，索性坐在角落的箱子后。

练舞的空隙，庄如玉问："桑夏，你一个人来这儿的吗？你的家人呢？"

桑夏把头埋得更低了，期期艾艾却平静地说："我没有家人，我的家人早在十年前就过世了。"

庄如玉的心情一下子沉重了许多，站在原地一动也不动。丹凤眼女生跑过来呵呵地笑："我们的如玉被小妹妹电到了。"

桑夏昂起头，说得振振有词："我不是小妹妹，我十八岁了。"

丹凤眼女生微微一怔，然后嬉笑着朝桑夏吹了一记响亮的口哨。桑夏别过头，看了眼还是一脸沉重的庄如玉，说："我没有地方去，也没有钱。"

庄如玉想了想说："日后你住在这里便是，我照顾你。"

闻言，桑夏苍白的脸上隐隐出现一抹安心的笑容，而原本一直好似置身事外的卓良却突然出声，对着庄如玉言辞犀利："你不能随便让一个陌生人住在这儿！"

庄如玉刚想反驳，桑夏却抢先一步猛然冲到卓良面前，盯着他深不见底的眼，一字一顿地问："我是陌生人吗？"

卓良看都没看她一眼，转身就走，木门被重重地甩在身后。于是，桑夏隐忍的泪水再一次不争气地滑下，仿佛要将所有的悲伤与委屈通通宣泄释放。

4

卓良最终在庄如玉和丹凤眼女生的双重压力下同意让桑夏暂住在他们的练舞房。如此，相安无事地过了一段时间。卓良对桑夏依旧是不理不睬，倒是庄如玉和丹凤眼女生，对她疼爱有加。

丹凤眼女生叫庄如双，是庄如玉的妹妹。短短的时间里，庄如双便和桑夏熟络起来。吃饭的时候，庄如双搂着桑夏的肩膀，无奈地说："桑夏，你是我们庄家的劫，我和我哥都对你一见钟情，成了你的傀儡。"

庄如玉一根筷子扔过去，红着脸说："吃饭！"

庄如双不服气，随手将筷子扔回去，叫嚣着："你以为你声音大就可以掩饰你对我们桑夏的那点儿小心思了吗？"

桑夏端着碗不停地扒饭，眼睛偷偷地瞄着卓良，他还是一脸漠然，桑夏又开始难过了，脸低得要陷进碗里。庄如双见状，调侃地说："桑夏也害羞了，郎情妾意啊！"

庄如玉放下饭碗冲上去和庄如双打成一团，桑夏自始至终都低着头，所以，她也没看到，卓良投过来的复杂目光。

晚饭后，庄如玉和桑夏一起去房子外面的水池洗碗。

庄如玉说："桑夏，我喜欢你。"

桑夏手中的动作停了下，然后轻轻"嗯"了声。

庄如玉关掉水龙头，扭过头看着她问："然后呢？"

"谢谢你喜欢我，可是我已经有喜欢的人了。"桑夏别过头，透过敞开的窗看向屋内。

庄如玉了然道："我早就该猜到的，你们认识多久了？"

桑夏收回视线，朝庄如玉伸出一双湿漉漉的手。

"十年？"

"十年。"

"可他为什么像不认识你一样，还处处与你为难？"庄如玉不解。

桑夏自嘲地说："我想，他是在害怕吧，因为，我是魔鬼。"

桑夏眼底的黑暗忽然汹涌如潮水般，瞬间淹没了所有温暖。

走的时候，桑夏叫住了庄如玉，笑着说："如玉，谢谢，还有，对不起。"

5

转眼，桑夏远离小镇来到这里已有大半个月。

彼时的庄如玉和卓良已经回到学校继续读书，庄如双也投入紧张的托福考试复习中。桑夏便多出了大把大把的时间，于是，她常常做一些简单的家乡点心，搭公交车去学校找庄如玉和卓良。

久而久之，医学院的学生便时不时地往庄如玉和卓良所在的班级转一转，运气好就会"刚好"品尝到桑夏那些味道特别的点心。

有人问桑夏："小姑娘，你在这些糕点里加了什么，怎么会有这么特别的甜味？"

桑夏还没出声，在一旁专心看书的卓良便无意地顺口接了一句："是白菊。"话一出口,所有人包括桑夏都诧异地将目光转向他。

八卦的人笑得奸诈:"卓良你怎么知道,是不是和桑夏……"

卓良反应过来,急忙辩白:"我瞎猜的。"然后,心虚地借口上厕所离开。

桑夏在心里小声嘀咕,明明就记得的,连借口都那么牵强。这样想着,嘴角便有了上扬的弧度。

而那些甘甜的点心,在庄如玉的嘴中却一直苦,苦到五脏六腑。

天气渐渐变得潮湿且炎热,电视上说近日会出现一股强台风。庄如玉替桑夏的小房子钉上加固的木板,桑夏托着下巴,看庄如玉神奇地挥舞着手中的小锤子,惊讶地连声呼叫:"如玉如玉,你竟有着和我爸爸一样神奇的手。"

庄如玉便停下手中的工作,揉了揉桑夏柔软的头发说:"那我就当你的爸爸吧,照顾你,疼爱你。"

桑夏拼命地点头,庄如玉笑得灿烂,硬是将苦涩的泪生生咽回心里。

后来,桑夏再去学校时,庄如玉便向大家介绍,这是我心爱的"女儿"。也是有私心的,巴望着以这样的方式来将对桑夏的爱换成另一种可以存在的方式。

桑夏羡慕庄如玉的大学生活,庄如玉便将桑夏偷偷带进课堂。教医理的是位刚参加工作的年轻老师,发现桑夏陌生的脸就调侃:"我们班什么时候有了个这么萝莉的小姑娘呀?"

年轻的同学嬉笑着起哄,说:"这是庄如玉的女儿呢!"

6

台风来的时候,卓良的舞团刚好应邀去相邻的城市比赛,桑夏有生以来第一次经历台风,一下子有些不知所措。天黑如墨,强劲的风一遍一遍地撞击着小屋的玻璃。桑夏蜷缩在角落,抱着头,那种无比熟悉的孤独感再一次席卷了她。

像是回到了在孤儿院的那些日子,黑暗狭窄的小屋,到处都是冰冷的气息。缠绕着,蔓延着。没有阳光与温暖,彻骨的凉自黑暗中侵至身体的每个细胞。

"桑夏,桑夏。"

那呼唤像隔了几个星球般遥远,桑夏艰难地睁开眼,向着声音传来的方向伸出手,哑着声乞求般呓语着:"卓良,不要丢下我一个人啊。"

恍惚中,一个温暖的怀抱如回应般包裹住她,桑夏于是噙着泪,陷入了无边的黑暗。

仿佛做了一个很长的梦,醒来时,才发现自己置身于一大片纯净的白色中。天有了微微的亮，阳光从半开的窗外静静地投在身上，手心终于有了一丝暖意。床边传来均匀沉重的呼吸，桑夏别过头，看着趴在床边的人，窝心却失望地挤出一个自嘲的笑。

怎么会以为，是他呢……

庄如玉被桑夏细小的动作惊醒，反射性地伸手覆盖在桑夏光滑的额头，在感觉不到先前的燥热后，方才露出一个宽心的笑。

桑夏说："我又欠了你一次。"

庄如玉摇了摇头，苦笑道："我也想你多欠我点儿，可是这次，不是我。"

"卓良从离开时就一直关注着天气状况，在得知台风入境的消息时我们刚好在比赛现场的后台准备，他想都没想，就一个人连夜搭车赶回来。他守了你一夜，到我今早回来时才放心回去休息下。"

"桑夏，他心里是有你的。"

那天，庄如玉第一次看见桑夏发自内心无瑕的笑，如天使般，美好纯净。让他在日后的日子里，只要想起，便泪如雨下。

桑夏去学校找卓良，跟在他身后，从教室到食堂，再从食堂到宿舍，只是跟着，因为怕再次收获男生冷淡的回应，始终没有勇气上前一步。

热水房里，桑夏看着男生手中的水壶就要接满，咬了咬唇，终于说出在心里说了无数次的对白——

"卓良，我是桑夏，你不要不理我。"

男生握住水壶柄的手一颤，热水便漫了出来。桑夏想都没想就冲了上去，将柔软无骨的手包裹在男生厚实的手上，替他承受了最直接的伤害。

"你疯了！"

男生急忙放下水壶，拉着女生烫得通红的手放在凉水下，小心翼翼地冲洗。桑夏看着两只红肿的手，泪就落了下来。

桑夏说："我很想你，卓良先生。"

卓良不说话。

桑夏吸了吸鼻子，哑哑地哭了出来："我喜欢你啊。"

卓良叹了口气，喃喃地说："你不要喜欢我，不要想我，我们没有办法在一起。"冰冷的泪顺着桑夏裸露的脖子滑下去，冰凉一片。

桑夏哭得更厉害了，因为她亦早就明白，她和卓良是没办法在一起的，这个道理，她十年前便知晓。

他们之间，横着的是一条迈不过去的沟壑。

7

桑夏八岁前，一直住在小镇规模最大的工厂里。那时，桑夏的爸爸是这家工厂的技术工人，有着丰厚的薪酬，却过着清贫的生活。

那些钱在用于治疗桑夏妈妈的病时就显得微不足道了，病魔与贫寒折磨着桑夏一家，也一度让桑夏比同龄人少了那份该有的童真。

桑夏童年的记忆里，有一个人却弥补了她所有失去的温暖。那个人，便是卓良，工厂老板的小公子。大桑夏两岁的卓良，一直充当着桑夏的保护伞。两个人青梅竹马，两小无猜，安安稳稳地成长。

直到，那场突如其来的大火。

发生在除夕夜里的离奇火灾烧毁了几间厂房，大火焚毁了一切，包括桑夏的父亲和几个加班的工人。桑夏蜷缩在母亲的怀里，安静得出奇。

火灾之后，工厂赔了一笔可观的钱。再问起事故的原因时，老板支支吾吾地说父亲操作失误。这样模棱两可的解释自然不能说服桑夏的母亲，可一个濒临死亡的女人又能做些什么呢？

只能窝囊地接受。

桑夏母亲去世，是在一个月后。桑夏醒来做完了功课，晒了太阳，到中午吃饭的时间母亲依旧没有醒。桑夏趴在床边一遍遍地叫，"妈妈，妈妈"。直到凄楚的叫喊声吸引来了邻居，才发现躺在床上的女人早已停止了呼吸。

就这样，在一个月内桑夏经历了两次亲人的葬礼。因为桑夏没有其他亲人，众人便联系了福利院。去福利院的那天，桑夏趴在车窗后，一直静静地注视着工厂的一个角落。

此后漫长的十年里，桑夏成了名副其实的孤儿。日复一日的生活让桑夏有了大把的时间用来思考和平复失去双亲的悲痛，也诚如人们遇见的那般，变成了一个孤僻、古怪、封闭的少女。

而桑夏的心里却藏了一个秘密。

所有人都以为那场火灾是桑夏父亲造成的意外，但真相却是工厂的老板无意间扔到油箱边的一个烟头引起的爆炸性火灾。慌张的他害怕承担事故严重的后果，便将责任推到一个不能开口狡辩的死人身上。自以为可以瞒天过海，可他没想到，那一幕刚好落入不远处偷跑出来放烟花的卓良和桑夏眼中。

那时桑夏年龄太小,还不能将看到的与火灾的真相联系在一起,直到大了一些才明白自己竟然就这样放走了真正的杀人凶手。

桑夏曾经偷偷从孤儿院跑回工厂,昔日的情景已然不见,展现在眼前的是一片杂草丛生的荒芜,只有墙壁上隐藏在爬山虎中的门牌,昭示着曾经的繁华。桑夏站在那草丛中,固执的身影吸引了巡逻的老伯。老伯走近说:"小姑娘,来这里找人啊?这个工厂多年前发生了火灾,后来没过多久就破产了,老板的老婆跟别人跑了,老板也带着孩子不知道去了哪里,那些债主到现在还在寻找他们的下落呢,真是造孽啊。"

桑夏张了张口想说些什么,但话到嘴边终究还是咽了下去,静静地转身离开。

反正,都不重要了。
再多的恨,再多的不甘,都太迟了。

可是在桑夏心里,放不下的却是那个赐予她无数温暖的少年。想再看他一眼,想知道夏树秋叶下的他是不是一样安好。因为刻骨铭心,所以,在电视上无意间看到街舞比赛中那张被时光改变了的熟悉的脸后,还是一眼就认出了他。于是,背井离乡,义无反顾地奔赴一场注定的悲哀。

8

卓良说:"我不配你喜欢,我的私心没有让我说出真相,我没法像什么事都没发生过那样面对你,更没办法给你任何承诺。"

桑夏抹了抹眼泪,努力挤出一个牵强的笑,仰着头说:"可是,我还是要喜欢你。"

卓良低下头,枕在桑夏发间,像个孩子般痛哭起来。

那场台风之后,桑夏常常在睡梦中惊醒,满身的冷汗,而后夜不能眠。没过几天,大大的眼睛内便布满了鲜红的血丝。

桑夏去找庄如玉:"如玉如玉,给我安眠药吧,我很累,需要睡眠。"

如玉本是不愿意,但是看着桑夏一日比一日憔悴的脸,终于还是妥协地点了点头,从家里的药房偷偷拿出一瓶安眠药。不敢一次给完,每天一粒,支撑着桑夏脆弱的神经。即使是如己所愿得以与卓良相认,也言之凿凿地说要喜欢他,可是桑夏的心里也清楚地明白，她和卓良注定没有结局。

桑夏看着卓良在自己触手可及的地方或开心或悲伤，她伸伸手，就可以拥有他短暂却温暖的怀抱。温暖过后，剩下的只有凄凉。

世界上最遥远的距离不是我在你身边你却不知道我爱你，而是，两个人明明相爱却不能够在一起。即使是这样，桑夏还是希望可以看卓良一眼，多看一眼，再看一眼。只一眼，便足以让她在以后一个人的日子里不必那么孤单。只一眼，便离开。

告别的日子，越来越近。

到卓良来练舞的时候，桑夏对卓良说："我想见卓叔叔。"

她已经没有恨、没有怨了，只希望可以从他那儿得到一句抱歉的话，偿还她十年来的凄楚。

卓良沉默了片刻，点了点头。

庄如双在桑夏耳边小声嘀咕："卓良的爸爸是间歇性的精神病患者，上次我去他家差点儿没吓死，桑夏你可要小心哦。"

桑夏听到庄如双的话吃了一惊，望向卓良的目光也多了一丝复杂的情绪。

9

几天后的一个午后，没有课的卓良带着桑夏乘坐公交车，来到远离市中心的地方，穿过几条弯曲肮脏的小巷后，到了他现在的家。

桑夏站在简陋的小房中，心里一片荒芜。她握紧卓良的手，想着，他们本来可以不若现在这般情境，如果……

如果没有那场火灾，一切都将美好幸福。

桑夏差点儿没认出卓良的父亲，不到五十岁的年纪却一头白发，浑浊迷离的眼，看上去就像个历经沧海桑田的老者。而卓良的父亲亦没认出桑夏，只看了一眼，便面无表情地移开视线，对着窗外灰色的天空喃喃地说些桑夏听不懂的话。

桑夏第一次吃到卓良亲手烧的菜，她笑着说："若是吃上瘾，日后戒不掉该如何是好？"

卓良垂下眼，吃到嘴里的食物突然索然无味。半晌，他说："戒不掉也要戒，我们都要把对方戒掉，知道吗，桑夏？"

桑夏觉得眼睛难受，揉了揉，手上便一片湿润。她放下碗，说："我去盛汤给卓叔叔喝。"桑夏于是去了厨房，端出一碗汤，放到还在窗前自言自语的卓叔叔面前，盯着他的眼一字一句地说:"叔叔,我是桑夏。"

卓良的父亲像是被雷电击中般,惊恐地将视线转到静静看着他的桑夏,忽然就咿咿呀呀地哭了起来,抓着桑夏的手,一遍一遍地说:"对不起,对不起。"

说着说着,便全身颤抖起来。桑夏不知所措地大声叫卓良,卓良跑过来,将两粒药送入父亲的嘴里,卓叔叔这才安静下来,昏睡过去。

桑夏对着昏睡的卓叔叔,颤抖着双唇说了句:"我原谅你。"然后,头也不回地转身离开。卓良追了出去,拉着桑夏的手扯进自己的怀里,待桑夏急促的呼吸渐渐平息,本有千言万语想要倾诉,但看到桑夏充满期待的眼睛后,开口就成了一句简单得不能再简单的"我送你回去"。

10

卓良父亲的死发生在这天深夜。

卓良将桑夏送回去,又回来,看见父亲躺在床上沉睡,桑夏之前端来的汤已经喝得干干净净,卓良便宽下心来。烧好了洗澡水,卓良去叫时才发现父亲的脸白得异常,等到送去医院的时候已经抢救无效,死亡。

医生说:"我们尽力了,可你的父亲服用的安眠药剂量实在太大……"

安眠药。

卓良只听见脑中"嗡"的一声悲鸣,然后便是一片空白,只有安眠药和桑夏这两个名字在脑中不停地交叠。

庄如玉和桑夏赶去医院时,卓良父亲的遗体刚好被推进冰冷的太平间,卓良站在病房门口一动不动,桑夏走过去,刚把手放到卓良胳膊上就被卓良用力地甩开。桑夏没防备,竟一个趔趄,跌倒在地上。

庄如玉连忙跑过去掰过卓良的肩膀:"你发什么疯!"

卓良推开他,对还呆怔在地上的桑夏说:"你终于如愿以偿了,现在你走,我不想再跟你有任何瓜葛。"

桑夏听出他话中有话,于是红着眼说:"我没有,卓良你相信我。"

卓良闭上眼,摇了摇头,决然地离去,消失在走廊尽头。桑夏伏在地上,突然感觉那丝仅存的温暖突然被这剩下的风,吹得一点儿都不剩。

庄如玉把丢了魂的桑夏带回家。

桑夏躺在床上,眼睛没有焦距地盯着空间里的某一点。庄如玉给她盖上被子,轻轻地抚摸着她苍白的脸,说:"桑夏,睡吧。"

桑夏于是很听话地合上眼,余留的风从开启的窗吹进,撩起她黑色的长发,似梦迷离,这一切,都让庄如玉觉得不太真实。

庄如玉守在桑夏身边一直到深夜,最后敌不过疲惫,靠在床边沉沉睡去,本应熟睡的桑夏却忽地睁开了眼,爬下床,从庄如玉脱在床边的外套口袋里掏出一些钱,和庄如玉一直放在身边的那瓶安眠药,抓起自己来时背的破旧帆布包,猫着腰轻轻带上了门。

桑夏站在漆黑的夜空下对着虚掩的门说:"再见了,我亲爱的如玉。"

桑夏用那些钱买了一张回小镇的车票,上车前,她拨通了庄如双的电话。桑夏说:"如双,我不能再留在卓良身边了,我不能再喜欢他了,你要代替我好好地去爱他。"

然后,没等电话那头的庄如双有何反应便匆匆挂了电话,跟着人群上了即将驶离的火车。

火车轰隆隆地开,火车上,桑夏的泪,哗啦啦地流了一地。

11

卓良在清理父亲的遗物时发现了一本日记,翻开来看,里面写满了一个罪人十年来对自己犯下的滔天大罪的忏悔。最后一篇日记,是在桑夏来的那天,只有潦草的几个字:罪人重获宽恕,我终于可以下去面对那些人。而日记中,也记载了父亲是如何煎熬,如何瞒着儿子偷偷地购买安眠药,只等待着时机,解脱。

日记本重重地从卓良手中滑下,卓良看着满屋子的凄凉,才明白自己对桑夏造成了多大的伤害,无以弥补。

彼时的桑夏已经回到了小镇的孤儿院,对于她的离开或归来,孤儿院的人并没有流露出什么不一样。在他们看来,少一个人多一个人,仅仅是一顿饭的多少而已。

桑夏从包里掏出白色的瓶子,里面是一粒粒白色的药丸,整整六十粒,刚好是她余下的生命啊。这样想着,便将药丸一粒粒地送入嘴中。

如若生的世界只剩下孤单与痛苦,倒不如这样永久地睡下去。睡着了,就不会再害怕悲伤了吧。

12

卓良料理完父亲的后事到小镇寻找桑夏已是一个月后。

他顺着别人的指引来到了小镇的墓园,桑夏生的时候孤单一人,死后更为凄凉。小小的一座孤坟,墓碑上甚至连张照片都没有,白色的小花长满了坟头。卓良的心像是被丢进了深海,沉重得无法呼吸,他想叫她的名字,嘴一张,却"哇"的一声哭了出来。

盛世锦莲

"她像一朵莲,开在幽深的碧波里,鱼群自她的脸庞发间穿梭而过,阳光碎裂成无数道细小的射线,在她身上开出金色的花蕊,翩跹四散。"

若你离去，后会无期

1

得知锦莲去世的消息后，顾伊凡一直重复着这样的梦境，每每都是被刺骨的寒冷惊醒，鼻间的酸涩蔓延到胃部，当真像是从深海归来，全身都是被压强径流过后的痛。

顾伊凡靠在落地窗前，看着夜色下缤纷闪烁的霓虹灯，朦胧中，彷佛看到十八岁的锦莲，扎着高高的马尾，巴掌大的脸上写满倔强，她在一片静默的夜中对自己说："顾伊凡，你这辈子，只能像星星依附天空那样，依附着我。"她从小就是这样霸道的作风，就连告白都让人很不爽。顾伊凡记得当时的自己寒着一张脸，牙缝里吐出"做梦"两个字后就转身潇洒地走了，没有回头。

多年之后的锦莲曾跟他说起这件事，那时她的长发已经剪成清爽的短发，化浓浓的妆，她慢慢抬起疲惫的眼："若你当时回头，或许……现在的我们就是另外一番光景了。"他才明白，有时候，有些事，一转身就是一辈子。

这些记忆像是倾闸的洪水涌到自己的脑里，顾伊凡闭上沉重的眼。许是《盗梦空间》盛行之后留下的后遗症，顾伊凡总有这样一种错觉，现在的所有都是一场他没有醒来的梦，只要散开这层雾，就能回到现实。

在那里，锦莲没有死，他还是她爱的白衣少年。

得以遇见锦莲，是在十三岁那年。

除夕过后，顾伊凡随着母亲赶往北城的亲戚家，这里不若他熟悉的南方，入眼尽是一片雪白，狭窄的胡同像是堆积的巨型塑料泡沫，而他们的目的地，就是这个巨型泡沫圈成的院子。母亲敲开一间院门，嘱咐了他几句，便同来人去到屋子里，棕红的木门被重重关上。

顾伊凡站在厚厚的积雪中，好奇地四处张望，蓦地被墙角的一团蠕动的红吸引了目光。直到走近了些，才瞧清，那团红竟是一个扎着两条冲天辫的小女孩。

她正把耳朵贴在门上，像只红艳艳的壁虎，竭尽全力想要听清楚门里大人的谈话。

顾伊凡"扑哧"一下笑出声，把女孩吓了一跳，回头盯了他一会儿，说："你是包子吗？"

那个年纪的顾伊凡，相比起同龄人，是胖了些，再加上第一次赶上北国的冬天，自然穿得比常人要多，看上去倒真像个立体的圆。顾伊凡是个自尊心极强的人，愣了愣，旋即昂着头回了句："你是壁虎吗？"

女孩滴溜溜的大眼睛眨了眨，低头开始掬起一把把雪，顾伊凡兀自琢磨自己是赢了这一场，脸上扬起一抹得意的笑。

只是这笑仅仅存了一秒，就被女孩扔过来的雪球打碎。

顾伊凡只觉得雪水顺着脖子滑到体内，刺骨的冰凉让他打了一个寒战，还没来得及反应，那团红倏地扑过来将他压倒在地。

女孩掬起一大把雪拍在他头上，居高临下地笑，满是傲气："臭包子，敢和我叫板，你这是自寻死路！"话落，拳头如雨点般砸下来。

大概是记忆太过久远的原因，顾伊凡已经不记得之后的情形了，只晓得他和锦莲在雪地里扭打成一团，而后被赶来的母亲拉开，自己气得不行，没种地抱着母亲的腿哭得惊天动地，锦莲却是一脸桀骜。

那是顾伊凡与锦莲生命里的第一次狭路相逢，就是这般势同水火。想来，大抵是为之后的年月里，他与锦莲如同两只刺猬般互相取暖又互相伤害做了先兆。

世事大多如此，逃不过命中注定。

2

母亲带着顾伊凡在锦莲家住下来，顾伊凡心里虽千万个不愿意，但嘴上还是应承下来。因为他知道，从父亲被警察抓走后，他的生活就再也由不得他说"不"了。他隐约得知，父亲是得罪了位高权重的人，才背上莫须有的贪污罪名，母亲只有带着他北上，投奔父亲当知青时的朋友锦叔，希望他可以帮助父亲洗脱罪名。

所以，他才会在锦莲说出"我不喜欢他们，我不要他们住在我家"那样的话后还能觍着脸去同她道歉，甚至煞有其事地准备了和好的礼物——已过世的奶奶亲手为他缝的小香包。锦莲看都没看他一眼，昂着头哼着小曲蹦跶着走了。

他尴尬地站在原地，手僵在半空中。锦叔笑着打圆场，亲昵地环住他的肩说："锦莲妈妈死得早，这丫头被我宠的，脾气就这么古怪，伊凡你别和她计较。"

顾伊凡点点头，握着香包的手渐渐捏紧，直到指甲嵌入手心传来痛感，他才回神，窝到火炉边，靠着沙发疲惫地睡下。

巨大的家庭变故让他束手无策，陌生的城市带给他惶恐和隐忍，这些，都如利刃般刻在他的睡颜上，灼煞了暗处锦莲的眼，她的胸口莫名涌上一抹难过，悄悄拿起毛毯盖在顾伊凡身上，再猫着腰轻手轻脚地带上门。

锦莲之所以讨厌他，或许是因为第一次见面两个人就打了一架，可顾伊凡不明白的是，整个胡同的人似乎都对他们母子俩充满了敌意和不屑。好多次，他都看见从外面回来的母亲眼眶泛着可疑的红，锦叔也是一脸无奈。

这样的疑问一直持续到几日后，他出去给生病的母亲买药，回家的路上却被几个男孩挡住了去路，为首的男孩一手把他推倒在地，笑着说："看，狐狸精生的孩子也没有尾巴嘛！"

　　顾伊凡不晓得他们的意图，"狐狸精"三个字他却明白是什么意思，他迅速爬起来，大叫着一头撞在为首男孩的肚子上，在男孩痛苦的哀号中站得笔直，可没过多久，就被其他男孩一拥而上，揍翻在地。

　　等到那帮人散开，天色已经暗了下来，顾伊凡慢慢撑起身体，捡起散落一地的药，一瘸一拐地往家里走去。母亲还在睡觉，他便打了盆水，对着镜子清洗自己的伤口。镜子里自己的样子有些惨，右眼肿得老高，嘴角也裂开一大道口子，往外汩汩流着血。

　　锦莲出现在镜子里是几秒钟之后的事，她站在门口睁着双大眼睛问："喂，你怎么伤成这样？"

　　顾伊凡看了她一眼，倒掉水，没有说话，端着水盆经过锦莲身边时，忽地被她一把抓住了胳膊："你聋了吗，我问你你是怎么弄成这样的！"

　　顾伊凡紧抿着嘴把目光投向别处，锦莲也是一脸气急败坏，两个人正僵持的时候，门外渐渐传来嘈杂的人声。

　　锦莲憋着一肚子的气没处释放，甩开顾伊凡的胳膊跑出去，就看见顾伊凡的母亲脸色苍白地对着院子里呼天抢地的女人赔不是，院子里里外外都是看热闹的人。

　　女人见到跟在锦莲后面出来的顾伊凡，刚刚还和苦瓜一样哭诉的脸立马变得凶神恶煞起来，她指着顾伊凡母亲的鼻子说："上梁不正下梁歪，狐狸精养出来的小子就是野种，把我儿子打得胃出血，今儿个你不……"

　　顾伊凡捏起的拳头还没扬起，女人高涨的气焰就被锦莲泼出去的一盆冷水瞬间浇灭，所有人都愣住了，院子一下子安静下来，锦莲"咣当"摔下水盆，学着女人的样，站在倒扣的水盆上，指着她的鼻子："想讹人是吧，行啊！去医院验伤，看看是我们顾伊凡伤得比较重，还是你儿子！还有你们，谁准你们进我家院子的，都给我滚！长舌当心下地狱！"

　　人群里嘘声一片，四下散开，女人也哭喊着"全家都是豺狼虎豹"离去，锦莲对着空气呼出老大一口气，拎起水盆，冲呆呆看着她的顾伊凡伸出一只手："拿来。"

　　顾伊凡"啊"了声，有些丈二和尚摸不着头脑。

　　锦莲扬了扬眉："不是有礼物要送我吗？"

　　顾伊凡这才反应过来，从口袋里翻出小香包，递到锦莲手里，想了想说："谢谢你。"锦莲仍是傲慢地接过，嘴角却扬起一抹笑意，虽然很浅，但顾伊凡却真切看到了，他忽然觉得，面前的这个女孩，看上去也不那么讨厌了。

3

顾伊凡是个聪明的孩子,很快就明白了,母亲带着他住进一个早年丧妻的男人家会招来多少流言蜚语,这大概也是锦莲那样反对他们住下的原因吧。可是,虽然锦莲没有言明,但他就是知道,锦莲接下香包的那一刻,就是接受了他们。

漫长的寒假过去后,顾伊凡开始在锦莲的学校读书。他普通话不好,带着浓浓的乡音,开学第一天就被班里的同学嘲笑了一番。所以,每天放学,他都会靠在屋顶的烟囱旁边拿着从旧书店淘来的字典学习普通话。北城的胡同有规有矩,好像每一寸土地都是建筑师精心丈量而出,这样居高临下地俯瞰,胡同的每个角落都呈现在眼前,有时候他会看见锦莲,她总是一副风风火火的样子,好像有着用不完的活力。

连日来的观察,他发现胡同里的孩子对锦莲或多或少都有些惧意,常常被锦莲追得整个胡同乱跑,偶尔几个心有不甘的想要报复,也会被锦莲识破。当然,马有失蹄,人有失手,精明如此的锦莲,也有栽倒的时候。

几个人堵在锦莲回家的转角处,打算偷袭,锦莲并没有发现,屋顶的顾伊凡却急了,拱起手大喊:"锦莲!锦莲!"

锦莲应是听见了,停下脚步四处张望,顾伊凡这才反应过来锦莲是看不到他的,索性丢下书,爬下屋顶,向锦莲的方向跑去。等他看到锦莲的时候,那几个人已经按捺不住跑出来了,顾伊凡对着锦莲的方向伸出手,在锦莲有默契般地牵住后,带着她朝相反的方向跑去。

一直跑到家中,关了门,两个人相视一笑。锦莲弯起手肘撞了撞他:"哎,没想到你这体形还蛮灵活的嘛。"

顾伊凡的脸抽了抽,说:"你是在夸奖我还是在嘲笑我啊?"

"你觉得是什么就是什么,"锦莲笑笑,黑白分明的大眼睛眨了眨,"刚才怎么只听得到你的声音,却找不到你人?"

顾伊凡笑而不答,带着锦莲绕到后院,顺着梯子爬上去,直到两个人站到了屋顶,锦莲才恍然大悟,眼睛因为惊喜弯成两道月牙:"我住这里这么久都没发现这个好地方啊。"旋即,沿着烟囱转了一圈后,恶作剧般地凑近顾伊凡,问:"所以,你都在这上面偷看我吗,顾伊凡,你有什么企图?"

顾伊凡被锦莲透彻的目光看得心里有些发毛,咽了口口水,说:"什么偷看,我是无意间看到的。"

"哦——"锦莲故意拖长语调,靠着烟囱坐下来,指着天空说,"我们在这上面搭个小房子怎么样?屋顶留个小小的窗口,晚上睡觉时,睁开眼就能看见星星。"

顾伊凡打量了一下四周，说："这里每家每户都有烟囱，天都是灰的，肯定看不到，以后，我可以带你去南方看看，那里的天空比这儿要干净澄澈许多……"声音被锦莲突然跳起来勾住自己小指的动作打断，她得意地说："喏，我们现在拉钩了，你说到做到。"

顾伊凡记得当时的自己是信誓旦旦地点了点头，可这个诺言却遥遥无期，后来锦莲挨不住等待，没有耐性地开始收集纸壳泡沫，企图拿这些材料在屋顶搭出一座小房子来，顾伊凡嘴里虽然嘲笑锦莲的举动，心里却兀自觉得，这样的锦莲实在是固执得很可爱。

直到两年后，父亲得罪的高官落马，父亲不但得以昭雪，职位还连升了三级，开着黑色的奥迪轿车来接他们母子时，锦莲的小房子才搭起一个小小的角落。

那是顾伊凡第一次看见锦莲的眼泪，她揪着锦叔的袖子哭得无比伤心，锦叔笑着调侃她："当初你和伊凡见面时可是凶神恶煞得很，把伊凡给弄哭了，现在倒好，哭的那个换成了你，真是风水轮流转啊。"

许是哭得太厉害了，锦莲哽咽了半天也说不出一句完整的话，等到大人们道完别，顾伊凡坐在车里，她还在哭，顾伊凡想了想，俯身在外套上用水彩笔写了几个字，然后穿上外套，背贴在车窗上。

上面写着六个歪歪扭扭的大字——等我回来找你。

锦莲抹了抹泪湿的脸，朝他勾起小指。

如今这些，历历在目，顾伊凡想起时却不由觉得好笑，因为等他当真决定实现承诺时，那个人，却不会一直等他了。

4

能将年少时的诺言铭记的人其实少之又少，顾伊凡便是无数普通人中的一员。回到福川后的他，很快就有了新生活。对于锦莲的印象，也仅止于"是个强势傲慢的女孩子"这样抽象的概念。

因为念念不忘锦莲总是嘲笑他胖，三年来，顾伊凡用尽一切办法减肥，加上疯长的个子，十八岁时，他已然是个会让许多女孩子怦然心动的男生了。

程佳琪就是其中一个。她是学校艺术班的特招生，比起其他女生的内敛来说，她对他的"企图"尽人皆知，她就像朵玫瑰，娇艳带刺，这样的女生，从来都不是顾伊凡喜欢的类型，他却并不抗拒，毕竟，谁没有点儿虚荣心呢？

好像现在，他就任由程佳琪拉着走在众目睽睽的校园里，程佳琪兀自说得开心，大抵是校园的八卦和娱乐圈的绯闻，这些都不是他感兴趣的，眼神自然就游离起来。

会注意到那个女生，是因为她奇怪的举动。她守在校门口，见到路过的胖子总是欣喜地跳上前拦住，然后失望地退回到原处。等到走近了些，看清女生的样貌，那双大大的眼睛让顾伊凡感到莫名的熟悉，他皱着眉，某个人的样貌，渐渐从尘封的脑海里清晰起来。那个人，爱穿红色的衣服，总是会眨着无辜的眼睛对他恶作剧。

顾伊凡莫名觉得欣喜起来，甚至没有注意程佳琪，甩开她的手，快步跑到女生面前，满面红光地叫了声："锦莲！"

女生被他突然的举动吓了一跳，瞪眼看他："你……怎么知道我的名字，难道你认识顾伊凡？那小子在哪里？"上一秒还是一副失望的小女人样，下一秒就目露凶相，翻脸如此神速，也只有锦莲做得到了。

顾伊凡笑了笑，指着自己说："我就是顾伊凡啊！"在接收到锦莲不相信的目光后，拼命地鼓起嘴，让自己的脸看上去圆一些。

锦莲张大嘴："顾伊凡，你怎么瘦成这副鬼样了？"

顾伊凡没好气地朝锦莲翻了个白眼，拉着她离去。两个人坐在学校旁的冷饮店里有一搭没一搭地聊着，彼此三年的空白很快就成为两个人交谈的弊病。

沉默了半晌后，顾伊凡问："你怎么会来这里？"

锦莲怔怔，浅笑道："你一直不来找我，我只好来找你了。"

顾伊凡的心"咯噔"一下，忆起当年离开北城的那一幕，看着锦莲刻意隐藏的失落，突然愧疚起来，"对不起"三个字，到了嘴边却又咽下，最终只是笑着拍了拍锦莲的额头。

同过去无数次一样，他笃定地相信，锦莲知道他的歉意，而他亦知道，她会原谅他。

这样不需要言语的默契，在那个时候，顾伊凡并没有多想，只是，在蹚过漫长的时间洪流，经历过形形色色的人后，顾伊凡才明白，能和他心灵相通的，从来就只有锦莲，她是他的天下无双。

5

锦莲说他走的那年，自己生了一场大病，错过了中考，之后就再也学不进去了，便辍学在家，和父亲经营一家小卖部。

顾伊凡怎么也想不通，精力旺盛得出奇的锦莲，居然也会生病，问锦莲，她只是笑着答："只要是人，都会生病啊，有什么稀奇。"话虽如此，他却隐约觉得锦莲是瞒了他些什么。

直到把锦莲安顿在家中，夜里与父亲聊天，父亲告诉他，当年生病的那个不是锦莲，是锦叔。锦叔的心脏病是家族遗传，也许可以长命百岁，也许指不定哪一天人就没了，最重要的是需要有人悉心照顾，锦莲便主动退了学，在家专心照料他。

顾伊凡有些责怪父亲："锦叔当初帮了我们那么多，你为什么不早告诉我，好帮助他们一下？"

父亲叹了口气："锦莲和她爸的性子一个样，犟得跟头牛似的，又怎会主动向别人说他们的难处？我也是年初刚好去那边出差，去看他们时才知道，我本想告诉你，可你自己说说，你长大后，爸爸想找你谈心，哪次你不是不耐烦地把我撵出去？"语罢，父亲意味深长地看了眼心事重重的顾伊凡，继续道："锦莲这孩子，为了她爸可以放弃学业，却难得撇下父亲跑来福川游玩，还真是稀奇哟。"

顾伊凡愣了愣，复杂的心情中竟夹杂一丝甜蜜，红着脸丢下句"我困了，去睡觉了"就落荒而逃，关上门的那刻，他忽然回头，问："爸，锦莲，她会不会得这种病？"

父亲沉默了，两个人就这样对视了许久，然后默默低下头。

锦莲在福川的那些日子，总是和顾伊凡形影不离，两个人一起去顾伊凡的学校。顾伊凡上课，她便坐在操场上看上体育课的人打篮球。没过几天，就有人私下围成一团讨论锦莲，顾伊凡在旁边听着，脸上的笑渐渐凝结。

年轻的孩子对于一切神秘的事物都会蠢蠢欲动，有人夸下海口要追到锦莲。

顾伊凡冷着一张脸跑到操场，还没看到锦莲，程佳琪就冒了出来，勾住他的手道："顾伊凡，上次那个女生是谁？"

"关你什么事。"顾伊凡头一次觉得被程佳琪这样纠缠很烦。

"你……啊！"程佳琪的话戛然而止于一个飞过来的篮球，正好打在她脸上，鼻血立马流下来。

锦莲站在不远处，笑得无比灿烂："不好意思，打偏了。"

顾伊凡虽然很想笑，但还是忍住了，故意正色对锦莲斥道："你怎么这么不小心，她可不是像你一样粗犷的女生，我送她去校医室，你在这儿等我。"

等到顾伊凡回来找锦莲时她已经不在了，熬到放学回家，才发现锦莲正坐在客厅看电视。他皱着眉问："怎么不等我？"

锦莲抬眼看了看他："顾伊凡，我现在才知道，你这个人又自私又不守信用。"

"你说什么呢？"顾伊凡不明白锦莲莫名其妙的怒意是从何而来。

锦莲只是紧抿着唇,朝他扔出一个东西,他捡起,才看清那是他送给她的小香包。那是他最宝贵的东西,却被她像垃圾一样丢掉。

他也怒了,不由放大了音量:"锦莲,你什么意思?"

"这玩意只配你那位娇弱的大小姐,配不上粗犷的我。"锦莲红着眼跑开了,留下顾伊凡一个人愣愣地站在原地,半天才反应过来锦莲话里的意思,她吃醋了,可比起这个,她不相信自己这一点更让顾伊凡恼火。

6

顾伊凡和锦莲之间的关系变得紧张起来。锦莲依旧会跟着顾伊凡去学校,还偷偷拿走了她之前丢给他的小香包,顾伊凡"犯错"被罚跑操场的次数也多起来,但两个人都未曾开口和对方说话,确切来说,是两个人都不愿先低头。

这样的状况,一直持续到锦莲要离开的前一天。

夜里,锦莲在房间收拾行李,顾伊凡在门外转了许久,终于忍不住冲进去,在锦莲错愕的目光中拉着她就往外跑。

像多年前那样,锦莲任由他带着自己在陌生的城市奔跑。

直到跑不动了,顾伊凡才停下来,双手搭在膝盖上喘气。半晌,才缓过来。

他侧头看一旁有一下没一下踢着石头的锦莲,说:"你还会来吗?"

锦莲迅速摇了摇头:"我不会一直来找你,况且,明明是你说好会来找我。"

顾伊凡气结,朝锦莲额头一掌拍过去:"你怎么就那么爱钻牛角尖啊?"

锦莲揉着生疼的额头瞪他:"你不懂女孩子,有些东西是一定要坚持……嗯,还有矜持。"

"你全身上下就只有长头发像女孩了!"顾伊凡笑着打量她,十八岁的锦莲,除了头发长了,一切还和小时候一样,尤其是那张无时无刻不显着倔强的脸。

"呸!"锦莲恶狠狠地给了他一脚,然后安静下来,眼睛里闪烁着如繁星般耀眼的光芒,脸上的红晕又加深了几许,她说,"我再怎么不像女生,可是顾伊凡,你这辈子,只能像星星依附天空那样,依附着我。"

这算是告白吗?明明应该很动听的话,在锦莲嘴里却变了个味。虽然知道锦莲本性如此,亦觉得很可爱,但为了男生的面子,顾伊凡愣是掩住心底的狂喜,从牙缝里碰出两个字"做梦",然后就潇洒地转身走了。

他没有看见,锦莲轰然而下的眼泪。

顾伊凡兀自回到家中,冲了个冷水澡,心情依旧雀跃。他换了身干净的衣服去找锦莲，却发现她并不在房间，母亲正好出来喝水，他便问："妈，锦莲还没回来吗？"

母亲奇怪地答："你不是带她出去了吗？她没和你一起回来？你这个孩子，不会把她一个人丢外面了吧？"

顾伊凡这才恍然回神，这座城市对锦莲来说，是陌生的，他带着她绕了那么多条路，若非像他这样土生土长的福川人，哪里会找到回去的路。他本是想煞一煞锦莲的威风，等她跟在他后面回来时，再给她一个惊喜，却没想自己早就被喜悦冲昏了脑袋。

反应过来的顾伊凡立马折回原处找锦莲，锦莲已经不在了，他找了一宿也没找到她。等到天亮，顾伊凡才拖着疲惫的双腿回家，母亲正在客厅里，脸色苍白。

"伊凡，"母亲突然叫住他，"锦莲她……拿了行李，已经回去了。"

顾伊凡怔了怔，又想，锦莲这样烈性子的女孩，在得到他的"拒绝"后，自然不会再多留。这样也好，等到高考结束，他再去北城，亲自解释给她听。

可是，他没想到的是，自己再也没有这个机会了。

那是在他高考结束后才知道的，母亲告诉他一些她隐瞒了许久的事。他把锦莲一个人扔下的那个夜里，寻路回去的锦莲遭遇了几个醉汉。是出去分头寻找锦莲的母亲发现她的，看着锦莲脸上的伤，母亲赶忙把锦莲带去医院，也答应她帮她隐瞒这件事。而糟糕的还在后面，得知这件事的锦叔，受不了打击，心脏病复发去世了。料理完父亲后事的锦莲，断了和他们所有的联系，从此人间蒸发。

之所以现在才告诉顾伊凡这些，是因为毕竟这些悲剧的源头都是他造成的，母亲怕他自责会影响高考。

顾伊凡只记得听完这些的自己痛苦地大叫一声，然后全身抽搐，陷入了黑暗。等到他醒来时已经躺在医院的加护病房，医生说他受了太大的刺激，引发癫痫症状，若不好好疗养，这个病会跟他一辈子。

顾伊凡蜷缩在被子里痛哭，大颗大颗的眼泪像烧得火热的烙铁，烫在他身上，疼得无法呼吸，他亦知道，这些都比不上他带给锦莲的痛。

7

出院那天，顾伊凡连夜坐飞机赶往北城，他迫切地想见一见锦莲，可是，当他看到院门上那把厚重的锁后，他突然体会到了什么是绝望。

锦莲当真是恨极了他，所以才会消失得如此彻底，连补偿的机会都不愿给他。

顾伊凡回到福川，在父亲的安排下出国留学，匆匆四年，毕业后，他回到国内一家外企工作，短短一年，就升到了总监的位置。像无数人那样，工作、恋爱，女友是大学同学，会和他在一起，是因为一次圣诞晚会上，大家各自上台说自己的梦想，女友说自己的梦想是有一间打开天窗就可以看见星空的房子，于是，他像中了邪，在众目睽睽下告白，抱得美人归。

下个月，他们就要结婚了。

城市里的男女喜欢在婚前开单身派对，他也一样，和一群朋友在酒吧疯狂庆祝。红男绿女中，他恍然看见一个熟悉的身影，于是，发疯似的冲到吧台，抓住正在倒酒的女人的手。

"锦莲？！"

"好久不见。"女人笑了笑，算是应答。

两个人坐在酒吧隔壁露天的咖啡店聊天，想要说的话太多，反而难于说出口。直到咖啡快喝完，锦莲站起身欲走，他蓦地抓住她的手，没头没脑地问："我们还有可能吗？"

锦莲顿了顿，眼底滑过浓浓的忧伤，她看了看他无名指上的戒指，慢慢抬起疲惫的眼，答非所问："若你当时回头，或许……现在的我们就是另外一番光景了。"

锦莲离开的步伐决绝，他真切体会到当初锦莲看着他离开时，那种悲痛的心情了。

顾伊凡再也没见过锦莲，她在第二天就从酒吧离职。

他也辞了职，和女友分手，开始天南地北漫无目的地寻找锦莲。

几个月后，顾伊凡打电话回家，从母亲断断续续哽咽的诉说中，渐渐拼凑出——锦莲死了，这四个字。母亲说，福川一个旅游团的大巴遇到车祸，处理此次事件的父亲看到，失踪的名单里有锦莲的名字，他们本不相信世上有这样的巧合，可在打捞上来的物品中，他们发现了锦莲的身份证，和一个小香包。

顾伊凡只觉得有什么东西在脑子里"嘭"地炸开，一阵轰鸣后只剩下白色的光，在这样刺眼的白中，锦莲的样子，从十三岁到二十三岁，如幻灯片一样迅速滑过，像一根根锋利的针，狠狠刺进身体里。

他张了张嘴，却再也发不出任何声音。他去看医生，诊断的结果是失语症。

顾伊凡靠在医院的走廊上，突然无声地大笑起来，他觉得上天是如此公平，对于锦莲，他从来都是吝于表达，现在，锦莲走了，也带走了他的语言。也好，没了锦莲，他所有的一切都是灰烬。

冬天的时候，顾伊凡去了趟北城，他和锦莲初识的地方。那里已被政府规划，准备新建一座游乐城，胡同大大小小的院子外墙都被写上了大大的"拆"字。他轻车熟路找到锦莲的家，撬开门上锈迹斑斑的锁，入眼尽是一片破败荒凉。

走到后院，顺着梯子爬上屋顶，看上去，他离开的那三年里，锦莲当真是搭起了一座小屋，只是经过多年的风吹雨打，已经残破不堪。朦胧中，他恍若看到穿着红色棉袄的锦莲蹦跶着朝他走来，掬起一把雪拍在他身上。预期的冰冷并没有出现，反而是有温热的液体顺着脸颊的弧度流淌。

"锦莲……"他终于忍不住，就对着空荡荡的屋顶叫出声来，回应他的只有一阵阵叹息的风，在这北国的冬，化成纷纷雪花，缱绻落下。

8

2015年冬，顾伊凡如往年一样，来到北城那座游乐城，坐在摩天轮上，看着触手可及的星辰，思念锦莲。

失去锦莲的这些年来，他潜意识里觉得锦莲并没有在那次事故中遇难，就像他们独特的心有灵犀一样，不需要任何证明，他就是笃定地相信，锦莲没有死，像小说里写的那样，她后来被人救起，失去了记忆，谈一场恋爱，幸福地结婚，兴许，孩子都半大了。

就像歌里唱的那样，无论是天堂，还是人间，你的世界，但愿都好。

而这些，都与他无关了。

岁月如歌

"岁月给予你的,无论是好的,还是坏的,都是只属于你的财富。"

若你离去，
后会无期

1

我最后一次见到外婆，是在去年夏天。

闷热难眠的深夜，接到我妈泣不成声的电话，她未开口，我已猜到了大半，连夜赶去机场，坐最早的航班回家。

外婆姓薛，年少时是家境殷实的商贾家大小姐，打小就与门当户对的何家定了亲，十六岁时，就早早嫁了过去。外婆一生有八个孩子，包括1961年大饥荒的时候，她收养的一个双亲都被饿死的孩子。

都说多子多福，可这句话在外婆身上却不是那么回事。"文革"时，薛家何家被抄家，财产全部充公，最惨的时候，连个栖身之所都没有。

都说由俭入奢易，由奢入俭难，我不知道在那个动荡的年代里，在一夜之间从天堂跌落地狱的外婆和外公是什么心情。反正，后来外公下矿井做工，初衷就是为了让家人过上好一点儿的生活，盼得一个好的明天。

可生活就是，你永远不知道明天和意外哪一个先来临。外公夜班下井作业时发生意外，没一人活着出来，一小笔抚恤金就是矿井老板对意外的说法。

一个娇生惯养的大小姐，早年家境殷实，青年家财散尽又意外丧夫，不得不抛头露面，做几份工独自抚育七个孩子。

外婆未再嫁，在那个年代，闭塞的村庄，对这样年轻美貌从前出身又好的寡妇，口头怜惜，实际却是不太友好的，明里暗里都欺负外婆，连卖菜的都要占她几分钱的便宜。外婆要强，受了欺辱自然不会忍气吞声，但她亦不会同人争得面红耳赤，她只会一字一句将事情说得有理有据，然后用那双弯弯的眼盯着对方，任凭对方无赖也好，撒泼也罢，在那样不怒自威的注视下，最后总会服软。

外婆就这样，时光给了她最无情的命运，却洗不掉她骨子里的那份高贵优雅，她咬着牙，一步一艰辛，在许多不可思议的目光中，逐渐将七个孩子一个个拉扯长大，走出了小村庄。

几十年后的我，在我妈和舅舅们的口中听到关于外婆的这些事，只觉得外婆的大半生就是个传奇。

可能对于很多人来说，伟大这个词，要用在先烈以及为国家为世界做出贡献的人身上。

而对于我来讲，这个再平凡不过的女人，就是我心目中最伟大的人。

也曾问过外婆，命运几乎把所有最糟糕的事都加诸她的身上，那么难的日子，是什么信念让她撑下去的。

外婆说了一句我这一生都无法忘记的话。

她说："我只是知道，无论多难的时刻，只要走下去，就一定能够看到希望。"

这句话，在后来无数个彷徨无助的日子，总会在我脑海中不断重复，鞭策着我咬牙往前走。

2

六岁之前，我的人生是和外婆没有什么交集的。

我刚出生的时候，病房里，医生抱着我给大人看，走到奶奶面前时，奶奶掉头就走了。我的爷爷奶奶是典型的封建思想，重男轻女特别严重。

我妈和我爸结婚后虽然住在婆家，可生下我之后，在那个家里，所有人都当我和我妈是透明人，不理不睬，坐月子的那一个月里，只有我大姨和小姨每天来照顾我妈。

当然，这件事远在千里之外的外婆是不知道的，在我妈和大姨小姨共同的欺瞒下，硬是拦下了外婆，没让外婆在月子中来看过我妈一次。

究其原因，不过是不想让外婆知道自己的女儿和外孙女受了委屈，怕外婆伤心。

我满月后，我妈为了让外婆安心，带着我回过家乡一次。外婆还是看出了我妈的憔悴，我妈解释为"产后忧郁症"，是自己一下子没有适应做母亲所致。

从家乡回到城里后，我和我妈继续被一大家子人当作透明人对待，而娘家并不殷实的家境，也成为家境尚可的婆家攻击的理由。

我的父亲长期被夹在中间，夫妻关系日渐冷淡，他心中的那杆秤，也自然是偏向奶奶的，我妈受了许多委屈，却为了给我一个完整的家，坚持维系这份岌岌可危的夫妻关系。

再久一点儿后，我渐渐长大，能走能爬，露出顽皮的本性，已经不像从前那样，在我妈上班的时候，老老实实地在房间里睡上一天。

最严重的一次，无人看管的我迈着尚且不伶俐的步子走出家门要去找妈妈，然后不慎掉进蓄了半池水的废弃的水泥坑里。时值隆冬，坑里的污水结着薄冰，也正因为是冬天，过于厚重的棉袄，让我卡在坑口，没能掉下去，我哭哑了嗓子，过了很长一段时间后才被路过的邻居看见，将我抱了出来。

那一冻，我发了高烧，还引发了肺炎，在医院住了整整一个月，两只小小的手背上全是针眼，肿得和馒头一样，最后吊针只能往脑袋上扎。

出院以后，我妈第一次提出了离婚，出乎意料的是，我爸在这个时候，说什么也不同意离婚。甚至，同意了我妈的要求，搬出了奶奶家，住到了我爸单位的家属大院。

脱离了婆家这棵大树，生活里大大小小的琐碎全都压在了他们年轻的脊背上。

爸爸妈妈工作繁忙，上班地方离家又远，每天早出晚归，为了生计奔波，虽然怜惜我，却有心无力，很多时候根本无暇顾及我。没上幼儿园之前，没人照看的我，就会被反锁在家里。

我童年的记忆里，一间小小昏暗的屋子，一只猫，仿佛等不到头的时间，这就是我的所有。

开始的时候，家属院的小朋友们会来敲我家门，隔着门同我聊上几句，叫我一块儿出去玩，可我出不去，只有透过窗缝抱着我的猫特别难过地看着他们结伴去玩。

后来，他们就不再来叫我了，一整天，我只能对着我的猫自言自语地说上几句话，然后同它大眼瞪小眼。

有次爸妈夜班，我一个人在深夜里做噩梦惊醒，再也睡不着，又怕黑，想去把台灯打开，可就在插插头的时候，我不慎被电了一下，幸运的是没有出什么大事，只是手被电流直接甩开，麻痹的感觉我至今都印象深刻。

那个晚上，我揉着手臂不敢再去碰台灯，周围黑漆漆的环境又让我特别害怕，我小声地躲在被子里哭泣，又闷又热，身体和心理都难受到了极点。

从小，我就知道自己是个特别孤独的小孩。

我自卑又敏感，沉默寡言，小心翼翼，渴望爱，却又不敢主动靠近，大约是长期的独处，让我习惯了孤独。而这样的性格，带给他人的印象就是，这个小孩古怪，不讨人喜欢。

这样的状况，一直持续到外婆出现。

3

人的记忆力是有限的，我对外婆最初的记忆，是在六岁。

我妈从未对外婆说过我们的生活状况，电话里，总是说自己过得很好，可是这件事不知怎么就传到了远在老家的外婆耳中。

外婆来我们居住的城市时，没有告诉任何人，就那么突然地出现。

第一眼看见她时，是晨曦微露的清晨，我们被叩门声惊醒，我妈去开门，愣了几秒，叫了声："妈？！"

我在床上翻了个身，被子半掩着脸，目光越过我妈去看她。

她和我从前见过的那些乡里村妇不一样。

柳叶似的眉，微微上扬的嘴角，头发梳得一丝不苟，绾着个小小的髻，臂弯里挂着个不大的布包。一身亚麻灰色的长裙,优雅得像电视剧里大家族里的家长。

那时我年纪尚小,不知道那种长裙叫作旗袍,只晓得外婆穿的长裙子特别好看,这个婆婆很美。

外婆越过我妈径直走到我的床边,在我措手不及的时候,俯下身来给了我个大大的拥抱,又宠溺地亲了亲我的脸,然后看着我特温和地笑:"玥玥已经这么大了啊,外婆上次见你,还是个连路都走不稳的小萝卜头呢。"

我愣了一会儿,看着她陌生却又莫名亲近的脸,突然就红了脸,不好意思地将被子往上拉了拉,唯唯诺诺地憋出几个字:"我……还没刷牙哎。"

我本是个抗拒接触新的人和事的人,但或许是骨子里的血缘关系作祟,我对这个仅第二次见面的外婆并不认生,相反,我很喜欢亲近她,她身上总是散发着一种特别温和的气息,让我不自觉地想要靠近。

外婆突然来了城里的消息一下子在舅舅姨妈中传开,平日里忙碌的儿女们纷纷放下手头的工作都跑来看她,游说她去自己家里长住,被外婆一一拒绝。

外婆说:"这次来,是来看玥玥的,就快到农忙期了,我很快就要回去的。"

她说话时手里正在缝着一件小旗袍,不时对着我的身子比画两下。

我记忆中的外婆,总是穿着颜色款式各异的旗袍。除了晚年的病号服和几件儿女为她购置的冬衣,我从未看见她穿过其他的衣服。

听舅舅说,外婆年轻时的旗袍用的都是最好的料子,请江南最好的师傅量身定做的,后来家境败落,外婆将那些旗袍通通当掉补贴家用,用很少的钱买了最次的粗布,自己一针一线缝旗袍,慢慢地,她的手艺变得娴熟精湛。乡里乡亲想让她帮忙做,也有舅妈通过舅舅缠着她给做一件,外婆从未应承过,却偏偏只因为我眼神里透露的喜欢,就动手为我做旗袍。

从一开始,外婆就用她的实际行动告诉我,她很重视我,我再也不是那个总被人忽略遗忘在角落的小孩了。

她朝我伸出手,一点点,将我拉出那个阴暗的角落。

4

那之后没多久,外婆去见过爷爷奶奶一次。

爸妈搬出来以后,我们很少同爷爷奶奶见面,除了过年团圆的时候,其他时候,我并不愿意去那个漂亮的楼房,我不喜欢他们总板着的脸,敷衍的态度,以及对我和我妈刻意的冷漠。

若你离去，
　　后会无期

所以，那天外婆去探访的时候，大人们坐在客厅里谈事，我一个人蹲在外面逗邻居家的猫。

我不知道他们说了些什么。

偶尔抬起头看过去时，只觉得外婆那张波澜不惊，始终保持淡淡微笑的脸实在很好看。

小小年纪的我并不能懂得那时候奶奶脸上的不自然是因为什么，后来想起，大约是奶奶也没有想到，她一直嗤之以鼻的农村家庭里的家长，竟是一个优雅得体，光芒甚至盖过她的妇人。

很久以后，爸妈和外婆出来了，外婆蹲在我面前，替我理了理皱巴巴的衣服，轻轻抚着我的脸说："玥玥，我们回家啦。"

她背对着门，眼眶突然慢慢泛红，一向淡然的脸不知此刻为何有些微微抖动。

那天走在路上，气氛突然变得很沉默，外婆紧绷着脸，跟在后面的爸妈脸色也不太好，我牵着外婆的手，心中忐忑不安。

那时候的我年纪还小，且长期以来的被忽视、被冷落养成我特别在意别人脸色的习惯，以为是自己不经意间的什么举动惹外婆不高兴了。

我很珍惜这个突然冒出来对我很好的外婆，很害怕会失去她，更不知道自己是哪里做错了，该怎么来补救。

我低着头，以特别轻的动作悄悄抹眼泪。

却还是被外婆察觉到了，她停下脚步，低下头看着我，轻声说道："玥玥，外婆不走了，好不好？"

我一下子从极悲到极喜，情不自禁，一张嘴，竟"哇"的一声哭了出来。

外婆呵呵地笑着用粗糙的手背擦我的眼泪和鼻涕，特温柔地跟我说："从今以后，玥玥再也不会一个人了。"

外婆的八个孩子成年后纷纷在不同的城市找到自己生存的位置，孩子们都很孝顺，心疼辛苦了大半辈子的外婆，早就想要把外婆接到城里，待在自己的身边享享清福。只是外婆要强又固执，不愿自己成为儿女的麻烦，说什么都不答应，就是要守着那墙壁都裂了缝的老屋过下半辈子。

可是她的固执，最终因为我而妥协。

她在家属大院附近租了一间简陋的民房做手艺活，白天是裁缝店，晚上把席子一垫，就成了她的卧房。她从此以后便在这座城市安居下来，一直到她生命的最后一刻。

那之后爸妈上班的时候，我就去跟外婆待着，再也不用一个人被反锁在家里。

我妈心疼外婆，说："店里已经很忙了，您年纪又大，哪顾得来她，她这么大的孩子了，懂得照顾自己，您没来时，她也是这样，再说了，我小时候不也是这样过来的吗？"

外婆摇着头嗔她："这怎么能比，你小时候有兄弟姐妹们陪伴，玥玥就只有一个人啊。"

我妈愣了好半天，她大约是那个时候才意识到，原来我是那样孤独地长大的。

那时候，外婆已有五个外孙女和一个外孙，我不是最小的那个，却是外婆最疼爱的那个。

外婆这样随和的人，在她的几个儿媳妇心里却不是个好婆婆。

在我遥远的记忆里，三舅妈曾同外婆爆发过一次争吵，她见外婆将我照顾得很好，也想把自己的孩子交予外婆照看，被外婆拒绝。三舅妈在外婆家哭得特别伤心，她说："都是您的孩子，您怎么能这么偏心？"

三舅去拉三舅妈，说："我们又不是没时间照看，别什么都麻烦妈……"

我站在旁边不知所措，被尴尬的妈妈带了出去。房间里的三舅妈一直在哭，外婆一直没有出声。

之后很多年，三舅妈没有来看过外婆一次。直到多年后三舅妈突然中风，外婆鞍前马后地照顾她，三舅妈的心结才慢慢解开。

成年之后，有一次家庭聚会，同大我一岁的表姐聊天，表姐说，其实小时候，她既羡慕我又嫉妒我，她说外婆身上有种特别的磁场，家里的小孩都想黏着她，同她亲近，外婆虽然对他们也好，只是远远没有对我好，任何东西，外婆总是先给我，外婆偏心偏得那样厉害，他们心里或多或少都是有点儿怨外婆的，也怨我，所以，小时候没少揍我。直到长大了才渐渐理解外婆，外婆几个孩子中，我家的条件在当时是最差的，甚至能称得上是贫穷，外婆的裁缝店挣得不多，她不可能每个都照顾到，只能选择照顾我。

我心有戚戚。

外婆的裁缝店虽挣钱不多，但她很舍得为我花钱，她来之后，我的小口袋里无时无刻不装着各种小零食，新上市的水果，我总是能第一个尝到，家属大院的所有小孩中，我总是那个最先拥有时下最流行的玩具的那个。我至今还清晰地记得，当我骑着家属大院第一辆儿童自行车在院子里兜风时，在其他孩子或羡慕或嫉妒的目光里，我的心情有多雀跃，觉得自己仿佛站在最绚丽的舞台上。

那天家属院的大人们都特别头疼，因为自家孩子回家后都哭闹着要自行车。

没隔几日，家属院的小孩子们几乎人手一辆自行车了，我们一辆跟着一辆，绕着家属院一圈一圈骑，车铃声、笑声清脆地连成一片。

外婆就和我说笑，她说我掌握了家属院的潮流趋势。

我就咯咯地笑。

我爸妈说她："小孩子不能这样宠。"

外婆以一种怄气的口吻说："某些人不稀罕的，我偏要用力去疼她，给她我所能给的最好的。"

外婆用自己的方式，慢慢治愈我曾受创的伤口。她让我知道我也是被需要的那个，让我张开双手去拥抱这个可爱的世界。

就像一朵开在角落里蔫萎的花儿，被园丁拨开挡在它头顶的杂草，让它感受阳光的温暖、雨露的甘甜，开成最好的模样。

从小到大，学校里老师布置的关于"你最崇拜的人"之类的作文，我清一色，写的都是外婆。

我崇拜她，并不是因为她那传奇而伟大的大半生，那些关于她的故事都是在我成年后才知道的。我崇拜她，只因她在我最受伤的时候，给了我最渴求的爱。

6

我家条件并不好，我上初中时爸爸被单位裁员，在家消沉了半年后，买了辆二手摩托车拉客维生，在我的学校附近定点拉客，方便接送我。

那个时候我正值青春叛逆期，刚刚有虚荣心这玩意，觉得有个骑摩托车拉客的爸爸很丢脸，不愿让同学看见我爸，对待我爸的态度特别冷淡，最后甚至发展到一句话也不肯和他说。

我爸每天都骑着摩托车接送我，自然会引起别人注意。有同班的同学就当场叫住我，问我："这是你爸爸吗？"

我想都没想，就说："不是。"

我爸本来热情的脸突然就变得难看尴尬，他忍着没发作，回去后才拿着藤条打我，斥我："小小年纪，就这么虚荣，我骑摩托车丢你的脸了？你连老子都不认？"

我用我那个年纪所能想到的最恶毒的语言同他争吵，我朝他吼："你别以为我小就什么都不知道，我都听到小姨她们说了，你根本不喜欢我，你和你爸你妈合着伙欺负我和我妈，我就不认你，你连工作都没有，你就是丢人！"

我爸喘着气,眼睛睁得大大的,举着藤条,被我气得说不出一句话。

我不甘示弱地狠狠瞪着他,一副有种你就打死我的模样。

我爸并没有再打我,他特别落寞地垂下肩膀,然后走了出去。

我朝他的背影"哼"了声,回头时却看见外婆不知道什么时候来了,站在窗前静静地看着我。我吓了一跳,像做了什么坏事当场被她抓住一样。

外婆并没有说什么,只是把包好的饺子放在我家冰箱里。我悄悄吐了口气,心存侥幸,以为外婆没有听见我和我爸的那番争吵。

几天之后,周末,我不用上学,被外婆带回裁缝店休息,隔天一大早我就被外婆叫醒,我看了看钟表,才不到五点。

我揉着眼睛问:"这么早做什么呀,外婆?"

外婆说:"等下你就知道了。"然后,不由分说就拉着我出了门。

那天清晨还下着蒙蒙细雨,路上连路灯都没开,我和外婆坐在她事先叫来的出租车里,我百思不得其解,直到看见黑暗的家属院里打出一束强光,熟悉的发动机声里,我看见我爸披着雨衣,骑着摩托车,从黑暗里驶了出来。

那一天,我和外婆就坐在那辆出租车里,跟在我爸的摩托车后,看着他在未亮的天里拉客,直到天黑,看着他吃凉透的馒头,不舍得买水,用瓶子灌自来水喝,看他被寒风吹得直哆嗦,馒头没吃几口,有客人来了,就胡乱往塑料袋里一塞,骑上车跑生意。看着我爸那样,我突然就说不上地难过,我才发现我爸不知道什么时候变得那样黑瘦、沧桑。

我看着他,脑子里浮现的是前几天我用狰狞的面孔、用最恶毒的语言对他说那些伤人的话时的场景。我觉得我那时一定是中了邪,我怎么会那样去伤害一个爱我的人?

我靠在外婆怀里就哭了。

外婆轻轻拍着我的背,说:"那就是你的爸爸啊,他或许曾对你有愧,可他也是真的爱你,他如此努力地讨生活,为的也是你们,他一直都在做称职的爸爸,世界上再也没有比这更高尚的职业了啊。"

我再也忍不住,跑下出租车,冲到爸爸面前,给了措手不及的他一个大大的拥抱。

我说:"爸爸我爱你,对不起。"

后来我想,我的青春叛逆期只经历了那样短的时间就匆匆结束,多亏有外婆,她用一种润物细无声的方式,让我用眼睛去看,用心去感受,什么是是,什么是非。

到了高中时，学生间的攀比现象已经很严重。越小的地方，监管的力度越弱，人性里的缺陷越容易暴露。我的班主任英语老师多次旁敲侧击不管用后，直接找到了我爸开口要礼品，但那个时候，连学费都要省吃俭用挤出来的我家根本无法负担得起老师要的礼品。于是，我的位置从第一排变成了最后一排，在靠近垃圾桶的角落里。那时候120分的英语卷子，全班只有八个人考了100分以上，我是其中一个，宣布成绩时，老师却当着全班同学的面，以一种阴阳怪气的语气对我说："抄得不错。"

高二文理分班，我的成绩明明是年级前几，却被分到文科最差的班里。

我受的这些委屈，从未对爸妈说过，因为我曾亲眼看见，因为送不起礼，被班主任言语羞辱后偷偷躲起来流泪的母亲。

外婆说："外人可以瞧不起自己，但自己一定不能轻贱了自己。"

贫穷和富有这两个词，在新华字典里有着明确的解释。

可在外婆的影响下，我从来不觉得自己贫穷。

因为我知道，我的父母、我的外婆，已经给了我他们所能给我的，最好的东西。那就是我的财富，千金都比不上。

高中末期，我开始尝试给一些报纸杂志投稿，我拿到的第一笔稿费，顶得上我妈半个月的工资。我很高兴地拉着外婆去商场，指着一件两百块的真丝旗袍说："外婆，外孙女现在有钱了，你喜欢什么，我都能给你买。"

外婆笑得合不拢嘴，然后摆摆手拉着我走出了商场，让我用那笔稿费买了一些营养品，还有时下刚上市的水果。拿着这些东西，外婆领着我去了奶奶家。

外婆进门说的第一句话，就是："你孙女给家门争光了，要当大作家了，这是她用她的第一笔稿费孝顺你们的。"

我至今都忘不了那时候爷爷奶奶脸上瞬息万变的表情。

那之后，爷爷奶奶跟我家走动得频繁起来，也不再冷漠地对待我们，疏离了十多年的亲情，不管是因为什么理由，总算有了重圆的机会。

高考前，家人一起开了个家庭会议，给了我几所学校选择，我没说话，拿着志愿去找外婆，我说他们给了我几所学校让我选一所去读，可我不知道要去哪里。

外婆笑笑，说："你的心里不是已经有答案了？"

我也笑，扬起手，指尖停在——那是一座距离我出生长大的地方很遥远的城市，也不在家人给我选择的那几所学校之中。

外婆点了点头："去吧，不要在意别人怎么说怎么看，你所要顺从的，只有自己的心意。"

顺心，顺意，这是外婆在我成长的岁月里，一直教诲我的事。

而如今，我的心意就是，在我还能走得动的时候，看遍这大好河山，自然瑰宝。

我想，我骨子里那颗注定迎着风奔跑，不愿为片刻的安宁而停不下来的心，多少是受了外婆的影响。

外婆是个拥有大智慧的女人，她这一生，就像是一本长长的书卷，全是她走过的漫长岁月，谱写的动人音符。

她将这一首歌，全唱给了我听。

8

越长大，离家越远，离亲近的人也越远。说来也怪，小时候那样害怕孤独的一个人，长大后却向往单打独斗地闯荡。

外婆晚年罹患阿尔茨海默病，在她尚且能保持清醒时，固执地自行搬去了护理医院，甚至拒绝让儿女支付医药费，用的是自己早早就存起来的"棺材本"。

即使是到了这样不得不服弱的年纪，她仍是要强得很，不愿因自己的孱弱拖累了儿女。

她的儿女孙辈们都知道她的脾气，不敢正面同她起冲突，背地里将她请的普通护工加钱换成了高级护工，连同医院上下，一起瞒着她。

她那个时候还认得我，我同她道："外婆，我回来陪你吧。"

她摇了摇头，说："我喜欢看你追逐梦的样子，你要是为我停下来，我这把老骨头啊，还不如早早……"

我捂住她的嘴，拦住她想要说出口的话，不想听见任何不吉利的言辞。害怕祸从口出，害怕她会离开我。

后来，我再回去看她时，她已经不认得我了。在她眼里，她最宠爱的外孙女还是个矮墩墩的小萝卜头，她在等她放学归家，而我，只是个路过的陌生人。

我心里难过，像无数根沾着陈醋的针，扎在我的心尖上。

再后来，我有了工作，还在为梦想而拼搏，回去的次数渐渐少了起来。

独自在外的这些年，欢笑幸福有，落寞受挫有，悲伤抑郁有，也曾被背叛、被猜忌、被误会，索性都一一走了过去，走了下去。

每一次失去，都是我下一次的获得。

就像外婆曾对我说的那样："岁月给予你的，无论是好的，还是坏的，都是只属于你的财富。"

而岁月给我最大的财富，就是外婆。

9

去年那个异常闷热的夏天，当我连夜飞奔回家，在医院里看见她时，她坐在微敞的窗边看书，一头银丝剪短了，鬓发别在耳后，戴着一副眼镜。

出乎意料地，她抬头同我视线相交的那刻，竟然如我遥远的记忆中那般熟悉地笑了，她放下书，对我轻轻地招了招手，说："玥玥，你回来啦。"

她认得我了。

那一瞬间，我哽咽着，几乎号啕大哭。

我靠在她的怀里，不知道是开心还是难过，一直在流泪，她轻轻地抚摸着我的头，像小时候哄我睡觉时那样。

那一天，在医生的同意下，我带着她出院玩，她穿了件青花瓷的旗袍，她已经很瘦很瘦了，从前贴身的旗袍现今穿在她身上就像一个宽大的袋子，可即使是这样，她仍是那样好看。

我们去逛商城，吃冰淇淋，看电影，她开心得像个孩子。晚上，舅舅们在市里最好的酒店订了一个包厢，她的儿女孙辈们从各个城市赶来，陪她吃饭，她竟能清楚地认得每一个人，还喝了一小杯米酒。三舅因为高兴酒喝多了，快六十岁的人，哭得像个孩子，一直搓着手孩子气地说："老天保佑啊老天保佑，妈好了，她认得我了，妈，你今天就跟我回家住，就住在我家，哪家都不要去。"外婆说好，其他几个舅舅故意逗醉酒的三舅，同他抢老妈，几个活了大半辈子的长辈笑成一团。

我也和三舅一样，以为是上天庇佑，外婆的病好了。

可是后来我才晓得，那叫作回光返照。

在我们将她送回医院，在我离开她不过短短两个小时，她去世的消息就通过医院传来。

医生说，外婆是在睡梦中去世的，面容很安详，没有一丝苦楚。

整理她的遗物时，发现一个留给我的盒子，打开后，我看着里面小心包裹着的东西，心里就模糊不清地疼了一片。

她留给我的东西，是一件绣着盘花的红色旗袍。

她开裁缝店的那些年，许多客人见她身上的旗袍好看，都央她做，她说什么也不愿意，因此得罪了许多客人。

她总是说做旗袍是一件耗费心血的事，她不愿将心血用金钱衡量，变得廉价。

她在她最后的时光里，用她一生最后的心血，为我缝制了一件全世界最美丽的旗袍。

处理完外婆的后事，我再一次离开家，向着梦想继续走下去。

深夜的航班上，我在一万英尺的高空，做了个梦，梦里我站在上帝视角，昏黄的晚霞下，我看着一个穿着旗袍的优雅妇人牵着一个扎着羊角辫的小姑娘，逆着光，一大一小两道影子拉得老长，沿着长长的道路走，一直往前走。

在那个梦里，没有告别。

听说马尔星球在下雨

"听说马尔星一直在下雨,那是回不去的奥特曼小姐的眼泪。"

若你离去，后会无期

我不是玫瑰，但你是我的小王子。

1

颜歌宸是我妈的病人。

我十三岁那年，我妈和我爸办了离婚手续，带着我离开了那个伤心地，来到福川。单亲母亲的生活总会很忙碌艰辛，所以，每天放学我都会自己买好菜，然后去我妈上班的医院，等她下班一起回家。

也正因为如此，我才有幸成为颜歌宸的救命恩人。

遇见他的那天，福川已经连续下了三天的暴雨，时不时有轰轰的雷鸣破空而来。我妈在加班，我坐在医院走廊里正百无聊赖，忽地被一个炸雷惊得跳起来，手里拎着的蔬菜也掉了一地，在捡起靠近窗边的西红柿时，我眼尖地看见窗外有一个男孩，穿着白色的病号服，在大树下来回踱着，最惊悚的是，他手里还举着一根类似钢管的东西。后来我才知道，那是挂吊针的架子。

我呆了片刻，旋即扯开嗓子尖叫了一声。估计是叫声太过撕心裂肺，男孩闻声转头看了我一眼后，笔直地倒了下去。我的第一反应是他被雷击中了，后来闻讯赶到的医生证实他只是晕了过去，并对我妈进行了严厉的指责，大抵是怎么没有看好病人，还让他做这么危险的事云云。

我趴在门口，听见他们谈话里反复出现"颜歌宸"三个字，想来应该是那男孩的名字。

回家的路上，我向我妈打听颜歌宸的事，我妈说颜歌宸一年前和母亲一起被绑架，绑匪拿钱的时候被警察误开枪打死，以至于再没有人知道颜歌宸和他妈妈被关在哪里，六天后警察找到他们时，颜歌宸的母亲已经死了，而颜歌宸则气息微弱地昏迷在一旁。颜歌宸大病一场，痊愈后的他逢人便说，自己是个死人。而他从此也热衷于各种危险行为，被他父亲一把鼻涕一把眼泪地送到了精神科。

我很难想象看着自己母亲在身边死去是怎样的心情，所以我对颜歌宸的愤慨很快就变成了同情。

我开始有事没事就往医院跑，陪颜歌宸聊天，虽然他经常答非所问。比如此刻我问他今天中午吃了些什么，他则一脸惊恐地看着我，然后一整个下午都不愿再和我说一句话。

这样的行为彻底惹恼了我，我揪着他的耳朵威胁："你再不和我说话，我就喂你吃长生不老药！"

古往今来，人人都希望长生不老，唯独这小子，对活着很是惶恐。

他吸着鼻涕说："奥特曼小姐，你不要吃小怪兽！"

这都什么跟什么？我蒙了会儿，觉得如果深究一个精神病人的话，自己也会变成个精神病的，于是我甩甩头，拍着胸口向他保证："作为一个二十一世纪有志的奥特曼，小怪兽什么的都是浮云。"

颜歌宸听完后笑了，那是我第一次看见他的笑容，十三岁的我熟知的形容词尚少，可那刻脑子里却陡然蹦出"如沐春风"这四个字。多年后，想起这一幕，我由衷觉得用"如动春心"更为贴切。

2

我妈对我小小年纪就如此有爱心的行为颇为赞扬，作为嘉奖，她时常会给我做我最爱吃的红烧肉，这也间接地加深了我和颜歌宸的友谊。

我不断和颜歌宸探讨各种死法的痛苦，并尽量和他一起尝试。他上吊，我就找来织毛衣的毛线挂上，结果颜歌宸摔折了一条腿，在病床上躺了三个月。他跳楼，我就把他从二楼的阳台推下去，摔断了他的右胳膊，颜歌宸成了左撇子。

如此之后，颜歌宸大概是发现"半残"更可怕，渐渐打消了可怕的念头。又或许是那天我带着他在外边玩了一圈后回到病房，看到他爸抱着他的枕头掉眼泪，一个大男人哭成那样实在很让人伤感。

我拍拍呆若木鸡的颜歌宸，同情道："你爸多不容易啊，死了老婆，儿子还天天寻死，唉！"

颜歌宸沉默了半晌，片刻后朝他爸泪奔而去，爷俩儿抱头痛哭起来。

那之后没多久颜歌宸就出院了。出院那天我去送他，颇有一种自家孩子终于懂事了的感觉。

我本以为从此会和颜歌宸失去联系，当晚还蒙在被子里为这短暂的友谊哭了一宿。可没过几天，放学后去医院找我妈时，我就被蹲在医院门口草坪上的颜歌宸吓了一跳。

"你怎么在这儿？"我震惊地问。

颜歌宸腼腆地笑了笑，伸手指向身后："我的新城堡就在这儿附近。"想了想又说："这样我们就不会分开了。"

这样我们就不会分开了。

虽然知道他的思维不能以常人的眼光去想象，已经十五岁的我还是因为这句话莫名地红了脸。

从此以后，颜歌宸每天都会往返于"城堡"和医院之间，陪我一起我爬树、遛狗、轧马路。

我打心底觉得这真是天大的缘分，也乐得可以继续和颜歌宸做朋友。但同时，我又愤慨地想，能像他这样有个整日闲着没事做的人生实在是太爽了！

没多久我就发现了颜歌宸如此无聊的原因，多年前那起绑架案至今被人津津乐道，加上颜歌宸的父亲是福川有名的富商，很多人都知道颜歌宸在医院的精神科待过三年，颜歌宸精神病的形象在老百姓的心中根深蒂固，人们对他的态度是又害怕又怜悯。

街头巷尾的人对他避之不及，也没有学校愿意接收他，校长们总是一脸抱歉地表示要对其他学生的安全负责。

其实颜歌宸远没有他们想象中那么恐怖，凭我对颜歌宸的了解，他只是个被吓坏了的善良小孩儿，活在自己的世界里。而且经过这些年的调养，他已经同正常人差不多了。和那些挥舞着大刀砍路人的精神病相比，颜歌宸可是连踩死只蚂蚁都会难过好久，甚至还跑去警察局自首，闹出个大乌龙，一时间成为街头巷尾茶余饭后的笑柄。

人们谈到颜歌宸的时候，总是会用"那个傻子"来代替。

颜歌宸不傻，他懂得"那个傻子"代表的含义。于是，他看着那群人，一脸受伤地问我："奥特曼小姐，我是不是真的很讨厌？"

我坚定地摇了摇头："哦不！他们那是羡慕嫉妒恨。"

同时，我第七百八十六次告诉他："我不叫奥特曼，我叫林曼。"

颜歌宸郑重地点了点头："好的！奥特曼小姐。"

3

我总是会想如果颜歌宸没遇见我现在会是什么样子，或许还置身于他那些千奇百怪的危险行为中。这样说起来好像我把自己夸得很伟大，其实我只是庆幸，庆幸在最初遇见了他。

颜歌宸情窦初开是在十七岁，对象是学校里有名的小太妹吴越越。

高中时我开始读寄宿制学校，我妈则搬去医院宿舍，这样又省下一笔房租。为了攒上大学的费用，每天放学我都会去市中心的蛋糕房打零工。那天刚好是颜歌宸的生日，老板破例允许我在没有客人时，用剩下的蛋糕屑和奶油做一个小蛋糕。

此刻，它正摆在公园里的石桌上，颤巍巍地插着一根蜡烛。

说实话，就是坨胡乱堆在一起的蛋糕拌奶油，连我自己看了都觉得寒碜。

我虽然感到很不好意思，但还是强撑着面子对他说："你看，你爸在福满楼给你摆生日宴你不去，偏偏要到这里来和我一起，喏……我能为你做的，只有这个。"

颜歌宸憨憨地笑了笑，伸出手指小心翼翼地挑了一小块，一手垫着轻轻送到嘴里，如同吃山珍海味般吧嗒了几下嘴，说："这是我吃过最好吃的东西。"

得到肯定，我的嘴角忍不住上扬起来，但是颜歌宸接下来的动作却让我不敢置信地瞪大眼睛。他居然就地在树下挖起坑来，并把蛋糕放了进去。

"你把蛋糕埋起来做什么？"我问。

"嘘，"他朝我比了比手，"奥特曼小姐，你第一次来我们地球可能不知道，把蛋糕种在这里的话，来年春天它就会长成蛋糕树，这样就算以后你回去了马尔星，我也能一辈子都吃到你做的蛋糕。"

忘了说，马尔星是颜歌宸想象出来的一颗星球，他坚信，我是从那里来拯救他的奥特曼，也总有一天是要回去那里的。

为颜歌宸庆完生后，学校的大门已经紧锁。

今天早上我就用一块蜂蜜蛋糕贿赂了宿管阿姨，要她为我留门到十二点半，如果我不能按时赶到宿舍，今晚就无处可去了。

我转头问一旁的颜歌宸："现在几点了？"

他抬起脚看了一眼鞋底，皱了皱眉："啊，我的手表不动了。"

我无力地朝天空翻了个白眼。

吴越越就是这个时候出现的，她从一辆呼啸着驶来的摩托车上跳下来，路过我和颜歌宸时还吹了声口哨，几下爬上了面前的围墙，对着摩托车上的人甩了一个飞吻后，敏捷地跳了下去。

看得我和颜歌宸目瞪口呆。

愣了一会儿后，我决定学她那招翻墙进学校，于是我回过头扯了扯颜歌宸："喂，来托我一下。"

颜歌宸没有搭理我，眼睛直直地望着前方吴越越消失的地方。我的胸口突然像起了许多乌云，压得我喘不过气，这种陌生的感觉让我无端害怕起来。

半晌，颜歌宸回过神来，疑惑地眨着眼睛问："奥特曼小姐，你不都是一个跟头十万八千里吗？"

我说："去你的，那是孙悟空。"

说完我就拉着他在墙角蹲下，站在他的肩上，费了九牛二虎之力才爬上墙，我坐在墙上，正在考虑要不要学吴越越那样给颜歌宸一个飞吻时，他突然抬起头来以一种特别认真的神色对我说："刚才那个女孩，长得像我妈妈。"

4

我一个颤抖，整个人失了平衡，"咚"的一声脸朝地摔了下去。

颜歌宸在墙那边喊："怎么了怎么了？"

我的脑子空白了片刻，耳朵的剧痛让我忍不住抽泣起来。

颜歌宸在墙那边听见我的抽泣声后，看不见状况的他急得开始攀爬围墙，然后就是不停跳跃、摔倒以及指甲划在墙上的声音。

我是被听到动静折回来看究竟的吴越越拉起来的，她摸了摸我的左耳，就着路灯微弱的光芒伸手一看，才发现满手的鲜血。

她眉心皱起，拉着我绕到门口，"嗖"地一下拉开大门的锁栓。

我简直是欲哭无泪了："啊！你知道这个门没锁怎么还跳墙啊！"

吴越越瞪了我一眼，说："那是我的习惯好吗，谁知道你会跟在后面学我！"

钻出门后，我朝还对着墙做抓挠起跳的颜歌宸喊了句："颜歌宸，我在这儿！"

听见声音的他连忙朝我们跑来，一看见我就尖声叫道："啊！你怎么流这么多血啊！会不会死啊！"

吴越越摆摆手说："别大惊小怪了！"

吴越越和颜歌宸把我送到离学校不远的卫生所，值班的护士阿姨给我上药的时候扫了眼颜歌宸，然后倒吸了口气，我这才看到，颜歌宸的十根手指鲜血淋漓。

我愣愣地抓起他的手，问："不疼吗？"

颜歌宸这才龇牙咧嘴地"嗤"了一声，点了点头："有点儿。"

吴越越惊呼了声："天哪，你是超人吗？"

我咬着唇，眼泪"唰"地一下就掉下来了，十指连心，这个傻瓜，为了翻过墙把自己伤成这个样子。那瞬间，我心中某个地方轰然塌陷了。

临走的时候，护士阿姨说我可能伤到了耳膜，最好去大医院检查一下，以免后患。

我和她打着哈哈答应，只是并不打算把这件事告诉我妈。我妈虽是医生，但由于她拒绝和科室里面的人同流合污——从给病人开昂贵的药中得利，所以被大家所孤立，换句话说，她在医院的状况并不好，这也是我瞒着她在外打零工的原因。

那晚我和吴越越被邀请去颜歌宸的"城堡"留宿，我和吴越越躺在一张床上，她早已进入梦乡，我却因为耳朵的阵痛怎么也睡不着，便起床去倒水喝。不得不说，颜歌宸的家可真大啊，上下共三层，还附带一个大大的天台。

我深深地觉得，加上管家总共就三个人的顾家，住这么大的屋子实在有些暴殄天物。正想着，突然看到颜歌宸趴在大大的落地窗前，一手托着腮，像是在思考什么。他的十指被缠上了纱布，手指比平常要大上好几倍，看上去极其滑稽。

我走近他拍了拍他的肩膀。

他看到我，先是愣了愣，旋即微微一笑。

我说："大半夜的不睡觉在这儿发什么呆呢？"

他沉默半晌说："奥特曼小姐，我喜欢那个叫吴越越的女孩。"

我的笑容僵在嘴角，那种被乌云压住胸口的感觉又来了，连忙转过身和他并肩坐下。玻璃的倒影上，他的嘴巴还在动，我却再也听不进去任何声响。

我困惑地转头看着他眼里的期待，最终什么话都没有说，转身离开。

5

颜歌宸就这样对吴越越一见钟情了，虽然我觉得吴越越除了长得像那个女明星吴越之外毫无其他亮点。

这样说起来好像显得我特别不大方，尤其是那时我和吴越越已经成了好朋友。

其实和吴越越交好我本来是很不情愿的，可她硬说我们是"歃血为盟"过的，命中注定要成为手帕交的，否则就会遭天谴，无奈之下，我只好点头答应。可是很快我就发现，吴越越并不是传闻中那样骄横跋扈的小太妹，至少她对待颜歌宸的态度就比许多人好太多。

我问她："你不怕他吗？"

她挑眉，反问我："为什么要怕他？"

我朝不远处对我们指指点点的人努努嘴："和那些人一样，怕他突然伤人。"

我的话音刚落，吴越越就捂着肚子大笑起来，她说："你开什么玩笑啊，就颜歌宸还会伤人？他比蚊子还要无公害好不好！"

正蹲在我们后面的沙坑里玩得不亦乐乎的颜歌宸听到自己的名字，抬头对我们露出灿烂的笑容。

我却怎么也高兴不起来，虽然"让更多的人接受颜歌宸"是我最大的梦想，可是，这个人是吴越越，是颜歌宸亲口和我说他喜欢的女孩，这让我特别胸闷。颜歌宸曾对我独一无二的笑容，此刻也惨遭吴越越瓜分。就好像自己宝贝了很久的东西被他人分享一样。

嗯，说了这么多，我想表达的只有一个，我喜欢颜歌宸。

不久后的一个午后，吴越越红着脸对我说："林曼，我觉得我喜欢颜歌宸。"

短暂的怔忡后，我不确信地掏了掏耳朵，问："你说什么？"

吴越越于是又重复了一遍，我惊恐地看了看她，然后落荒而逃。

现在想来，那真是动荡不安的一天。我跑到我妈宿舍，还没来得及开口，我妈就红着眼眶告诉我，她被炒鱿鱼了。我一肚子的话梗在喉间，不上不下，最终只是替我妈抹了抹眼泪，说："没事儿，你还有我。"

我妈被炒后去了一家药店当售货员，我申请从学校搬了出去，和我妈住在药店十几平方米的仓库里。颜歌宸来帮我们搬家的时候张着嘴看了仓库半晌，然后凑到我跟前诚恳地说："奥特曼小姐，其实你可以和阿姨搬去我的城堡。"

我接过他手里的盒子："那是你爸爸的，不是你的。"

颜歌宸说："可你是我的好朋友，我爸爸一定会同意的。"

我把盒子塞进床底，爬起来拍了拍身上的灰尘，避重就轻地说："可是歌宸，你总不能依赖你爸一辈子，你总有离开他、离开城堡的一天，你得学着拥有自己的城堡，学着用自己的双手去换取你想要的东西，那才真正是你自己的。"

颜歌宸困惑地眨了眨眼，半晌，他似懂非懂地点点头。

我不知道颜歌宸有没有听懂我那番变相的拒绝，毕竟，凭颜歌宸他爸的财力，即使等到他爸百年后归天，留给颜歌宸的都足够他吃几辈子的了。他的世界太简单，不懂得人情世故，若真的搬去他家，光是流言蜚语都足以淹没我和我妈了。

偶尔半夜就着微弱的灯光做习题的时候，我就恍然想到了颜歌宸家的大房子，一种莫名的忧思瞬间击中了我。

也是在那一刻，我决定把对颜歌宸的那些小心思暂且搁置，儿女情长，总该要有一个天时地利人和的条件。

6

颜歌宸说："奥特曼小姐，你不快乐。"

我扶了扶眼镜，托着腮问他："为什么这么说呢？"

他想了想，说："你的电波告诉我的。"

吴越越在一旁笑得花枝乱颤："颜歌宸，你当林曼是天线宝宝啊？"

我没好气地白了她一眼，低下头继续做习题。吴越越头痛地拍了拍脑门，抱怨道："林曼啊林曼，你能不能别在我们难得一次的聚会中还这么拼命学习啊，离高考还有半年呢。"

我朝她笑笑，没有答话。自从进入高三后，吴越越不止一次对我拼命三郎的态度表示不满，她和我不同，骨子里透着一股叛逆，坚持读完高中就要自己出去闯荡社会，"海阔任鱼跃"是她常挂在嘴边的一句话。她亦不明白，考上大学对我而言有多重要，那是我能带着妈妈从这个低矮的仓库走出去的唯一出路。

高考前的几次模拟考试，我的成绩一次比一次差，尤其是英语，望着卷子上一片红叉，我陷入了深深的绝望之中。

吴越越说城东的夫子庙有棵许愿树，听说现在有很多应届考生去那里拜拜，或许我可以去那里撞一撞运气。

颜歌宸好奇地问："许愿树是做什么的？"

吴越越说："当然是许愿的了，把自己最想达成的事写在许愿卡上，挂在许愿树下，诚心祈祷就有可能实现，心诚则灵嘛。"

我看着颜歌宸眼底嗖嗖冒起的光连忙说："你别给颜歌宸宣扬迷信思想啊。"

但吴越越根本没搭理我，兀自和颜歌宸商量起来，决定择日不如撞日，今晚就去夫子庙。

我妈也觉得我不能老闷在家里读书，和他们出去走走散散心也是好的。

颜歌宸一进夫子庙就和吴越越手挽着手蹦跶到许愿树下了，两个人哇哇一通乱叫，彼此带着做贼的表情开始在许愿卡上奋笔疾书，偶尔抓到对方偷瞄的目光都会相视一笑。我站在不远处默默看了半晌，将手里已经写完的卡片揉成一团，随手丢进了垃圾桶里。

如果愿望是以破坏别人既定的幸福为代价，我宁愿不要。

吴越越和颜歌宸挂完许愿卡后就朝我走来，有几个小孩拿着气球在我旁边跑来跑去，我的目光随着他们恍惚了片刻，抬头就看见吴越越和颜歌宸站在离我几步之遥的地方各自带着奇怪的眼神看我。

我摸了摸脸，笑着说："干吗这样看我，我脸上沾了什么奇怪的东西吗？"

吴越越艰难地开口："刚才，有个小孩恶作剧地拿着气球在你耳边弄爆，声音大得连我们都吓下了一跳……你没有听见吗？"

我的笑渐渐僵在脸上。

时至今日，我都一直记得那晚颜歌宸看我时的样子，漫天的星光渐渐在他的眼里汇聚成河，闪着明晃晃的水波。

7

从那之后，我再也没见过颜歌宸。

确切来说，被撞见秘密的我，躲着不见他。我谁都没有告诉，那个护士阿姨说得对，我的耳膜受伤了，第一次出现暂时性的失聪只有短短几秒钟的时间，而我以为那只是耳朵刚受伤的原因。吴越越对我说出她喜欢颜歌宸的那天，我足足有一分钟听不见任何声音。

我害怕极了，拼了命地跑去找我妈，刚准备告诉我妈这件事，她却和我说出自己被医院辞退的事。那一刻，望着妈妈故作坚强的脸我侥幸地想，或许这只是因为我被吴越越刺激到了，我的耳朵其实一点儿问题都没有。

为了怕吴越越和颜歌宸看出破绽，我开始疏远他们。可是渐渐地，我失聪的状况越来越频繁，持续的时间也越来越久，甚至在考试的时候，听不到英语听力测试，怔怔地等了许久，才在巡考老师的提示下恍然发现自己已经浪费掉许多时间。

我妈也在不久后发现我的不对劲，硬拉着我去医院做检查，得出的结果是，我的耳朵正面临着永久性失聪的可能，即使现在手术，以后也必须靠着助听器生活了。

我妈边哭边打我："你还当我是你妈吗，凭什么一个人扛着！"哭完后她拍拍我的脸，道："妈一定要给你做这个手术。"

我办了休学手续，住进医院，我妈天天东奔西跑为我凑钱做手术，我那个好久不联系的爸在C城听到这个消息后，汇了一笔钱来。做完手术后，我在医院休养时偶尔吴越越会来看我，陪我聊天散步，却始终不见颜歌宸来。

我已经忘了那天确切的日期，只记得，天一直下着暴雨，我站在二楼的窗户边发呆，电闪雷鸣间有救护车呼啸着驶进医院，几个穿白大褂的人推下一个担架，我反射性地瞄了眼，然后有如石化般僵在原地，半晌不能动弹。

仅是模糊一眼就能让我看清的人从来只有一个，颜歌宸。在与他没有联系的第三十七天，我没有想过，再次见到他，竟是以这样一种方式。

竟再也不能开口同他说话。

"家里那么有钱，干吗还去那种地方打工？被砸死也真是活该。"
"有钱闲的呗，这种精神病活着也是累赘吧。"

那是我第一次打架，在抢救室外边，和几个说闲话的人扭打在一起。他们的拳头落在我身上我一点儿也感觉不到痛，只知道用最重的力气最狠的打法胡乱招呼在他们身上。直到赶来的人拉开我们,我还如困兽般疯狂地尖叫。

颜歌宸,你看,这个世界从来都是不公平的,好人不一定能善终,坏人不一定会遭到报应,所以你才会那么期待去另一颗星球吧。

可是,我怎么办呢?

8

吴越越走的那天,我去车站送她。

她从包里掏出一个助听器,替我装备好,笑了笑说:"颜歌宸赚的钱不够多,我自己加了点儿,买了这个,这是他想要送给你的,我不想他带着遗憾走……我问过颜歌宸为什么不直接问他爸爸要钱,可是他说,你告诉过他要学着用自己的双手去换取自己想要的东西,所以,他才会去打工。"

吴越越又说:"你还记得我和颜歌宸去夫子庙许愿那次吗?"

我点点头,怎么会不记得,他们在许愿树下那副样子像一根鱼刺,梗在我心口,心每跳一下,都是痛。

吴越越转头,看了看远方,继续道:"我们走后,我一个人又偷偷回到那里,找到了颜歌宸那块许愿卡,你猜他许的是什么愿?"

"他许,我想和奥特曼小姐去马尔星球,种满蛋糕树。"

其实我一直很想知道,在颜歌宸告诉我他好像喜欢上吴越越的那个夜晚,当我转身和他并排,坐在我左边的他,到底说了些什么。

那是我耳朵第一次出现暂时听不见声音的现象。

很久以后我学了唇语,用仅存的记忆拼凑出那晚颜歌宸所说的话。

他说:"我觉得看到吴越越就看到了我妈,我一直想问问我妈,我可不可以和心爱的奥特曼小姐一起回马尔星球。"

我终于忍不住,抱着双膝,号啕大哭。

我复读了一年,第二年高考结束后,我众望所归地考了个高分,同时令人大跌眼镜的是,我选择留在福川本地的大学继续学业。有人说,是因为福川的那所学校免去了我四年的学杂费。只有我自己知道,留在这里,是为了给心找一个出口。

每次经过颜歌宸出事的地方,我都会停下来看看,人声、机械运作的声音以及车

若你离去，
后会无期

流的喇叭声此起彼伏，我的心里空荡荡的，一片荒芜。甚至当那里变成繁华的高楼大厦后，我仍然改不了这个习惯。

因为我总觉得颜歌宸还在，总觉得，只要再等一会儿，再一会儿，他就会从人群中走出来，憨憨地对我笑。

听说马尔星一直在下雨。

那是回不去的奥特曼小姐的眼泪。

有没有人遇见你

"有人见过我的苏天乐吗?他蓝色的旧衬衫浅浅晃动,光滑的额头上有一弯月牙般的伤痕,细小的疼痛微微散然,他黑色的碎发下掩藏着苍白好看的脸,嘴角带有一抹倔强的微笑。"

若你离去，后会无期

1

那是一个夏日的黄昏，空气里弥散着燥人的炎热。四合院里的人家坐在院子中间的树荫下，吃着解暑的西瓜，说长话短。

苏天乐就是在这个时候出现的，他跟在一个提着厚重蛇皮袋的老婆婆身后，穿着一件又大又破的旧衬衫，看上去俨然是一堆小小的麦垛。

原本喧哗的院子突然间安静下来，只余下了聒噪的嘶鸣。大人们的表情有些奇怪，打量着一老一少。那时的我，年仅十岁，却也能读出他们眼里的意味，那是深深的嫌恶与少许的怜悯。

老人尴尬地挤出一丝笑容，拉着苏天乐走进了西院那个一直空着的小屋，轻轻地带上门。我才知道，他们原来就是居委会大妈说今天要搬过来的人。为了表示友好，我抱着朵咪想跟上去打招呼。妈妈看出了我的意图，拽住我的胳膊说："小孩儿瞎凑什么热闹，回屋看电视去！"

我嘟着嘴，不情愿地跟着爸妈回了屋，坐在宽敞明亮的大堂里看电视。电视上，铁臂阿童木吞下一大块西瓜，神奇地噘着嘴，"扑哧扑哧"吐出一堆黑色的瓜子。我的脑中忽然就出现了躲在奶奶身后的苏天乐，他看着我们手中西瓜的眼神就像我看隔壁胡同的骆青书时一样，一样的渴望。

老师说过新时代的青少年要发扬雷锋精神，助人为乐。于是，趁着爸妈做饭的时候，我从冰箱里偷偷抱出吃剩的西瓜，偷偷敲开了西院一直紧闭的门。开门的是苏天乐，他的目光仅在我身上停留了一秒钟，便飘到了我手中的西瓜上。想我一代青春美少女的魅力却输给半个西瓜，这个事实让我有点儿沮丧。但我还是露出了乖巧的笑容，对奶奶说："这是我的见面礼。"

奶奶急急忙忙从砖块搭起的床上站起，向我道谢，招呼我坐在缺了一条腿的桌子旁边，抱着西瓜进了厨房。

我被苏天乐那纯洁的目光盯得美滋滋的，刚要说话就听见我妈叫我的声音。于是，来不及道别，我便匆匆地溜了出去。

刚出门，就看见我妈一张脸黑得像女金刚似的。我灰着头，跟着我妈进了屋。我妈说："林诺夏，你不知道那一家是什么样的人你就跑到人家屋子里去，那小子的爸爸是杀人犯，妈妈是在歌舞厅工作的，死于非命，以后不许这样，少跟他们来往。"

我似懂非懂地点点头，那个时候，我年纪尚小，对在歌舞厅工作还是不太理解。于是第二天一大早，我便跑到隔壁胡同找骆青书，我问他："你知道歌舞厅是干什么的吗？"

闻言，骆青书的脸"唰"地一下红到耳根。他敲敲我的头，说："小屁孩儿不好好学习，问这些做什么？"

问不出答案我就拉他去胡同后的空地玩。那是一个废弃的管道，杂草丛生，却成了年少的我们的天堂。

刚到那里，我就看到一个瘦小的身影蹲在地上不知道忙些什么，朵咪乖巧地蹲在他的旁边。谁这么大胆诱拐我的猫？正想着，那个瘦小的身影转过头，是苏天乐。他看见是我，便咧开嘴开心地笑。

我好奇地问："你在做什么？"

"我在种西瓜呢，"苏天乐张开满是泥泞的手，上面躺着几粒黑色的西瓜子，"这样来年夏天奶奶就能吃到西瓜了。"

我的鼻子忽然有些酸。

我说："别种了，等姐姐我发达了，天天给你买西瓜吃。"

苏天乐感激地点点头，一旁是朵咪的"喵喵"叫声。这个诺言我只实现了一半。后来的那些日子里，我买了很多西瓜，却等不到苏天乐吃得满嘴留香。

 2

整个暑假，附近胡同内只有我和骆青书，还有朵咪，愿意跟苏天乐玩。别的小孩都在各自家长的"教诲"下把苏天乐当作瘟疫，面对这一切，小小的苏天乐总是傻傻地对我们笑。

苏天乐穿着他唯一一件旧衬衫度过了一整个夏天。开学后，我和骆青书便不能像暑假那样陪他玩耍，陪伴苏天乐的只有那一只不会说话的猫，每天放学回家，远远地总能看见苏天乐抱着朵咪坐在四合院门口的石级上寂寞地望着胡同的尽头。

我偷偷地走到他身后，突然跳出来，坏心眼地想吓他一跳。

苏天乐只是回过神来冲我微微一笑，从口袋里掏出个糯米糍粑，递给我："姐，你吃。"

也许是放置太久的缘故吧，糍粑已经难以分辨出原来的样子。可我还是一把塞进嘴里吃得啧啧有声。于是，苏天乐的眼睛里星光璀璨。我吃得那么香，却不知道，那个糍粑是苏天乐的午餐。

苏天乐一直到十岁才进入学校，那是他奶奶用他们三个月的生活费换来的。骆青书送来自己穿小的校服，我翻箱倒柜找出旧书包拿给苏天乐，书包早就磨破了边，破旧不堪，可苏天乐，还是把它当成宝似的背了五年。

若你离去，后会无期

苏天乐说："这样真好，和姐的距离又近了一步。"

我拍拍他的小肩："小孩儿，好好学习，以后姐姐带你去天安门看升国旗！"

往后的日子，西院的那一盏灯，总是最晚熄灭。黄昏的颜色，在寂寞的夜里，一圈一圈浅浅晕开。

由于成绩出众，在我高二的时候，苏天乐便已经成为小我一届的学弟。对此，我曾经特别受伤地问刚接到沈阳一所名牌大学录取通知书的骆青书："是不是你们两个人都要抛弃我先行一步？"

骆青书递给我一张错漏百出的试卷，修长的食指敲了敲我的脑门，说："这样下去我可不保证。"我哀号着继续埋头奋斗，苏天乐凑到我耳边轻轻地说："姐，我会一直陪着你的。"

我顿时感激得涕泪横流，张开双臂抱住苏天乐，大声说："天乐，姐真没白疼你。"

放开怀抱时，我惊奇地发现苏天乐的整张脸涨得像夏天里的艳阳，眼神左飘右飘就是不敢往我这边飘。这小子什么时候变得害羞了？还有，不知他什么时候就比我高出了一头，虽然依旧瘦弱。什么时候，他蜕变成了一个小帅哥？我后知后觉地忆起，放学上学那些四面八方聚集来的羞涩眼神，原来都是因为苏天乐。

于是，没来由地，我的脸跟着红了起来。

我知道，有什么东西正在悄悄改变。高三开学，骆青书搭上了北上的火车。车站内，我努力地憋着眼泪，却还是在骆青书上车的一刹那奔涌而出。一部分是因为不舍得，但大部分是因为骆青书这个浑蛋，竟然什么都没有跟我说。我对他的喜欢，可是尽人皆知啊，想到这里，我哭得更加卖力。

火车鸣着汽笛将要驶去，我回过头去把眼泪擦在苏天乐的衣服上面，吸着鼻子说："小孩儿，我再也不要到火车站来送人了，太……"

"林诺夏！你给我好好学习，快点儿来沈阳，我只等你一年，迟了我就找别人来做我的女朋友了！"突如其来的咆哮声震撼到了还在哀号的我，我傻傻地转身，破涕为笑，看见车窗下骆青书坏坏的笑容，狠狠地点着头。

火车驶离站台，我跳着尖叫，摇了摇低着头发愣的苏天乐说："你听见了吗听见了吗！我真是太开心啦！"

苏天乐抬起头，淡淡道："姐高兴，天乐就高兴了。"

我揽着他的肩，开心地离开了火车站。好像从那天开始，站台的悲伤就挥之不去。我知道，这是骆青书留给我的煎熬。

3

我花了一个晚上制订了一个魔鬼计划，我拿着它去跟苏天乐炫耀。我豪气冲天地做奔向未来状，我说："我现在全身充满力量。"

苏天乐没有看我，端起桌上的碗筷去了厨房。竟然无视我，我泄气地撇了撇嘴。奶奶把我拉到她的身边，说："诺夏啊，天乐从小就孤苦无依，但他跟他爸爸一样是个倔强的孩子，我始终害怕他因为这个性格出事。奶奶的身体大不如以前了，以后你就是天乐唯一的依靠了。"

我拍着胸脯说："我会好好照顾天乐的，把他当自己亲弟弟那般对待。"

奶奶咧开嘴笑了，可我分不清那笑里的意味，应该是开心不是吗？可是为什么我觉得奶奶的笑容里透着悲凉？我决定不去想这些忧人的东西，跑去厨房拉出苏天乐，说："从明天开始，我就要实行计划了，今晚姐姐带你出去见识见识。"

没等他反应过来，我就拉着他去了胡同外的大排档。苏天乐一直不说话，低着头只顾着吃饭，我想他一定是饿坏了。那天晚上由于开心我自顾自地说了很多话，回去的路上还在不停地嘿嘿笑，引来路人一阵侧目。

胡同两边的人家透出微微的亮光，惨淡的颜色晕染开来，稍稍扭过头就能看见苏天乐倔强的侧脸，我就特窝心。

到了四合院门口，我看着苏天乐干净的脸有些欣慰地笑，叫他："小孩儿。"

正要转身离开，却被一个难以抗拒的力度扯回去。我疑惑地睁大眼睛，看见苏天乐那浓密的睫毛近在咫尺。我睁大眼睛忘了说话，直到那一声清脆的巴掌响起。

是我妈。她的手脚厮打在苏天乐的身上，可是最伤人的还是她嘴里说出的话，她几乎是嚷着："你个小流氓！真是上梁不正下梁歪！"

苏天乐倔强地一动不动，也不闪躲，只是眼角悄悄滑下一滴泪。我冲过去，将苏天乐挡在身后替他承受我妈的拳脚。我说："妈，我求你了，别说了，我们回去。"

我妈推开我："你跟这个小浑蛋拉拉扯扯，你丢不丢脸！"

我爸从家里出来，把我妈往家里扯。

我带着苏天乐跑到那个废弃的管道，朵咪跟在我们的身后。苏天乐弯腰，把朵咪抱在怀里，转头对我嫣然一笑，嘴角露出丝丝血迹，我掏出纸巾帮他擦。

苏天乐说："我一点儿都不觉得我爸妈可耻，没有他们就没有我，就更不会认识你了。"

我点头，说："我知道，我什么都知道。"

"可你却不知道我喜欢你，诺夏。"

若你离去，后会无期

手中的动作僵硬，也许很早以前我就该预料到这一切，所以才会那么平静。平静到理所当然，平静到害怕。苏天乐，那个一直跟在我后面叫我姐姐的苏天乐，已经开始称呼我为诺夏了。

我笑着说："天乐，我也喜欢你，你永远都是我最亲爱的弟弟。"

"弟弟？"

"弟弟！"

苏天乐别过头，黑色的头发垂下来让我看不清他那会说话的眼睛。良久，苏天乐说："姐啊，这条铁路是不是因为达不到目的地所以才废弃的？"

这个问题我不知道怎么回答，于是沉默了，沉默了我和他。如果生活真的是一幕电影，记录成长的每一帧画面，按下倒退键便能回去，那么我会不会像现在这样总是不停地回忆着这帧画面，一生难安？

4

第二天妈妈就收拾了全家的行李。

她说："林诺夏，我绝对不允许自己的女儿因为一个小流氓毁了自己的一生。"

我已经再也没有力气去抗争，静静地拿起属于我的那一包东西。出门的时候苏天乐就站在他家的门口，看着我们搬迁。放下行李，我伸手去抓朵咪，不想，朵咪却抓了我一下，然后趁我松手的时候就蹿到苏天乐的脚底下。我有些悲伤地唤它："朵咪，朵咪。"

它不理我，躲在苏天乐的身后。苏天乐冲我笑笑，说："姐，朵咪跟着我，我会让它吃饱喝足的，还会给它找个好婆家。"

他这么一说，我便宽心下来，因为我知道，苏天乐不会食言的。

虽然我们不住在一起，可我们还在一所学校。教学楼的天台成了我们聊天的好去处，我们在那儿聊着无关紧要的话题，比如朵咪，比如沈阳，比如骆青书。我问苏天乐："一年以后你也会报考沈阳的吧？"

苏天乐假装难过地说："骆青书抢走我最心爱的姐姐，我才不要见那小子，我要去南方，很远很远的南方！"

"臭小孩！"我扑过去拧他的耳朵，和他笑成一团。

我想，我的天乐，真的只把我当成他的姐姐，那天晚上完全是一场误会。

高三的日子兵荒马乱，繁重的学业和大大小小的考试使我去天台的次数越来越少。最后三个月里，我一次都没有去过，全身心地投入高考备战中。等到我再次想起苏天乐的时候，已经是高考结束。我去学校的天台，天乐果然在那儿，仰着头看天空。风吹起他的衣摆，浅浅晃动。我悄悄地走过去蒙住他的眼，然后手心就湿了。

我急忙走到苏天乐面前，他眼睛红红的，泪水止不住地往下掉。我一边用衣服给他擦，一边着急地问："出什么事了？谁欺负你了？"

半天，苏天乐哽咽着抓住我的手，说："奶奶死了。"而后泪如泉涌。

我什么都没说，也不知道说什么，只有轻轻地抱着他，像小时候那样，摸摸他的头，跟着流泪。四合院的人已经渐渐搬完，偌大的院子里，只剩下苏天乐和朵咪相依为命。我担忧地问："苏天乐，你以后要怎么办？"

苏天乐垂眸抚摸朵咪光亮的毛发，然后抬起头来，眼神清澈："我想好了，我要自己打工赚钱，奶奶说她特希望苏家出一名大学生，我不想让奶奶失望。"

他说得那样轻松，可我分明听出其中的悲怆逆流成河。我的苏天乐，一直都是这样坚强的孩子啊！

5

苏天乐在一家饭店找到了工作，据他所说，饭店的待遇不高，但可以带些饭菜回家，这样又节省了一笔开销。我一听就哭了，可我不敢让他看见，装作系鞋带偷偷抹去眼泪。

八月中旬，我接到沈阳的录取通知书，家人在饭店为我摆了酒席庆祝。恰好这家饭店是苏天乐打工的饭店。苏天乐穿着红色服务装，端着盘子四处走，就像是一个活动的大辣椒。我想起第一次见到苏天乐的时候，他像堆麦垛的样子，就觉得时间过得真是快啊。

宴席结束后，我扶着喝多了的爸爸，经过苏天乐的身边时，偷偷地冲他眨着眼睛，他皱着眉，可嘴角却不自觉地露出一抹浅笑。

如果时间定格在那一刻，所有的悲伤就不会发生。

那天，我的爸爸，东倒西歪穿过大厅时，不小心撞到了一桌人的酒，那个人站起来让我爸道歉，我爸迷迷糊糊地不知道说了些什么，那个人便抄起酒瓶举了起来，就在我因为害怕惊叫的那一刻，一个身影冲了过去，扑在了我爸身上。

清脆的碎裂声静止了饭店里的一切声音，鲜红的血顺着苏天乐的额头汩汩流下，他颤抖着身子站起来，嘴巴动了动，便倒了下去，周围尖叫声一片。

救护车很快到了，带走了苏天乐。我们赶去医院，一路上妈妈表情复杂。

苏天乐正在包扎，头上缠了一圈白色的纱布，见到我，他苍白的脸上挤出一丝微笑,他说:"姐,没事了。"

饭店息事宁人地辞退了苏天乐,那肇事人赔了医药费,苏天乐回到家里休养,整件事就这么不了了之。那段日子里,我妈杀了N只鸡炖给苏天乐,以至于苏天乐对鸡产生了无比的愧疚和恐惧。我坐在苏天乐的床上啃鸡腿,朵咪在我旁边享受鸡肉的残渣。

我咯咯地笑,大言不惭地说:"还是姐好吧,替你消灭这些鸡肉。"

苏天乐"嗯嗯"地点点头,眼里盛满了笑意。他说:"姐,我想去看天安门。"

我说:"好。"

我说得那么干脆,可是却没有干脆地去完成。因为骆青书来了,回来接我一起去沈阳。走的那天,等到火车驶离,苏天乐也没有出现,我跟骆青书抱怨说:"这小子太没有良心了,我们要半年才能见到啊,他却送都不来送我。"

骆青书奇怪地看着我,若有所思。我被他盯得有些不自在,于是闭上眼睛,假装睡觉,理所当然地把头靠在他的肩上。要知道这个肩膀,我可是垂涎了十几年啊!可是,为什么当我靠上去的时候,却没有太大的感觉?

 6

大学的生活平淡无奇,我开始花大把大把的时间怀念过去的日子。

寒假一回家,我就跑去四合院找苏天乐,却没有发现他的身影。胡同口是轰隆隆的机械声,我疑惑地跑过去,才发现我们儿时的"天堂"正在被现代的机器一点儿一点儿地吞噬。巨大的石柱边站着一人一猫,是苏天乐。我夸张地冲他摆摆手,他没有反应。

于是我冲过去,一把抱住他,大叫:"苏天乐!"

他被我吓一跳,半天才回过神,拍着胸脯说:"姐,你回来了?"

之后的每天,我总喜欢待在四合院里陪着苏天乐。这次回来我发现苏天乐有些反常,他做事情开始变得恍惚,不是撞到东西就是打破东西。我挤对他:"在想哪位小姑娘呢?"

苏天乐不语,冲我笑笑。

骆青书在旁边幸灾乐祸,他说:"天乐才不会像你这么没出息呢,没事总想这个。"

我"哇哇"地扑过去,满屋子追打他,他跑了出去,我也跟了出去。刚一出门他就把我拉到了旁边。

我问:"干吗呢?"

骆青书扳正我的肩说:"林诺夏,你有没有发现天乐看你的眼神不对啊?"

我"扑哧"一下笑开："都说了他在想小姑娘了，哪个小孩没有心动的年纪！"

"就怕他思的是你。"骆青书嘀咕道。

我说："不会的，他不会，你要相信他，别担心了，我只喜欢你一个。"

我忽然想起那年夏天我答应苏天乐去天安门的事，于是周末一到，我便带他搭上了开往天安门的公交车。飘扬的五星红旗，苏天乐仰着头，眼睛里闪着纯真的光，就像小时候看见我送的西瓜一样。

回去的路上，苏天乐满足地靠在我的肩上沉沉地睡去。我看着他的睡颜，想起了骆青书说的话，开始了莫名其妙的担忧。

7

苏天乐去找骆青书，勇敢地跟他说："林诺夏是我喜欢的人，一直都是。"

这些事是骆青书告诉我的，他说："诺夏，你说，要怎么做？"

我沉默，没有回答他，只是转身去找苏天乐。苏天乐正在喂朵咪，见到我，开心地招了招手说："姐，朵咪恋爱了哦。"

我冷笑，说："你还当我是你姐吗？你为什么要跟骆青书说那些话，你不想要我幸福吗？"

苏天乐的手停在半空中，想要说什么，又倔强地转过头。我说："你这个态度，我不认你这个弟弟了，以后再也不要见到你。"

说完，转身便走了。苏天乐追上来，在离我一米的地方紧紧地跟着。

他说："小时候，你和骆青书是唯一肯和我玩的人，你们上学以后，我就每天坐在院子里等你们回来，学校的天台，就算你不来了，我也是天天在那里等你。为什么我总是等待的那个人呢？我好累。"

脚步停在石板路上，苏天乐没有追上来。我回头，说："你跟我去向骆青书道歉，我便还当你是弟弟。"

苏天乐摇摇头："我没有说错什么，我喜欢你，一直都没有变过。"

他蓝色的旧衬衫浅浅晃动，依稀可以看见下面消瘦的身躯。光滑的额头上有一弯月牙般的伤痕，曾经彻骨的疼痛早已消散。黑色的碎发下掩藏着苍白好看的脸，嘴角带着一抹倔强的微笑。我咬咬牙，转身离开。

"姐，你真的不要天乐了吗？"

这一次，我没有回头，健步如飞。没有道别，便和骆青书去了沈阳。

火车上，骆青书说："诺夏，你是喜欢我的吧，就算我做错了事，你也不会怪我对吧?"我的心猛然间刺痛,敷衍地"嗯"了一句。

两个月后,我接到我妈打来的电话。我装作不经意地问我妈:"苏天乐呢?"

电话那头沉默了,然后传来我妈带哭腔的声音:"苏天乐的眼睛瞎了……"

我妈告诉我,当初酒瓶打到苏天乐的头上,医生以为只是皮外伤,但苏天乐的脑子里却有了瘀血,瘀血没能及时处理掉,慢慢变大,压迫到了视觉神经,由于危险太大,医生不敢贸然动手术。所以,所以我才会觉得他恍惚?苏天乐,是不是从那个时候起,你所看到的东西就慢慢地模糊起来?可是你,却依旧那么倔强地不说,你为什么要那么倔强?

"妈,你在骗我……"

我依旧笑着,眼泪却止不住地往下掉:"妈,你帮我去找苏天乐,叫他等我,我一定会医好他的眼睛,叫他等我。"

一定,等我。

8

整个学期,图书馆成了我最常去的地方。我翻阅大量的书籍,从中医,到西医。我奢望着,可以找到一点儿关于去瘀血的方法。骆青书说:"诺夏,我们分手吧,即便我依然喜欢着你,可是你心中早已经没有了我。诺夏,我骗了你,苏天乐找到我没有和我说那些话,他是叫我好好对待你,是我自私地说了谎话。"

我笑着原谅了骆青书,也欣然分手,因为在我听到妈妈说苏天乐瞎了的那一刻,就明白自己的心了。有些东西是要好好珍惜的,可是,当我们明白了这个道理时,却再也来不及了。

那是我回到家才知道,苏天乐走了。瞎了眼的苏天乐在雪花烂漫的夜里,搭上了南下的火车。一直等我的苏天乐,再也不会等我。

苏天乐走了以后,朵咪待在空无一人的四合院,不吃不睡也不闹,终日巴巴地看着门外。我悲哀地想,苏天乐等了我那么多年,等他的,却只有朵咪。苏天乐,你一定对姐姐很失望很伤心吧,所以你连朵咪都没有带走。我知道,朵咪是你无数个日夜里唯一的依靠。后来,朵咪死了,僵硬的尸体躺在冰冷的地板上,肚子里还有未出生的小生命。我抱着朵咪,哭到声嘶力竭。

再后来便是现在,我是一名眼科医生,每个夏天我都会买很多西瓜回家,我吃到吐,却停不下来,因为我停不下来对你的思念。每次经过四合院,我都会大叫一声,却看不见你的笑颜如花。苏天乐,你再跟姐说一次好不好?苏天乐,你什么时候回来?

这座城市下起了今年的第一场雪，寒冷的气息淹没了整个四合院，孤独的路灯发出微弱的光芒，照在院子门口积雪层层的阶梯上，独自凄凉。火车鸣着尖厉的汽笛声从天桥上轰隆隆地开过，留下氤氲的气息。恍惚中，我的眼前，又出现了那个小小的寂寞的身影，七岁的苏天乐。于是，泪如雨下。我终于明白为什么那么多人都不想长大。

　　2015年的冬天，大雪纷飞，而后成灾，中国南方受灾尤为严重。我在北京，夜夜难安。有没有人见过我的苏天乐？有没有人能告诉我，他消瘦的身躯是否寒冷，他额头的伤痕是否还在隐隐作痛，他的嘴角是否依旧仰着倔强的弧度？好心的人哪，如果你看见了这样一个少年，无论他如今变成什么样子，请你给他一件御寒的冬衣，请你给他一碗热气腾腾的清粥，请你告诉他，诺夏一直会等他回来。

　　一直。

远郡

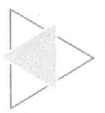

"她的心披荆斩棘,翻过山岭丘壑,越过四海朝阳,却再也抵不到他心底。"

若你离去，
后会无期

远冬一直记得的，记得那人跟她说过，若是想要去到某个永远也无法到达的地方，只要闭上眼，一心所想，终有一日会抵达。

可是，她的心披荆斩棘，翻过山岭丘壑，越过四海朝阳，却再也抵不到他心底。

 1

那场雪来得有些诡异，耀眼的阳光隐在厚厚的云层后，天是昏暗的灰，细细碎碎的雪就在这压抑得让人喘不过气的氛围中纷扬而下。寨子里的老人都说这是不祥之兆，目光不约而同地落到蜷缩在奶奶大衣下的远冬身上。

远冬不自觉地往奶奶的身后缩了缩，大大的双眼透着小兽般孱弱的光。

她听奶奶说过，这样的雪在自己出生那年曾出现过一次，她的降临，带来的是寨子赖以生存的水潭被山石覆盖，长老带着一群人上山寻找新的水源，却葬身于山坳下，远冬的阿爸也在其中。

陷入悲痛中的人们把灾难归咎于这个刚出生的女娃身上，是前来奔丧的长老的幺子求情，才让她免于被祭山神的命运，就连她的名字都是那位长老的幺子给她起的，远冬远冬，远离阴霾的冬天。

虽是如此，但她成长的这几年却无时不处在阴霾之中，寨子的人视她为不祥，总会背地里教唆自家的孩子伤害她，这就造成了远冬身上总是有些莫名其妙的伤痕。弥留之际的阿妈曾问过她恨不恨命运所加诸给她的一切，在看到远冬坚定地摇了摇头后，叹了声"我苦命的孩子"，就永远地睡去了。

当那辆车闪着两束光从黑暗中出现的时候，远冬反射性地扬起手想要挡住刺眼的光，手腕上阿妈为她求来的平安绳随着这动作断落至地面，远冬怔怔地看着断成两截的平安绳，然后就听见一片哭号之声，以及朝她蜂拥而来的人群，黑压压地遮住了这世间所有的光亮……

据说马队的人遭遇了雪崩，一行二十五人，连着十六匹马，无一生还。远冬吸着鼻子缩在满是杂草的拖拉机后面，怀揣着奶奶匆匆给她收拾的包裹，眼泪毫无征兆地滑了下来。

奶奶说寨子里她是待不下去了，便求邻寨进城的人带她一程，给了她一张字条，嘱咐找到上面的人家，自会有人照顾她。奶奶说自己老了，走不动了，所以以后的路都得她自个儿走下去。

"可是奶奶，"远冬红着眼，握紧手里的平安绳，"远冬不知道如何走下去啊。"

那一年的冬天，好似没有了尽头。

七岁的远冬，站在高楼林立的城市中，看着霓虹交错的灯影突然有一种莫名的恐惧，这里同她长大的那个闭塞寨子根本是两个世界，她不知道，这么大的世界，能否找到一个属于自己的，小小的，栖息之所。

幸运的是，远冬在好心人的帮助下找到了字条上的人家，面容慈祥的妇人领着她进到明亮的屋子里，给她换上红色的棉袄，远冬闷着头吃着热气腾腾的面，抬头却发现一个同她一般大小的男生，躲在帘子后面，一脸敌意地看着她。

远冬极力向他扯出一个类似于讨好的笑，却不想那男孩竟端着一盆水跑了出来，径直泼在远冬身上。

"扫把星，去死吧！"

冰冷的水滴顺着头发滑入体内，刺骨冰凉。

远冬怔怔地看着男孩扭曲的脸，所有的委屈仿佛在此刻积聚到一个临界点，嘴一张，便"哇"的一声哭了出来。

2

那个泼了她一盆冷水的男孩叫顾尔淳，是这家的小儿子。顾姨是这家的保姆，听她说顾家的上一辈是从寨子里出来，在城市里发了财，便再也没回去过。

远冬躺在被子里，想到顾尔淳看她的眼神，小小的身体往顾姨的身边缩了缩，问："顾姨，尔淳是不是不喜欢我？"

顾姨沉默了半晌，看着怀中女孩企盼的目光，笑嗔："怎么会呢？远冬可是个讨喜的孩子，尔淳他只是不习惯突然多了个妹妹罢了。"远冬于是露出抹欣慰的笑，就连梦中，嘴角也是上扬的。

隔日远冬早早便起了床，做了一桌丰盛的早餐，在顾姨的鼓励下，带着期待又有点儿欢喜的心情跑到阁楼叫尔淳。

"尔……"远冬的声音戛然而止在窸窸窣窣的哭声中，透过没锁的门缝瞧进去，就看见床上的被子鼓成小小一团，随着抽泣轻颤，远冬恍惚记起阿妈离开的那一天，她也是这样，缩在被子里哭得不可抑制，好像全世界的灯就此熄灭。

她感同身受，鼓起勇气走到床前，伸手学着奶奶安慰她时的样子，一下一下轻柔地拍在那个鼓起的团上。手下小小的身体怔忡了片刻，然后"唰"地一下从被子里钻出，在看到一脸怜惜的远冬后，使尽全身力气推向远冬。

远冬来不及反应,再加上本来就比一般人瘦弱的身躯,刹不住地撞在床沿,朱红色的血立马从发间汩汩流下,半躺在地上的远冬却不晓得痛,只是瞪大眼看着尔淳把身边的东西一样一样砸在自己身上,边砸边吼:"都是你,都是你这个扫把星害得爸爸的马队永远也回不来,你还我爸爸!"

所以,他才会这样恨她吗?

远冬低垂着头,眼泪混着温热的血,顺着脸颊滴落,在地板上开出一朵一朵婆娑的花。

直到闻声赶来的顾姨惊呼地把满头是血的她抱在怀中,远冬已陷入半昏迷状态,嘴里还念叨着:"对不起,我不是故意要来到这个世上的。"

顾姨一路把远冬背去医院,折腾到晌午,才把头缠着纱布昏睡的远冬背回家。待顾姨离开,尔淳才从远冬的床底爬了出来,趴在床沿,盯着远冬惨白的小脸,满脸复杂。

尔淳对远冬的态度经过这件事后开始有了好转,甚至还会用零花钱买来一些小玩意放在远冬的床头,虽然依旧是冷言相对,但远冬想,这样也是好的。

来年初秋,顾姨告诉远冬,等过些日子尔淳的小叔叔回来,就可以帮她办入学手续了,远冬一想到她同尔淳坐在同一间教室里上课的样子就笑得合不拢嘴,那时的远冬以为,所谓幸福也不过如此。

只是这幸福还来不及开始,就仓促地画上了句号。

远冬记得那日,尔淳神秘地告诉她,要带她先去买些文具,她高兴地穿上顾姨为她新做的衣服,和尔淳坐了几个小时的车,抵达一个集市,就在远冬看着琳琅满目的商铺时,尔淳突然尿急,走之前嘱咐她一定要在这里等他回来,哪儿都不许去。

两个人还煞有介事地拉了钩。

只是远冬从白日等到黑夜,身边的人潮从汹涌变得寥寥,却再也没见过尔淳的身影。

等到远冬恍然意识到自己是被尔淳丢下时,天已经微白,远冬抱着自己小小的身躯,心里某一个地方轰然坍陷,嘶哑着嗓子像只小兽般哀号了声,在突如其来的大雨中凄绝婉转。

 3

远冬醒来时一身冷汗,大雨瓢泼地滴落在窗棂,好像记忆里那场突如其来的雨。小小的她昏倒在雨中,被路过的师傅带回家,几经辗转,来到这座中国边境的陌生城市。

师傅所教她的不过是些坑蒙拐骗的手法,比如端着碗声泪俱下地乞讨,比如"适时"地躺倒在他人的车下,远冬本不愿意,但举目无亲的她在饿了几顿后也不得不屈服于命运。

一晃,就"骗"了十年。

躺在地上装受伤的远冬,闭着眼时突然毫无征兆地想到了顾尔淳,他对她应是极恨的,不然年仅七岁的他又怎会狠下心来丢下她?心口陡然传来一阵疼痛,远冬"唰"地一下睁开眼,刚好跟前来查看的警察的目光对个正着,那清亮的眼,让她恍惚了片刻。

那个人伸过手轻轻覆在她的额头,问:"你没事吧?"不知为何,此情此景,竟让远冬感到莫名地熟悉,她摇了摇头,扶着那人伸过来的手站起来,一旁的师傅早已被另外几个穿制服的人扣住。

远冬随着呼啸的警车来到警局,女警问她一句,她答一句。

"你跟这个人是什么关系?"

"他是我师傅,我是他捡来的。"

"你是从哪里来?"

"不知道。"

"你的父母、亲人呢?"

远冬的身子僵了僵,缓缓摇了摇头,余光瞄到坐在女警旁边的那个人时,突然没来由地问:"你叫什么名字?"

那人扬了扬眉,答:"顾少君。"

也是姓顾啊……远冬盯着顾少君带着笑意的脸,仿佛透过重重时光看见那个桀骜的少年。女警做完笔录,递给远冬一支笔,示意她在下面签名,便端着水杯出去了。远冬尴尬地拿着笔,不知所措,她哪里懂得写字。

顾少君看出她的窘迫,从她手里拿过笔,又拿来一张纸,朝出神的远冬晃晃:"你的名字?"

远冬说:"远冬,远离的远,冬天的冬。"

顾少君握笔的手一抖,抬头看着远冬,欲言又止,眼里万般变幻,终安抚下起伏的心,在纸上写下"远冬"二字,说:"你按这个,写上去吧。"

远冬欢喜地接过,一笔一画认真地写,这是十七年来,她学会的第一个字,她的名字。她太过入神,亦没看到顾少君看她的眼神里,满满的全是疼惜。

4

师傅被关进了监狱,远冬也是这时才知道,师傅早些年干的都是些坑蒙拐骗的勾当,被警局追捕了好些年。师傅被带走的那日,远冬背着行李去送他,从怀里摸出几包烟，递到师傅手中，那是她花完了所有的积蓄买的："谢谢您这些年来的照顾，日后，你要好好照顾自己。"

师傅愣了愣，然后红着眼拍了拍远冬的头，什么都没说，就随着警察上了车。

直到警车消失了许久，远冬还傻傻地盯着远方，站在一旁的顾少君问："你不恨他吗？"

远冬当然明白顾少君口中的"他"是指师傅，她笑着摇了摇头："不恨，若不是师傅救下我，可能我早就死在十年前的那场暴雨中，而且师傅并没有把我卖掉，我想，他应是疼爱我的吧。"

顾少君讶异于一个年仅十七岁的女孩，竟可以这样乐观宽容，尤其，她历经一路坎坷。他上前一步，在女孩茫然的目光中接过她的行李，牵起她冰凉的手，眉眼里都是温润的笑意："走吧，我们回家。"

远冬的手很小，整个被握进顾少君宽厚的掌内，远冬只觉得一股暖暖的气息包围着她的手，一点儿一点儿，沿着血脉，蔓延全身。

很多年以后的远冬常常回想起这一幕，橘色的夕阳下，顾少君牵着她，一大一小的身影逆着光，在地面拉出两道老长的影子，奔向一个，叫家的地方。

他许诺给她一个家。

等远冬意识到这一点时，她已经躺在顾少君为她新置的棉被中，闻着淡淡的阳光味，久久不能入眠，好像回到她离开寨子去到顾尔淳家的那一晚，整颗心里，不知道是幸福还是害怕。她不知道应该用怎样的词来形容她和顾少君的关系，问起顾少君时，他说一切随她愿意，可以是父女、兄妹，甚至是朋友，反正，一切随心。

远冬想了想，叫爸爸太夸张，叫哥哥亦不像，于是便只唤他少君。

顾少君便嗔她："没大没小，叫声顾叔叔来听听。"

远冬不依，噘着嘴道："是你自己说的，随便我，少君少君。"在他面前，她总是像个孩子，不由自主想撒娇。只是她没告诉他，她这样叫他时，就会感觉时光在他身上停下了步伐，这样，她只要努力长大，总会跟上他。

顾少君本想让远冬进学校读书，可远冬嫌弃自己一个十七岁的人要和一群小她十岁的孩子们从头开始学的话，这样太过怪异，顾少君便在闲暇时间亲自教她读书认字。从两个人的名字开始，简单的字，到大段的文章或是诗词。

顾少君靠在窗前的藤椅上，念一句，远冬便在纸上写一句，其间会偷偷抬头，看顾少君被书本遮去一半的脸，许是阳光的原因，顾少君低垂的脸远远看上去就像覆了一层细小的绒，像是一幅画。有时这股偷窥的目光会被顾少君逮个正着，远冬于是红了脸慌忙低下头，笔尖在纸上徘徊半天，不懂得该写些什么。

顾少君放下书，好笑地轻叹一声，修长的指伸过来戳她的脑门："小姑娘家家的，脑子里在想些什么呢？"

远冬的头更低了，黑色的发随着这动作如瀑般垂落，顾少君眼中有一闪而过的光，像是冬日的煦阳，倾泻而下。

 5

顾少君是警察，平时难免会因为工作的缘故受些伤。最严重的一次是检查疑似运毒货车时，和心虚的毒贩展开一场激战，顾少君的腹部和腿部中了枪，待远冬赶到医院时，抢救室的灯还高高地亮着，远冬看着地板上未擦去的血迹，握着褪色的平安绳，双手合十默默祈祷，额头和鼻翼布满了细密的汗珠。

她那时想的是，若他走了，她后脚便跟着去。天上人间，有他的地方才是家。

幸运的是，顾少君被抢救成功，只是摘除了一个肾。远冬坐在他的病床前守了一夜，看着他苍白的脸和紧闭的眼，眼泪就止不住地往下掉。顾少君从昏迷中醒过来时，看到的就是这样一个画面，他朝远冬扯出个虚弱的笑："别害怕，我没事。"

远冬悬着的心因这六个字放了下来，手伸起又放下，终只是替顾少君整了整被子。

顾少君一直在医院休养了三个月，出院的时候医生一再嘱咐顾少君日后不能太过劳累，远冬便带着祈求的目光看他，顾少君当然明白这其中包含的意味，远冬不止一次同他提过，辞了警察的工作，他却总是推托。

病愈后几次他因工作晚归，回家时，远远地就看见远冬拿着手电筒在巷子口不停地转悠，小小的身躯在漆黑的夜里更显得单薄。见他回来，紧绷的眉瞬间舒展开来。他低叹一声，走过去牵远冬的手，那彻骨的冰凉让他一凛，心底油然而生一股怜惜，隔日便去局里办了转职手续。

当他把这个消息告诉远冬时，远冬高兴地拉着他跳着转了几圈，直到他脸色惨白地咳了几声，远冬才倏地松开手，抱歉地说："对不起啊，少君，我弄疼你的伤口了吗？"

顾少君顺了顺胸口，笑道："没有，只是我这把年纪经不起这样蹦啊跳的，老了。"还煞有介事地指了指眼角的纹路。

远冬咬咬唇，声如蚊蚋地说了句："你才三十四岁，一点儿都不老。"顾少君没听清，"啊"了声，远冬便冲他吐吐舌头，窝到一边读他为她买来的书籍。

顾少君被局里调到他出生的那座城市做文职，七月，买了两张去福川的车票。

若你离去，后会无期

起行的那天，顾少君去局里处理最后的交接工作，远冬便遵照顾少君的话，先行在车站的月台等他。远冬不知道自己等了多久，久到他们乘坐的那班车鸣了汽笛，准备驶离。

远冬站在月台，看着列车员关了门，眼泪终于掉了下来，她抱着双膝蹲在一大堆行李中哭得不可抑制。

直到一双鞋出现在她的眼前，伴随着熟悉的喘息声："远冬，你等急了吧？局里出了点儿事耽搁了，我们等……"

顾少君的话戛然而止在远冬扑过来的动作，瘦弱的身躯埋在他的胸口，带着嘤嘤的哭声，一拳一拳打在他身上，等到远冬平复下情绪，抽着气说："我以为……你……不要我了，我以为……你丢掉我了。"

顾少君愣了愣，旋即像明白了什么似的，心疼地抱紧了怀中还在颤抖着的远冬，说："傻瓜，就算所有人都不要你了，我都要。"

6

远冬和顾少君搭上下一班火车，在经过十几个小时的颠簸后来到了福川，远冬跟在顾少君后面，辗转几条街，最终停在一户人家的门口。

门里一个苍老的声音伴随着开门的动作出现在远冬面前："少君，你终于回……"

"顾姨？"远冬瞪大了眼，怔怔地看着面前白了半个头的妇人，尽管时间已经过去了十一年之久，她还是一眼就认了出来。

妇人这才注意到她，混浊的眼逐渐变得清晰，惊诧地抱住远冬，随即大颗大颗的眼泪顺着苍老的脸滑下，嘴角却呈现一个奇怪的弧度，不知道是哭还是笑，最终是顾少君把哭成一团的两个人扶进了屋。而听到声响从房里奔出来的少年，兴奋地扑向顾少君，眼角的余光在看见远冬后，停止了所有的动作，嘴巴动了动，那呼之欲出的两个字却怎么也说不出。

远冬朝他笑笑："尔淳，好久不见了。"

过去无数个日子里，远冬也曾想过，若自己再见尔淳时，自己的心定是波澜起伏，想要问的话肯定很多，可是当真见着了，她的心却平静如昔，只想守着顾少君，好好地生活。远冬也是这时才知道，顾少君竟然就是尔淳的小叔叔。她和顾少君，本来应该在十多年前就相遇，却偏偏迟了这么久。

"当年你怎么就走丢了呢？我整整找了你一年才放弃。"顾姨听见远冬遇见顾少君之前的遭遇，心疼地拉着她的手道。

远冬垂下眼睑,说:"集市的人太多了,我没有跟上尔淳,等到发现时,已经找不到了。"

有一束光因她的话落在她身上,远冬没有抬头,又安慰了顾姨几句,才跟在顾少君后面去整理行李。

见远冬一直心不在焉地望着自己,顾少君好笑地停下手里的动作,了然道:"我也是直到现在才能确认你的身份,毕竟同名的人有很多,最初收养你,只是因为你是你。"

远冬于是露出个心满意足的笑,像盛开在冬日里的梅花,在门外男孩的眼中熠熠生辉,盖过了所有颜色。

是夜,远冬像小时候那样窝在顾姨身边陪她说了许久的话,许是太过兴奋,当顾姨睡下时,远冬还是毫无睡意,索性轻手轻脚地开了门,坐在院子里纳凉。

刚坐下,身后就传来轻微的咳嗽声,远冬回过头,看见顾尔淳站在门口,一脸欲言又止的样子,两个人干瞪了半响,顾尔淳才别扭地开口:"对不起,谢谢你。"

语罢,便慌乱地隐没于黑暗之中。

远冬欣慰地笑了笑,朝尔淳消失的方向轻声道:"没关系。"

她当然晓得他话里的意思。对不起,是为当年丢下她。谢谢你,是为她没同顾姨说出当年的真相。远冬想,她和顾尔淳,也算是冰释前嫌了吧。

7

回到福川后,教远冬读书的活儿就落到了尔淳的身上,拿顾少君的话来说,尔淳跟她年纪相仿,教起来也灵活些。

远冬的心底虽是不愿意,但转念一想,顾少君的身体要更多的休息,倒是尔淳爽快的答应让她吃了一惊,许是没想到,尔淳会这么快就接受她。

远冬聪颖,尔淳这个小老师教起来毫无压力。只是每到顾少君夜班的时候,远冬总是显得心不在焉,目光飘啊飘地就飘去了门口。一来二去,尔淳也从远冬口中得知她这个习惯的由来,索性放下书本陪着她一起专心等顾少君下班。

尔淳说:"你和小叔叔的感情可真好,若是小叔叔显老些,别人不知道的,还以为你们是父女。"

远冬笑而不语,低着头踢脚下的石子。高出她一个头的尔淳看着女孩抱着双肘的模样,突然很想给她一个拥抱,而后又被自己这样的想法吓了一跳。

初秋的时候,顾姨开始为顾少君张罗起婚事,对象是尔淳学校的老师,远冬见过几次，温婉如水的女子，和顾少君站在一起，很是般配。

远冬问顾少君："你要同她结婚吗？"

坐在灯下看书的顾少君愣了愣，旋即抬头看着远冬的眼，点了点头："人长大了，总是要成家的，我这个岁数，找到愿意嫁我的女人是件不容易的事。"

远冬咽下心底几欲脱口而出的话，深深看了他几眼，转身离开。顾少君沉默了片刻，起身去关门，闭着眼顺着门板滑下，颓然地吐了口气。

婚礼举行在秋末，接新娘的过程里，顾少君一直是笑着的。

远冬站在满地红色的爆竹碎屑里，看着他亲吻新娘的嘴角，看着他抱着新娘上了礼车，看着车队和欢腾的人们消失在街角。整颗心就像被人掏空了，风一吹，全身都跟着凉。

她不自觉地抱紧了自己，蹲在凄清的街上，轻轻抽泣起来。

那哭声随着风，飘到不远处垂首而立的尔淳耳中。尔淳手里为她抢来的花束倏地掉下来，花瓣散落一地，婆娑凄美。

婚宴上，顾少君带着新娘来到远冬那一桌敬酒。新娘身上穿的是当时正流行的西式婚纱，纯白如百合，众人纷纷夸奖新娘的美丽，新娘满脸是红色的云，笑着说："日后，等远冬结婚了，我和少君会买更漂亮的给她。"

远冬在众人的嬉笑中咬咬唇，道："谢谢你们，顾叔叔。"

这是她第一次没有叫他的名字，顾少君的身形明显怔了一怔，看向远冬的眼底，有着一闪而过的伤痛。

远冬一个心慌，竟喝下了满满一杯白酒，被呛得不行，众人皆开心地笑闹说"又一个高兴得忘了形的"，远冬尴尬地赔着笑跑去洗手间清洗，出来时却看见顾尔淳站在一旁。

"咦，你怎么……"

声音戛然而止在眼前突然放大的脸，以及少年羽扇一样的睫毛，远冬的脑子空白了半响，直到一个拥抱压过来，她才幡然觉醒，急忙推开尔淳，一脸惊恐地往后退了几步。

尔淳身上有着浓浓的酒气，他指着远冬道："装什么纯洁，别以为我不知道你对小叔叔安了什么心！"

不可否认，这句话刺痛了远冬一直深藏的心。她捂着胸口，噙着泪拼命摇头，身子一软，就倒了下去。

8

远冬醒来时已是天明，她躺在家里熟悉的被褥里，旁边有一杯热牛奶，除了顾少君还会有谁？她开心地起了身，一路小跑到顾少君的房间门口，在看见空荡荡的房间时才恍然记起，他已经结婚了，有了自己的家，怎会继续住在这里？

想到这里，远冬的心又凉了半截，坐在床上喝光了牛奶又闷到被子里睡觉，一个人在悲伤的时候，睡觉不失为好选择，因为只有梦里，才没有什么东西能伤害到自己。她亦不知道，尔淳在她门前徘徊了一宿，那杯牛奶，是他早早准备好的，热了又热。

远冬是自那日开始后，不敢看尔淳的眼，两个人就这样，各怀心思，形同陌路。

顾少君时常会偕妻子回来看她，远冬嘴里不说，却总觉得顾少君和他的妻子之间的气氛怪怪的，就连笑容都充满牵强。

而她的担心在半年后得到证实，顾少君的新婚妻子和他们学校新来的一个老师走了，留给顾少君的，是一纸签了名的离婚协议书。顾少君什么都没说，就签上了自己的名字，然后盘掉房子，搬了回来。

远冬怎么也想不通，顾少君这么好的人，那个女人怎会舍得离开他？直到一日深夜，起来喝水的远冬路过厕所，听到顾少君压抑的哭声。

她是怕极了，才会不避嫌地闯了进去，然后怔怔地看着跌坐在地上的顾少君，突然像是明白了一切，她解下身上的毛毯，披到顾少君的身上，抱着他的头，轻轻地安抚，睁得大大的眼里积蓄着满满的眼泪，却不敢哭出来。

顾少君的腹部曾受过枪伤，摘除了一个肾，他的身体状况远不及常人。

许是因为憋屈与悲痛，顾少君的伤势突然恶化起来，几次忽然晕厥后，硬被远冬和尔淳拖去了医院。

医生说当年取子弹时消毒不够彻底，现在感染了，必须要换肾。

远冬只觉得整个天都暗了下来，反应过来的她上前一步，说："我可以，我有两个肾，我换给他，一个不行还有另一个，您一定要救他！"

医生被远冬吓了一跳："换肾不是任何人都能换的，必须要有合适的肾源，通常来说，直系亲属的匹配率要大些。"

远冬于是转过头，抓住顾尔淳的手，她泪眼蒙眬地哀求："尔淳，你救救顾少君，我求求你，救救他。"

尔淳不说话，只是瞪着她，垂在身体两侧的手握了握，然后点了点头。

两个人连同顾姨一起去化验了血，天不遂人愿，三个人都不相符，拿到化验报告的那天，顾姨哭着说："我早就知道早就知道，我们同少君都没有血缘关系，概率太

若你离去，后会无期

小了。"

而顾姨也在两个人震惊的目光中道出了隐藏多年的秘密。

顾少君的哥哥顾少延，当年和远冬的母亲是一对，为了两个人的幸福，他带着弟弟出了寨子到城里打工，一去就是三年，等到他功成身就回到寨子接远冬的母亲时，才得知她已嫁作他人妇。而那时，远冬的母亲刚刚生下远冬，所有人都以为远冬的母亲生下的是个女孩，但其实她生下了一对龙凤胎，顾姨便是那个稳婆，因为体弱，男婴几度停止了呼吸，远冬的母亲便央求顾少延带着男婴离开这个闭塞的寨子，去到城里救他。顾少延虽黯然心伤，但还是接受了，这么多年来对婴孩悉心照顾，视若己出。

"那个孩子就是尔淳，一直到尔淳四岁才治好他从娘胎带出来的病，老爷本想把尔淳带回寨子，却得知你母亲去世的消息，便把尔淳留了下来。"

远冬和顾尔淳竟然是兄妹。他竟然把自己的亲妹妹丢掉，还……

尔淳悲恸地哀号了声，踉跄着退了几步，跌跌撞撞地跑出了医院，只一下，就消失在远冬和顾姨的视野里。

 9

远冬从那日起，便失去了尔淳的消息。照顾病重的顾少君的闲暇时间，她便独自一人拿着手写的寻人启事到处张贴。生活的压力不堪承受，好多次，远冬都抑制不住心里强大的悲伤哭泣，手指嵌入肉里，悲恸欲绝。

等待肾源的日子几度让远冬绝望，顾少君的病情日渐加剧，整个人形容槁枯，每次急救手术后，顾少君醒来的第一句话都是"别害怕，我没事"。

远冬始终是怕的，怕自己再也抓不住他，怕他下一刻就会消失。

消失了，就是这个世界上再也没有这个人的印记，他的呼吸，他的音容笑貌，他的体温，都只有停留在记忆里了。

最后那段日子，远冬在顾少君执意要求下从医院搬回了家里。院子里的槐花开得正好，顾少君便爱躺在槐花树下的藤椅上晒太阳，同远冬闲话家常。由于身体的原因，顾少君总是说不了几句便会睡下，远冬便在旁边静静地看着他苍白的容颜，默默地流泪，哭到眼皮惺忪，靠在顾少君肩上沉沉入睡。

有时顾少君睁开眼看见了，也不急于叫醒远冬，只是颤巍巍地伸手轻揉远冬的发，笑着说："第一次见到你的时候，你还是个小小的娃儿，巴掌大，睁着双大大的眼睛，直冲我乐，我当时就觉得，这是我看过的最动人的笑容了，一转眼你都这么大了，却还是笑的时候最好看，我多希望你这一生都不要再流一滴眼泪了。"

是了，顾少君便是那个长老的幺子，那一年十六岁的他回寨子奔丧，却意外地救下了远冬，还为她起了名。那时本以为这一辈子都不会再见的人，转了一个身，却再遇见了，还在心底生了根，羁绊一生。他和她之间，由始至终缺的都是时光。过去，他大她太多，亦没有勇气让她活在世俗的愚见下，不想让她一辈子都背负着包袱。

而现在，是他没有时间再同她走下去，他对她的情意，只愿随着这时光的洪流，和他一起长埋地底。

顾少君走的那一天，一直阴雨的天突然晴了起来，远冬扶他躺在院子里的藤椅上，如往常一样，聊了几句，顾少君就沉沉睡去，梦里一遍一遍叫着远冬的名字，他唤一句，她便答一声。直到顾少君停止了声响，握着远冬的手也松了下去，滑在身侧。

远冬也不动，只是愣愣地看着他年轻苍白的脸，纷落的槐花落了两个人一身。她是在等他醒来，为她拂去身上的落花，再唤她一声远冬。

顾少君这一眠，便是永远。

远冬一直记得的，记得顾少君同她说过，若是想要去到某个永远也无法到达的地方，只要闭上眼，一心所想，终有一日会抵达。

可是，她的心披荆斩棘，翻过山岭丘壑，越过四海朝阳，却再也抵不到他心底。

办好顾少君的后事，安顿好顾姨，远冬便带着简单的行李只身搭上了去西部的火车，她无意间在报纸的一张图上看见了尔淳的身影，他穿着褴褛的衣服，头发长得老长，他蹲在肮脏的垃圾堆前找些什么。远冬知晓，他成了人们口中的疯子。

她一边打工一边寻找尔淳的下落，每个周末会去朝拜，那里湛蓝的天总让她感到平静。寺庙的长老有时会公开说禅，她跪伏在虔诚的信徒间，听着幽幽的梵音，心底那些侵入骨髓的悲伤也仿佛有了片刻的停息。

她想，她一定会找到尔淳，然后带着他，一起回家。

走失在南半球的北极熊

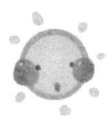

"最后,在纸角上,我还想画上一只北极熊。它没有家,它只有一只大大的眼睛和一身雪白的毛发。它站在温暖的南半球,心里的大雪纷飞了世界。"

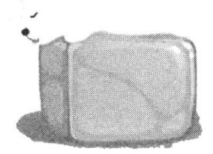

若你离去，后会无期

 1

我喜欢北极熊，尤其是动物园巨大的玻璃后仿真雪山里的北极熊。那种近乎痴迷的喜欢。我脑子里有着无数千奇百怪的想法。比如，我始终固执地认为终日大雪纷飞的北极并不属于地球，所以，我的梦想是成为一个动物园北极熊馆的饲养员，以便近水楼台先得月地研究这些不属于地球的大精灵。

可是，当我站在讲台上无比壮志豪情地说出我这个梦想后，换来的却是全班哄堂大笑以及班主任微微抽筋的嘴角。我撇了撇嘴，回到座位上，顺手给隔着一排笑得花枝乱颤的谢明朗一记手肘。

这是一堂班会课，命题是"我的梦想"。所有人千篇一律的是"我想成为一个科学家，将来报效祖国"或者"我的梦想是当明星"诸如此类伟大却没谱的抱负。

"瞧瞧，多庸俗的一群人。"我看着讲台上班长唾沫横飞地阐述他的飞行员梦，想到他那远看似球近看还是球的身材一飞冲天的情形就觉得好笑。

谢明朗鄙夷地瞪我一眼说："你以为你有多高尚？"

我懒得搭理他，在我眼里，谢明朗就是一个放大的"俗"字。爱穿色彩鲜艳印有蜡笔小新贱贱笑容的T恤，而且衣摆一定是塞在裤子里，明明很新潮的衣服却被他硬是穿出20世纪70年代的范儿，尤其是再配上那招牌似的板寸头。

"你看看高三体育班那位打篮球的，养了头发，整了个刘海后人气就跟坐电梯一样嗖嗖地往上蹿，谢明朗，你基础比他好，只要头发再养长一点点肯定比他帅。"

我这样对谢明朗说，其实我心里盘算着的是，谢明朗头发养长点儿的话，我和他打架时就不用一直当被揪头发的人了。毕竟，我再怎么像个假小子也不可能去剃个和他一样的板寸头。

兴许是看穿了我的小心思，无论我如何威逼利诱，谢明朗愣是不肯养长半分。

那一堂班会课谢明朗一直磨蹭到所有人都说完自己的梦想后，才慢吞吞地走上讲台，支吾了半天，才开口："我的梦想是给我的新娘举行一场独一无二盛大的婚礼。"

毫无疑问，回应他的是更强烈的哄笑以及班主任扩散到整个脸部的抽筋。可是，不知道为什么，我眼里的世界忽然像是被放下了黑色的幕布，只剩下一束光，包裹着讲台上微微脸红的谢明朗，淡淡的轻轻的，在我心底变成铺天盖地的暖流。

第一次，我觉得板寸头的谢明朗帅得一塌糊涂。

那天夜里，我的梦里出现了一场举世无双的婚礼。新娘是我，当新郎的脸出现在我眼前时，我猛地打了一个激灵，然后彻底惊醒。

这绝对是个噩梦，因为梦里的新郎居然是谢明朗。

青春期的女孩子都喜欢做些不切实际的梦，喜欢浪漫的，所以，虽然谢明朗的梦想被人嘲笑了很多天，可是却有不少女孩子因为这件事对他芳心暗许。同班的女生开始关心起谢明朗的成绩啊生活啊，外班的女生开始变得健忘，常常忘记带某科的书本，然后跑来我们班，向并不熟悉的谢明朗借书。

幸好谢明朗是那种单细胞思考的人，没有察觉到这些反常，不然他要有多嘚瑟啊。我在心底默默地想。

 2

我不知道现在听我叙述这个故事的你生命里是否也有过这样一个男生，喜欢吵些无关紧要的架，偶尔还会动动手，明明很不对盘，却少不了彼此，一点点的暧昧，一点点的感伤。

我和谢明朗大抵就是这样，那个夏天，过完十七岁生日的我刚刚升到这所学校读高一。当我走进陌生的教室，第一眼看到的就是谢明朗T恤上印有的笑容贱贱的蜡笔小新，然后往上看，就是有着同样贱贱笑容的谢明朗，和满教室或是探究或是好奇的目光显得有些格格不入。

我直觉他和我是同类，因为我们都有别于正常人。

所以接下来的几个月，我和谢明朗飞快地熟悉起来。会一起暗地里评论每位任课老师并给他们起一些千奇百怪的外号，上课传纸条，下课一起闹，也常常会为饭盒里最后一个红烧狮子头大打出手。

谢明朗从来都不是一个怜香惜玉的人，打架的时候更是充分利用我过肩的长发。当然，他也没好到哪去，手臂上那些小小的月牙形伤口都是我的杰作。

谢明朗恨恨地说："季维亚，你真是表里不一的女生，发育不全的短小身材还有那张娃娃脸绝对是拿来骗人的，你绝对是个妖怪！"

我呵呵地笑，我说："是啊，我是苏妲己。"

谢明朗明显打了个寒战，搓着手臂鄙夷地对着我冷哼："得了吧，你充其量也不过是个小喽啰，还苏妲己，你可真会往自己脸上贴金。"

我不理他，我是个心思细腻的人，懂得见好就收，不吵没把握的架。世界如此美好，我没必要把自己气到内伤然后让对方得意地笑。

若你离去，后会无期

每天放学，我和谢明朗会一起回家。谢明朗一直以为我就住在离他家不远的小区，可是他不知道，每天，等他离开后，我要坐一个小时的公交车去往这座城市另一端，我的家。我至今都会觉得自己认识谢明朗那天，跟在他身后假装巧合地说"咦，你家也是这条路吗"的行为很变态。但没关系，反正，我从来都不是一个寻常的人。

谢明朗最适合做的两种职业，一是八卦杂志的记者，二是导游。

这座城市，哪里有了新玩意儿，哪里的羊肉串最好吃，哪座山上长着最大最好吃的橘子，都逃不过他敏锐的感官。所以，当动物园新增了个北极熊馆后，他第一时间就弄到了两张门票，带我去看。

人都喜欢新鲜的事物，刚落成的北极熊馆人山人海，我和谢明朗好不容易才在人群中挤出一条缝，玻璃窗后的北极熊似乎不喜欢被这么多人围观，烦躁地走来走去。

"它们生活的地方和温暖的南方格格不入，它们一定很彷徨很无助吧。"我喃喃地道。

谢明朗伸出手弹了下我的额头，说："馆里面的温度都是设成和北极一样的温度，过不了多久它们就会习惯的。"

我"哦"了声，不再说话。不管日后习惯不习惯，至少现在，它们是不开心的，你看，那墨黑色的眼珠里，装满了悲伤，好像眨一眨，就会流下晶莹的泪。这个动物园里的熊，除了黑色的就是棕色的，它们是最普遍的熊类，而北极熊，即便受到同样的疼爱，甚至是更多，但它们终是不属于这里。而最让人感到伤感的是，它们赖以生存的冰天雪地，正随着全球气候变暖而慢慢融化。没有家的北极熊，你是不是很难过？

我的眼泪莫名其妙地掉了下来。

谢明朗吓了一大跳，拉着我又从人群中挤出来，然后看着站在草地上稀里哗啦哭得天昏地暗的我不知所措。直到我自个儿哭累了，抽噎着看着他，他才回过神来，掀起自己的T恤，粗鲁地抹了一把我满是眼泪鼻涕的脸，拉着我离开。

我茫然地跟在他身后，眼睛死死地盯着我们交握的手。

谢明朗在麦当劳门口停下来，他给我买了个甜筒，然后特纠结地挠了挠板寸头，说："你们女生到底是什么外星生物，动不动就莫名其妙地哭。"

我当时吃得正欢，压根儿没有注意到他用的是"你们"而不是"你"。

3

在我的眼里，就算所有人都会早恋，谢明朗也绝对不会。一是因为谢明朗看似精明，其实神经大条到有些迟钝，感情这东西对他来说远没有红烧狮子头吸引人。二是谢明朗胆小如鼠，在学校严打早恋的时候，他怎么也不可能去撞枪口。所以，化学实验课上当谢明朗告诉我他有女朋友了的时候，正拿着试管往酒精灯上送的我先是一愣，然后慢慢扭过头，看着有些不自在的他。

他的眼睛里，有着前所未有的腼腆、认真，还有逐渐僵硬的我。

直到一道玻璃碎裂的清脆声音响起，我机械地顺着手腕传来的刺痛感低头，朱色的血染在试管透明的碎片上，无比妖艳。

还没等我反应过来，谢明朗就拽着我另一只完好的手跑了出去。

和谢明朗从校医务室回来已经是放学的时候，我晃着手腕上月牙形的伤口冲他调侃："你不是一天到晚说我在你手上画月亮吗？现在我也有了，你平衡了吧？"

正在收拾书包的谢明朗忽然抬起头，死死地盯着我，仿佛过了一个世纪那么久，就在我以为自己拼命掩饰的难过被他看穿的时候，他说："季维亚，你这个疯子！"

说完，他背起书包转身就走。我知道他这个动作的含义，每次我和他吵到天翻地覆时他总会来这手，留给我一个不算挺拔的背影，这是他生气的表现。

谢明朗，莫名其妙地生气了。

我长长地吁了口气，有些颓败地拖着书包跟在他身后。谢明朗和以往生气的时候一样，会加快步伐，屁股撅得老高，像个竞走运动员。我没有像以前那样，小步跑着追赶他，因为我觉得，此刻的谢明朗看上去是那么遥远，无论我跑得多快，都永远追不上他前进的速度。

我突然之间无比沮丧。

于是我蹲了下来，坐在路旁的石级上。我又想到了那些北极熊，甚至感同身受地感觉到它们生活的地方的寒冷，像是《哈利·波特》里吸取灵魂的摄魂怪，隔绝了所有与快乐有关的事物。我抱紧了自己，企图温暖一下自己冰冷的身体。我的意识渐渐涣散，我能感觉到自己的身体正以自己不能控制的速度倒下去。

只是这地面竟不是想象中那般坚硬，甚至有些柔软，像极了我梦境里某个人的怀抱，暖烘烘的，带着一点儿雕牌洗衣粉的柠檬香味。

谢明朗的味道。

于是，我安心地睡了下去。

我做了一个很美的梦，梦里的天空很大，白色的、棕色的、黑色的熊在碧色的草地上欢乐地玩耍。我呵呵地笑，满足地翻了个身，然后，空气里忽然有另一种笑声低低响起。我的意识慢慢由模糊变清晰，最后豁然明朗，我"噌"地一下坐起来，瞪着床边那个陌生又有点儿面熟的男生。

不是谢明朗。

"你是谁?"我凶巴巴地问。

"我是高三的学长,陆亦铭,刚刚路过花坛看见你晕倒,所以,就把你送到校医务室了。"

叫陆亦铭的男生温和地笑,长长的刘海被从窗外吹进的风微微扬起,我忽然记起他就是我常用来对比并利诱谢明朗养长发的那位篮球帅哥。

我有些失望地"哦"了声,拿起书包便要走。陆亦铭在我身后喊:"季维亚,你怎么不对我说声'谢谢'啊?"

我停下脚步,机械地回过头,冲一脸期待的陆亦铭抽动了一下嘴角:"哦,谢谢你。"然后,头也不回地离开。

我知道我很没礼貌很过分,是把对谢明朗的气撒到无辜的陆亦铭头上,怪就怪陆亦铭出现的时机不对,我在心底默默地想。我觉得谢明朗有时候说我的话还蛮符合实际,比如,我的确是个莫名其妙的疯子。

4

无论我和谢明朗之间闹多大的矛盾,隔天一定会和当初一样嬉笑打闹,"狼狈为奸",这是我们之间奇怪的相处模式。

所以,第二天我和谢明朗又如往常一样,无所不谈。

谢明朗的"女朋友"是隔壁班的体育委员林浅浅,身材高挑,容貌普通。据谢明朗说,林浅浅向他告白时吓了他一大跳,本来他拒绝的话都说了一半了,哪知道林浅浅居然哭了起来,他迷迷糊糊地就答应了。

我实在很难想象身高一米七的林浅浅哭起来的样子是怎么打动谢明朗的。

似乎是看出来我眼底的鄙夷,谢明朗不乐意了,他皱着眉说:"人家林浅浅是没你漂亮,可人家心思细腻,要比你像女人多了,哦,对了,你现在嘴里嚼着的手里拿着的大白兔奶糖还是人家送给我的。"我冷哼一声,我知道我一面嚼着林浅浅买来的大白兔奶糖一面在心底这样想林浅浅实在是很刻薄,但是我掩盖不了我那颗嫉妒得要死的心。

可是我什么都不能做,只能不停地吃着这些甜到腻人的糖,来冲淡我满腹的苦涩与委屈。就这样,林浅浅送来的大白兔奶糖几乎全进了我的五脏庙。可是林浅浅不知道这些,她以为她送来的糖是被谢明朗一个人吃光的,于是当她看到谢明朗课桌里空空的包装袋时,满足地笑了,然后第二天谢明朗的抽屉里又出现了一包大白兔奶糖。

"她家开超市的吗？"我瞪着同样一脸错愕的谢明朗，开始重复剥糖纸的动作。

那一段时间，我连打的嗝都是一股浓浓的奶香。如此，一个月之后，我不负众望地进了牙科诊所。

被我硬拉来陪我的谢明朗在我旁边笑得无比奸诈，他说："季维亚，什么叫自作自受、作茧自缚，你知道了吧？"

我满脸怨恨地盯着他，然后在牙医拔出我坏掉的牙时狠狠掐住他的胳膊。

谢明朗杀猪般的号叫惹怒了诊所角落里埋头工作的医生，朝发出噪声的我们瞪来，墨色的眼在扫过我时突然像是开出了花般，满满都是笑意。

"季维亚。"医生扯下口罩，冲我招了招手。

是陆亦铭。

"你怎么会在这儿？"我捂着因为拔牙而疼痛的脸，口齿不清地问。

陆亦铭递给我一个冰袋，说："这家诊所是我家的，我有空就会来这里学习兼帮忙。"

"看看人家多上进啊。"我接过冰袋贴到左颊，瞥了瞥谢明朗，用眼神表达我对他的鄙夷。只是一向和我默契无比的谢明朗压根儿没有看我，圆圆的眼睛死死地盯着满面春风的陆亦铭，那样的目光，让我想起动物园里遇到侵犯自己领地的同类时全身的毛都会竖起来随时准备扑上去的动物。

我的心情不可抑制地好起来，决定报答一下陆亦铭的"救命之恩"。于是我特豪迈地邀请陆亦铭去市里新开的仙踪林吃饭，只是在结账的时候我才发现我的小荷包在付完拔牙费用后干瘪了几倍，掏出最后一个钢镚也只能付得了一个甜点的价钱。陆亦铭看出了我的窘迫，微笑着打开了包，他的手还没拿出来，谢明朗就"吧嗒"一下从口袋里掏出钱，眉头都不皱地替我付了为数不小的余款。

我正在好奇这个平时为了一块钱公交车费还要和我磨蹭半天的铁公鸡为什么会有如此反常的反应时，谢明朗已经拽着我的胳膊把我往外拖。

我说："你急什么啊，我还有话要和陆亦铭说呢。"

大步向前的谢明朗忽然转过身，和措手不及的我撞了个满怀。我揉着生疼的鼻子怒视他，却被他眼底比我高几倍的怒火吓了一跳。

他看着我，沉着声说："你不要和陆亦铭走太近。"

我白他一眼，说："凭什么啊，你都有林浅浅了，我和谁在一起关你屁事啊！"

谢明朗顿了顿，然后居然结巴起来，他说："季维亚，我……我怎么……觉得你……是在吃醋啊。"

若你离去，
后会无期

我想都没想就给了他一脚。

那天之后的谢明朗变得有些怪异。他的书桌里不再出现大白兔奶糖，林浅浅也不再三不五时地过来寒暄，甚至有人传说他们已经分手。而谢明朗，确实也多出了大把的时间用来和我"厮混"。

平安夜那晚下了很大的雪，谢明朗带我去位于市郊的一座小教堂，我们和一群热血沸腾的小青年在一起唱着圣诞颂歌，装模作样地混在人群里滥竽充数。最后10秒钟进入圣诞节的时候，所有人都默契十足地开始倒计时。就在那个"0"从我们口中吼出来时，人群里一个男生突然变魔术似的从身后掏出一捧玫瑰，对身边的女孩大声说："请你嫁给我吧。"还没等女主角反应过来，周围的人纷纷掏出一枝红玫瑰递到她的手中。

这原来是个有预谋的团体活动。

我和谢明朗悄悄从人群中退出教堂，坐在教堂前的广场上啃着刚才从教堂里分到的红苹果。我一边啃着从谢明朗口中夺下来的苹果一边朝炸开了锅的教堂里努了努嘴，我说："等我长大后我也要嫁个这样敢作敢当的男人。"

话音刚落，刚才还不甘心拼死拼活要从我嘴里抢夺苹果的谢明朗突然停止了拉扯我的动作，整个人静了下来。

气氛突然有些奇怪，用专业点儿的话来说，就是荷尔蒙分泌异常。我直觉有事要发生，果然，谢明朗慢悠悠地踱到我面前，脸有些微微的红，他眼里闪着璀璨的光芒，他说："季维亚，我喜欢你，日后我要你做我的新娘，我从未喜欢过林浅浅，我和她在一起，是因为我喜欢被你重视的感觉。"

那是谢明朗第一次在我面前，这么认真的说话，也是他第一次以这样小心翼翼的口气同我说话。我怔住了，沉默半晌后，摇了摇头，退后了半步，避开他伸过来的手，什么话都没说，转身逃似的跑开，把他丢在飘雪的街头。

回去之后，我和爸爸谈了许久。第二天，爸爸给我办了退学手续。

那之后一年里，除了每三个月一次去医院复检，我没有出过一次门。我知道谢明朗一直在找我，每次我一打开邮箱，铺天盖地的都是他的留言。

他说：为什么要退学？是不是我的话吓到你了？我收回，只要你回来，我们继续做好朋友。

他说：我把我家附近的小区一家家几乎都敲遍了，被物业公司当成小偷抓去，后来他们告诉我，这附近根本没有一户姓季的人家，维亚，你到底去了哪里？

他说：快一年了，我都要怀疑，你是不是真的在我生命中存在过，还是，你只是我的一个梦……

我从未回过他只言片语，只是默默地关掉电脑，假装没有看到过。

冬天的时候，爸爸带我去复检回来的路上，坐在车里等红灯的我恍惚看见正在通过的人行道上出现了谢明朗的影子，我摇下车窗想要看得更清楚些，就在那一瞬间，已经走到马路对面的谢明朗忽然转过头，视线和我撞在一起。

我慌乱地摇上车窗不敢再看他，直到绿灯亮起，爸爸开车离开，我没有再回头。

5

我不知道谢明朗是怎么找到我位于郊区别墅区的家，当我听见他熟悉的声音叫着我的名字时，震惊地掀起窗帘的一角，发现他正在我家院子外，手里提着一个雪白的北极熊玩偶。我的眼泪轰然而下，站在我身边的爸爸什么话都没说，只是轻轻拍了拍我的头，然后关上了门。

这是我第二次，把谢明朗丢在雪地里。

那一晚，谢明朗在大雪纷飞的路灯下唱了一夜的《春花》。

"看我的妹妹笑得多么艳/红红的俏脸水汪汪的眼/春花开满地对你动了心/恨不能表明只能藏心底/春花开满地怕你变了心/爱人难寻觅却又多么容易就失去/错误的我怨自己/不该爱上你又不爱你/不该爱上你也不爱你/不该爱上你天知道我的委屈/春花的秘密"

我在厚厚的亚麻窗帘后看他，哑着嗓子哭泣。

他唱到嗓子都沙哑，最后他停下来，呆呆地站在雪地里，像是一座被悲伤堆起的雪人。我拿起手机发了一条短信给林浅浅，我说：谢明朗在我家外面吵得我一家都很烦，你可不可以过来把他弄走？

半个小时后，穿着厚厚羽绒服的林浅浅出现在我家院子外面，我看见她把自己的羽绒服脱下来套到呆滞的谢明朗身上，搀扶着他离开，谢明朗手中的北极熊玩偶被她狠狠地摔在雪地里。待他们的身影消失在路灯的尽头，我发了疯似的冲出去，跑到院子外面谢明朗站的那个位置，还有着一层清晰的脚印，孤单的北极熊玩偶垂头丧气地坐在脚印旁，它被愤怒的林浅浅摔掉了一颗黑色的眼睛，我赤着脚在雪地里找了好久都没发现，最后，筋疲力尽的我抱着缺了一只眼睛的北极熊跪在雪地里颓败地失声痛哭。

后来，听说谢明朗大病一场，病好后的他像是变了一个人，安静得出奇，每天沉浸在做不完的试题里，认真的有些疯狂。认识他的人都说，小孩子似的谢明朗好像在一夜之间成熟了，也沉稳了许多。

只有我知道，谢明朗并不是成熟了，而是，心，老了。我还听说，他和林浅浅重修旧好，这是唯一让我感到欣慰的，因为我知道，在这个世界上再也没有一个人可以像林浅浅一样喜欢着谢明朗。

就连我，也做不到林浅浅的一半，为爱痴狂。

再往后，就没有后来了。

那之后没多久，爸爸就申请了调任，带着我迁往深圳。至于谢明朗，听说，他和林浅浅考去了哈尔滨。从此，一南一北。

搬去深圳后的我断了所有和过去的联系，包括谢明朗。

我经常去看谢明朗的博客，看他的成长、他的喜怒哀乐、他的生活琐碎，却从不留言。时至今日，谢明朗已成为一家旅游杂志的主编，经常写一些旅游游记。有一次，他在文章中写：很多人问我为何会选择哈尔滨这座城市定居，其实我只是爱这里大雪纷飞的季节，像极了我十六岁的一场梦，我在这座城市就好像做着一个永远都不会醒来的梦，梦里有个小小的女孩子，在最后给了我最大的伤害，我很想她，虽然或许她从没想过我，可是我只要想到她，心里就会柔软下来。

我在电脑前抱着掉了一只眼睛的北极熊玩偶泣不成声。

是啊，谢明朗，我没有很想你。我只是在小侄子看着电视上的蜡笔小新时，想起整个夏天，穿着印有蜡笔小新贱贱笑容的T恤的你；我只是在吃妈妈拿手的红烧狮子头时，想起那个在食堂里，为了最后一个红烧狮子头，和我打架的你；我只是在应邀前往动物园北极熊馆和北极熊们近距离接触，穿着厚厚的羽绒衣和那群习惯寒冷的小家伙站在一起时，想起那个用T恤给我擦眼泪，粗鲁不懂安慰人，却在最后给了我一个甜筒的你。

谢明朗，我没有很想你。

我只是很遗憾，不是我，陪你到最后。

我终究，只能是你的，一场梦。

6

2015年，我从谢明朗的博客上得知他要和林浅浅结婚的消息。我瞒着家人偷偷去了哈尔滨，穿着厚厚的羽绒服站在哈尔滨积雪层层的广场，大雪簌簌地落了我一身，我的眼始终看着对街那间号称全哈尔滨最豪华的酒店，此刻正热闹地举行着盛大的婚礼。我恍惚想起，曾经也是在这样一个季节，有个男孩，他对我说：维亚，我喜欢你，日后我要你做我的新娘。

那个男孩，如今已然成长为别人的新郎。

那个男孩，我一直忘了和他说一声：我也喜欢你，我只喜欢你。

谢明朗，白天不懂夜的黑，就像，你永远也不会懂得，我并不是天生娇小娃娃脸，我的身体除了脸，从我十三岁开始就忘记了成长，到现在，整整过去了十年，却依然停留在十三岁的模样。

我时间的钟摆，早已停止了摆动。我的妈妈，也是由于这个原因离开了我们。我从十四岁开始，每年都会换一所学校，连续读了三年的高一，在政府部门工作的爸爸动用他的人脉隐瞒了我的真实年龄，只为了我想要和正常人一样读书学习的梦。直到遇见你，我忽然有了永远留下来的念头。可是，我更害怕的是年少的誓言轻狂脆不可击，害怕当随着岁月流逝渐渐老去的你身边跟着的是个永远不会长大的我时，你的目光、外人的目光。

走失在南半球的北极熊，它没有那么强大的勇敢可以承接南半球的温暖，它的心里永远都有个雪白的梦，隔着天涯的距离，任思念成灾，悲伤成海。

你知道我在等你吗

"时光像是流水般缱绻湮没了那一段有关于青春的记忆。哗啦啦,哗啦啦,静静地沉淀在不为人知的角落。"

若你离去，后会无期

1

夏日雨后微醺的黄昏，苏若璃又回到了老房子，门口锈迹斑斑的铁栏上缠绕着绿色的藤蔓植物，橘黄色的阳光静静地照射下来，被一幢幢高楼分割成无数块不规则的形状，落在地面，忽明忽暗。

耳机里是一个淡定的女声，抱着吉他，轻轻地歌唱："我曾以为我会永远守在他身旁，今天我们已经离去在人海茫茫，他们都老了吧，他们在哪里啊，我们就这样，各自奔天涯……"

苏若璃的眼泪就那么突然地掉了下来，一滴一滴，在被风吹得四散的长发中，顺着白皙的脸庞缓缓流下，悄无声息。

已经这么多年了，她已不再是当年的天真少女。可是，周世宇，为什么，为什么每当靠近有关于你的种种时，还是会被这种深入骨髓的忧伤紧紧缠绕呢？

还是，会哭。

周世宇，我还可以再见到你吗？

可以吗？

2

是刚入秋的时候，天开始有些微微凉，火辣了近三个月的阳光也变得真正温暖了起来，空气中浮动的是植物特有的香气，在这座城市里，静悄悄地蔓延开来。

这样的季节，在韩剧里通常都被作为爱情开始的时候啊，苏若璃没来由地想着，轻轻地笑开来，抱着几摞文件的手也不自觉变得轻快起来。

走过一幢白色的大楼，像是恍然想起什么似的，停住，吐着舌头又折了回去。

差一点儿又错过了，她总是这样，一个人的时候脑子里天马行空地想些花里胡哨的小心思，是这个年纪的女孩子所特有的毛病，想得太投入，便会忘掉本来该做的事情，比如刚才，她差点儿就忘了今天来学校，是要替顾思南去学生会交一些急用的文件。

由于是双休日，学校里本来就没几个人，尤其是地处偏僻的学生会大楼，空荡荡的，更是连人影也见不着。

老旧的木质地板，随着她的脚步发出"咯吱咯吱"的声响，在偌大的空间里，徘徊着不愿离去，苏若璃的头皮不由得一阵发紧，她老早就觉得学生会大楼就是一切悬疑故事最钟爱的现场，常年阴暗的地理位置不说，偏偏就连走廊里用来照明的灯，也都是阴森的绿色。

正想着，天花板上突然传来重物落地的巨响，苏若璃闭着眼"啊呀"一声叫了出来，一脚踢开身旁的门，跑进去，紧紧上了锁，然后，靠着门大口大口地喘气，心脏急速地跳动着。

真是个恐怖的地方呢，要不是因为顾思南，打死她也不会放着钟爱的电视剧不管，跑到这里来，被吓成现在这个样子。

好不容易平复了心情，抬起头，正准备看看自己是闯进了哪里时，却再一次被眼前的景象吓了一跳，面前的一对男女目瞪口呆地盯着她，男生的嘴角沾着一片亮晶晶的唇彩，苏若璃不傻，用脚指头去想都知道她刚刚打断了什么。

"那个，我……不是……"

苏若璃红着脸抱歉地朝他们不住地鞠着躬，紧张得说不出一句完整的话。

女孩笑着推开她，风情万种地甩了甩棕色的长卷发，开门，关门，然后离开，"噔噔"的高跟鞋声，由近及远，直至听不见。

一下子，房间里就只剩下她和那个男生大眼瞪小眼。气氛有些奇怪，苏若璃干巴巴地笑了几声，背在身后的右手不断地摸索着门锁，试图找准机会先逃跑再说。

"你在做什么？"男生突然开口，惊得她一抖，手中的文件像是雪花般凌乱地撒在地上。

"哎，你怎么那么容易被吓到呢？"

男生酷酷地揉了揉头发，蹲下来，手脚利索地收拾好散落一地的文件，看了一眼后，转身放到身后长长的办公桌上，然后，懒散地斜靠在桌上，眯起眼，饶有兴趣地打量着还没回过神来的女生，嘴角扬起一抹不易察觉的微笑。

真是有趣啊，怎么会有人胆子生得这么小，跟只兔子似的，看着就想去作弄她一番，于是，心里的不安分因子又活跃了起来，慢慢地朝女孩靠近。

苏若璃简直不敢置信地瞪着面前一寸寸放大的脸，脑中一片空白，苏若璃反射性地一拳挥了出去，不偏不倚正中那张可恶至极的大脸。

"你！"男生捂着生疼的眼睛，正准备狠狠责骂一通这个不解风情的姑娘时，却被重重压过来的身体弄得踉跄退后了几步。

"喂！"他摇了摇怀中小小的身体，在没有得到任何反应后，疑惑地将她扶正，然后黑线就爬满了额头。

就这样，晕了？还是在打了人后？

3

像是做了一个很长的梦,醒过来时,苏若璃才发现自己是躺在医务室的病床上,天刚刚暗下来,微凉的风夹杂着淡淡的花香从敞开的窗子里吹进来,长长的发丝也随着扬起,轻轻地落在脸上,痒痒的感觉。

校医是个四十多岁的中年妇女,很和蔼可亲的样子,坐在藤椅上打着毛衣,嘴里不住地碎碎念着:"都秋天了,怎么还会中暑?你们这些学生就是辛苦,别只顾着学习不去注意身体,要知道身体才是革命的本钱……"

苏若璃红着脸应和了几声,穿好鞋子,道谢之后,便匆匆离开。

是那个男生送她来的吧?想到几个小时前发生的事,一股无名的怒火在苏若璃的心里,茁壮地成长起来,她觉得自己真是遭遇了世界上最无赖的流氓,明明是长着一张好看的脸,却偏偏,偏偏去做一些下流的事,真是个道貌岸然的伪君子。

这样的人,迟早会遭报应的!苏若璃有些恶毒地想着。

快要到家时,苏若璃一眼就看见了站在巷子口的顾思南,本来苦闷的心情一下子好了许多。

"顾思南!"她跳起来夸张地冲不远处的少年挥了挥手,圆圆的眼睛里盛满了笑意。

少年应声回头,宠溺地冲跑过来的女孩微笑,瞧见她额头上细小的汗珠,变魔术般从身后拿出一罐可乐,递给她:"辛苦你了。"

"跟我客气什么?"苏若璃摆了摆手,接过可乐,习惯性地挽起男生的手,蹦蹦跳跳地走进院里。

每个女孩的生命里都会出现一个王子,苏若璃的王子,叫顾思南。认识顾思南的时候,苏若璃才五岁。半长的头发,乖巧的刘海,干净整洁的蓬蓬裙,成为这个朴实巷弄里的异类。那个年纪的小孩,对待新同伴的方式总有些特别,因为不知道该如何去和这个公主一样的女孩交好,所以便常常有事没事欺负她一下。比如,抢走苏若璃漂亮的洋娃娃,又比如,"不小心"将她推倒在地。

终于,一次的不小心让苏若璃从高高的台阶上摔了下来,满嘴的鲜血让那群小孩子吓得一哄而散。

就在苏若璃捂着磕断的牙齿哭得上气不接下气时,一个男孩子出现在她的面前,用手帕轻轻地擦着她哭得惨兮兮的脸,一边说着"璃璃乖,璃璃不哭"之类的话。

苏若璃也就真的停止了哭泣,看着这个从天而降的男孩露出灿烂的笑容。好像就是从那一刻起，顾思南成了苏若璃生命里的依赖。

晚饭前，妈妈吩咐自己去买酱油，回来的路上，哼着小曲儿路过一段曲折的巷弄时，突然被一阵嘈杂的声音所吸引，在好奇心与理智前徘徊了十几秒后，苏若璃像是做贼般循着声音来到一个置放垃圾的死巷，悄悄探出脑袋，然后着实被眼前的场面惊得目瞪口呆。

是在香港电影里常出现的镜头，七对一，而那个被七个人群攻的男主角，竟是今天碰到的那个恶劣的男生，自己的话，什么时候变得那么灵了？真的是遭报应了吗？

此时此刻，电影中身经百战的男主角应该是英勇地打倒另外七个猥琐男，然后酷酷地甩甩头，可现实毕竟还是有些差距的，一对七，当然会被打得很惨，非常惨。

那么是救还是不救呢？苏若璃的心中开始了小小的斗争，她开始有些憎恨自己那该死的好奇心了。

"喂！你们！都给我住手。"

突如其来的细细女声让所有人都停下了手中的动作，错愕地盯着不知从什么地方冒出来，挥舞着酱油瓶叫嚣着的女孩。

"我已经通知了人，马上就会有人过来！"苏若璃仰着头，像是母鸡般挡在躺在地上浑身是伤的少年面前，大声地嚷嚷，没办法，总不能在气势上给比了下去。

"算你小子走运！"为首染着一头黄发的男生朝地上狠狠啐了一口，嘴里骂着些不堪入耳的话，带着其他几个男生匆匆离去。

苏若璃像是泄了气的充气娃娃般软软地靠在墙上，捂着胸口，长长地吐出了一口气，全然没了刚才的气势，颤抖着打开手中瓶子的瓶盖，张口便灌了下去，下一秒，"扑哧"一下全喷了出来。

"哈哈哈。"旁边的男生撑着残破的身体夸张地笑了起来。

"喂！你还笑！"苏若璃苦着张脸，咳出嘴里残留的酱油，有些委屈地说，"还不是为了救你。"接着，不甘心地朝男生挥了一拳。

男生吃痛地捂住脸，看着苏若璃："我是伤员哪，你还让我伤上加伤，哪有人喝酱油的？这本来就很搞笑嘛！"

苏若璃自知理亏，张了张嘴，想说什么，却又咽下。

"起来！"

"做什么？"男生疑惑地眨眨眼。

"去卫生所啊！你这个样子，不赶快处理，后果很严重的！"苏若璃无奈地翻了翻白眼，伸山一只手，"来，肩膀借你一用。"

若你离去，后会无期

淡淡的月光，透过巷弄的围墙，斜斜地照在女孩的身上，一瞬间，面前的女生像是被安上了天使的翅膀般，耀眼得有些迷离。

周世宇将手又叠放在那只柔弱的小手上，借着力将半个身子的重量靠在她身上，温热的气息透过薄薄的布料细细传来，鼻翼间全都是女孩身上特有的香气。沐浴阳光后的味道。他偏过头，看见女孩长长的睫毛，心里突然一片温暖。

是多胆小的女生他知道，可刚刚，她却义无反顾地冲了出来。也不知道她是用了多大的勇气，紧张得连手都在颤动。已经多久了呢，没有一个人，可以像她这样不带任何心机与欲望，单纯地待他，对他好。

"我叫周世宇。"

"啊？"苏若璃疑惑地转过头，与男生的脸近在咫尺，惹得她脸上迅速一片通红。

"我说我叫周世宇！"周世宇有些好笑地看着女孩红透了的脸，重复了一遍。

"哦，我……我叫苏若璃。"

"很好听的名字啊！"

"是吗？"苏若璃心不在焉地应着。

其实，一直都不是很喜欢自己的名字，苏若璃，疏离，总觉得太过悲凉，像是什么预兆般，隐隐地令她有些不安。

只是，这个叫周世宇的男生说好听，她怎么觉得不是那么讨厌了呢？

昏黄的路灯静静地泼洒在地上，将两个人的影子拉得老长老长。这条路，仿佛也跟施了魔法般变长起来。一眼望去，竟看不到尽头。

4

生活还是一如往常，每天早晨吃过早饭后和顾思南一起上学，然后是枯燥的文化课程，有时老师心情好不定时地来次检测。同以前一样，常常弄得她措手不及。下午六点放学，从教学楼到校门口的那段路上，苏若璃总是会忍不住挺直胸膛，和女伴高谈阔论时，眼睛却是在人群中来回扫视，心中隐约期盼着可以与某个人不期而遇。

脸颊上那温热的触觉还存在着，只是，那个人就像是人间蒸发了般，竟一次也没有见过。这让苏若璃有些恍惚的觉得，自己不过是遭遇了一场幻觉。

偶然间在下课时听见周世宇这个名字，循声看去，是一群女生围在一起兴奋地讨论着什么。于是，不自觉端正了身体耳朵微微竖起来。

"是很帅啊，尤其是笑起来的样子。"

"对啊，成绩又好，还是学生会主席呢，不过，听说他父亲因贪污被判入狱，也不过是半年的事。"

"听你这么说，我觉得他肯定也是那一类人，有其父必有其子嘛。"

"就是。"

啪——

女孩们被重重的摔书声吓了一跳，转身看过去时，才发现是一向平易近人的苏若璃，木着一张脸，愤愤地看着她们。

"在别人背后说这些话，不会觉得很可耻吗？"苏若璃仰起头，气愤地丢下话，然后在女生们诧异的目光中，摔门离去。

坐在前排的顾思南，若有所思地看着这一幕，眉头微微地皱了起来。

这天放学，苏若璃破天荒没有等顾思南，一个人早早便出了校门，行走在回家的那条种满梧桐树的小道上。梧桐树的叶子都已经开始变黄，路过时，常常会有一两片梧桐叶缓缓地从天而降，落在地上，久了，地面就像是铺了一层金黄色的地毯般，走在上面，会发出"沙沙沙"的声音。

苏若璃停下脚步，靠在树干上，微微闭起眼，发出一声不易察觉的叹息。想起早上那些女生的话，心里突然没来由地难过起来。

那样一个男生，应该是个好人吧？否则也不会送晕过去的她到医务室，而且奶奶曾经告诉她，通过人的眼睛就可以看出一个人的心，而那个人，眼睛就像是玻璃般，干净透明，怎么可能是坏人呢？

纤长的十指轻轻划过崎岖的树干，一声叹息，再一声，仿佛连树都跟着叹息起来。掉落了一地枯黄。

5

日子就这样无声无息地在指间滑过，寒假到来时，苏若璃心血来潮地报名参加了市里举行的爱心活动，是去郊区的一家养老院做义工。

其实一开始只是说说而已，真正决定去做，是因为受到了顾思南不相信的打击，用他的话来说："你这么一个自己都照顾不了自己的人，又怎么可能照顾得了别人？"于是，苏若璃气急败坏地大笔一挥，没想到就被选中了分配到这里。

和她一起来的还有三个人，听说有一个还是她们学校的，她们要在这里过上整整一个寒假，连春节都要在这里度过。

若你离去，后会无期

第一天，苏若璃就一觉睡过了头，醒来时，已经超过了规定时间一个小时。匆匆忙忙穿戴整齐后，急忙跑到活动中心，才发现里面仅仅只有一个人手忙脚乱地穿梭在一群老人中间。

也就是说，另外两个人，也同她一般，睡过了。

整理了一下身上的衣物，苏若璃推着门口的早餐车一脸灿烂地开始向每位老人分发早点："请慢用！"

不远处先来的那个人听见声音，感激地回头朝苏若璃露出一个友好的笑容，然后两个人都张大了嘴惊讶地看着对方。

"苏若璃？"

"周世宇？"

"真是没想到啊！"

分发好所有的早点后，苏若璃坐在门口的台阶上，捧着一碗热气腾腾的小米粥，一脸不可思议地看着身旁大口大口喝粥的男生，啧啧地摇了摇头。

"彼此彼此。"男生头也不抬地说，喉咙里发出咕噜咕噜的声音。

"现在看来，你也并不坏嘛！"轻笑着抿了一口粥，苏若璃很是诚恳地说。

"本来就不是！"满足地喝完最后一口，周世宇看了一眼苏若璃依旧不见动静的碗，撇撇嘴，"你是在数米粒吗？"

"啊？"

"要像这样。"说着弯下身，在苏若璃茫然的目光中，就着苏若璃手中的碗"呼哧"一下喝了一大口。

苏若璃傻傻地看了看手中的碗，又看了一眼笑得一脸单纯外加期待的周世宇，缓缓低下头，学着他的样子，"呼哧"一下，喝了一大口。

"对嘛，就是这样，你快点儿，吃完了还要打扫房间呢，我先去仓库拿些用具，你就在这里等着我！"说完，他便朝后院跑去，长长的风衣被风扬起，又落下。

苏若璃一眨不眨地盯着青瓷碗的某个部位，想起周世宇弯腰喝粥的样子，脸上渐渐浮起几朵红云，不过是共用一只碗而已，没什么大不了的，可是……

她有些懊丧地扯了扯自己的头发，自己怎么会因为这脸红心跳想入非非呢？

6

一晃两个星期过去了，再过几天就是春节。这段时间里，妈妈和顾思南偶尔会打电话来询问一番，无非就是"过得好不好""伙食怎么样""坚持得了吗"这一类的，她也已经习惯了像个小尾巴般跟在周世宇屁股后面，成了他名副其实的小跟班，毕竟，在这个陌生的地方，遇见了认识的人，当然会不自觉地依赖他。

工作之余，最常看见的就是在一番言语调戏后，长头发的娇小身躯挥舞着扫帚、木棍之类的东西追着哇哇乱叫的男孩子满院子乱跑，惹得一群豁了牙的老人抿着嘴开心地笑着，感叹年轻人旺盛的生命力，仿佛连心情也跟着好了起来。

除夕那天，是在和周世宇争夺饺子中吃完年夜饭的。饭后，同桌的一位患有阿尔茨海默病的老太太拉着周世宇的手一口一个孙子地叫着，硬是要他给表演一段十几年前流行于孩子间的鸭子舞。

苏若璃阴笑着在一旁煽风点火："要你跳你就跳呗，不是跳得很不错吗？"

就在周世宇瞪着苏若璃把牙齿咬得咯咯作响时，老太太眯着混浊的双眼将目光移向了苏若璃，然后恍然大悟地说："啊，这不是老王的孙女吗？上次六一儿童节不就是你和我孙子一起表演的吗，来，来，刚好再跳一次给奶奶看。"

这回轮到周世宇兴灾乐祸了。

于是，在老太太期盼的眼神以及几百双眼睛的注视下，苏若璃和周世宇双双红着脸，站在人群中央，笨拙地扭动着身体，目光相撞时，总会极不自然地迅速避开。

宴会结束后，已是深夜，等所有人都离开后，周世宇自告奋勇地要送苏若璃回宿舍，理由是天这么黑，地面又结着冰，怕苏若璃一个人的话会不小心滑倒在地，然后由于无人发现，一直忍着冻到天亮，苏若璃本来是想反驳一下他这个牵强的理由，可话到嘴边又咽下去，轻轻地点了点头。

一路上，两个人都沉默着，苏若璃低着头，突然感到一片冰凉的液体轻轻地覆盖在她裸露的皮肤上，抬起头，就看见天空下起了雪，今年的第一场雪，簌簌地纷扬而下，于是，记忆就像是一块黑色的幕布般，忽然被推放了下来。

"五岁的时候，是这样一场雪。"苏若璃突然开口，眼睛没有任何焦点地看向远处的某个方向，"爸爸开车出去后就再也没有回来，他的车在经过盘山公路时，从上面翻下了山沟，六天后才被人发现，我到现在都记得爸爸最后的样子。我想，若是有人可以早点儿发现的话，爸爸……也许就不会死了，从那之后，妈妈就带着我搬走了，过去的房子，再也没有回去过。"

雪渐渐地大了起来，来不及化去的雪花安静地覆盖在两个人的身上，白蒙蒙的一片，周世宇不说话，只是伸出手将苏若璃冰凉的手紧紧包裹在手心，握紧，再握紧。在听见女孩压抑的哭声后，他的心像是被针扎了一下似的，也跟着难过起来。

若你离去，
后会无期

"老房子啊，苏若璃其实很想回去吧……"

少年的声音轻轻的，像是呓语般，看着身边的女孩幽幽吐出："毕竟，那里有过那么多美好的记忆。"

"明天，我陪你，回去……"

7

雪下了整整一夜，到第二天清晨，整个世界都像是被某人神奇地粉刷过一样，映满眼帘的，是白皑皑一片。

想到昨晚，周世宇那温柔如天使般的声音让自己觉得不过是一个冗长的梦。只是，被急促的敲门声惊醒后的苏若璃，在耷拉着哭肿的眼皮看见门外一脸愤恨的男生后，立即清醒了一大半，于是，便在男生"不是说好的吗！你怎么还睡得这么死"诸如此类带着加强语气的惊叹号的抱怨中匆匆穿戴完毕，之所以没有同往常一样，和他争个你死我活，是因为觉得有愧于他，毕竟，人家是因为她，站在呼呼的寒风中，吹了那么久。

"我们出发吧！"露出一抹自认为迷死人的笑容，苏若璃很是开心地说。

周世宇上下打量了会儿苏若璃裹得像个球似的身体，从喉咙中发出几声怪笑："有必要吗？怕别人不知道你就是个球吗！哼哼。"

"周世宇！"

"怎么？"

"你真的很欠扁耶！"

走过几条街搭33路公交车，由于是初一，乘车的人比往常要多得多，站在车尾靠窗的地方，周世宇很自然地用自己的身体围成一个小小的空间，将苏若璃围在其中，带着体温的微热呼吸有规律地轻轻吐在苏若璃遮住额头的刘海上，紧接着，穿透她的皮肤，顺着血管，一直流，流到心脏的位置。像是忽然吹过的温润春风，所有人，包括苏若璃自己，都没有注意到她嘴角悄悄扬起的那抹微笑。

颠簸了近一个小时，车子才停在一处老城区，两个人拖着已经僵硬了的双腿沿着路走了好久，才在路人的指引下站在一处已破败得不成模样的院落门口。熟悉的橘红色院墙已经倒在地上，雕花的铁栏残破地扭曲着"身体"，深埋的积雪中隐约可以看到露出枯败枝丫的植物，女孩眼中的神采渐渐地暗淡了下去。

"还是来晚了啊。"苏若璃回过头，朝周世宇苦涩地笑了笑，疲惫地蹲了下来，"不过，还是要谢谢你，谢谢你在这里还没有完全消失前带我来这里，否则，我一辈子都不可能有勇气回来。"

"苏若璃,很想念爸爸吧。"苏若璃应声抬起头,看见一只厚实的手递到自己面前,手的主人一脸痛心地说,"我请你吃肯德基,任你点。"

随后,在长江路肯德基店内,苏若璃狮子大开口地点了一桌子东西,然后特阴险地看着周世宇痛心疾首地跟人民币说再见的样子贼笑,满足地喝下大大一口热咖啡。

"你好毒!"憋了半天后,周世宇终于从牙缝中挤出这三个字。

"哈哈哈,最毒妇人心嘛。"

周世宇张了张嘴,正要说些什么,却被突如其来的手机铃声打断,没好气地接起后,脸色"唰"地一下变得苍白,然后,什么话都没有说,便忽然跑了出去,很快消失在人群之中,留下苏若璃一个人张大着嘴巴,不可思议地看着这突如其来的转变。

就这么走了……

那自己是要在这里等他回来吗?苏若璃看了看满桌子的食物,哀号着叹了口气。

城市的夜,是灯的世界,各式各样的灯变换着姿态攀附在各幢大楼的外部闪耀,商业大厦的钟刚刚敲完第十下,苏若璃的面前摆放的是已经续了不知道第几杯的咖啡。

肯德基内的店员走过来,抱歉地说:"不好意思,小姑娘,我们要关门了,所以……"

苏若璃静静地拿起身边的背包,低着头越过店员,跑出肯德基,在热闹的步行街上,顺着人流,没有方向地走着。

真是可恶的人啊,怎么可以丢下她一个,让她等这么久?垂下的长发遮住了面庞,就连急促流下的泪也被隐藏在昏黄的路灯之中,被风吹散,散落在繁华的都市夜,不见踪影。

不知道自己是怎么回到养老院的,也不知道是怎样度过剩下的那一个星期,就连院里的老人,都对这突然的安静满腹疑惑。

周世宇是在义工活动结束的那天出现的,遇见苏若璃时,欲言又止,在看见女孩一脸陌生淡然的表情后黯然地一个人背着包离开。苏若璃这才将目光移向那个越走越远的单薄身影,失望地咬了咬嘴唇,坐上了回家的车。

8

之后便是漫长的假期。

新学期开始后,一向不喜欢参与校内事务的苏若璃,破天荒地通过顾思南在学生会

若你离去，后会无期

谋取了一个小小的文艺部部长的职位。成天有事没事总喜欢往学生会跑，热心地包揽了会内大大小小的琐事。惹得顾思南怀疑地说："你这样，让我觉得你是为了什么企图而来的。"

"才没有……"

真的是没有吗？连反驳都显得底气不足。不是没有问过自己，为什么要跑来这里做这些烦琐又程式化的工作，开始也会安慰自己说是为了让自己有更多的学习机会。可是，这样的辩解连自己都觉得牵强。

口是心非。

如果是为了学习，那为什么总是会在学生会的每个角落寻找那个人的身影？为什么每次在寻不见他后，会觉得心里空落落地难过？为什么总是会在周末一个人在空荡荡又阴森的学生会里从天亮坐到天黑？

为什么，为什么？

是想见他一面吧？想问问他那天为什么要丢下她一个人，想听听他的解释。哪怕是回答"我忘了"，也没有关系，只是，那个人却一点儿机会也不给她，三个多月了，竟一次也没有遇见他。

五一长假，照例在学生会待到天黑才回家，坐在沙发上无聊地捡起丢在一边的《戍陵日报》翻看，时事版面，醒目地印着几个楷体大字——×官员除夕夜畏罪自杀于牢中。占了大半个版面的文章下附了一张照片，如平常一样扫过去时，苏若璃却震惊得瞪大了双眼。

纷乱的人群中，她一眼就看见了站在人群背后的周世宇，疲惫消瘦的周世宇，伤心难过的周世宇，一瞬间，所有的不解通通都明了了。肯德基那天他苍白的脸，还有义工活动结束时的单薄身影，他一定很难过吧。可她，却什么都没做。

"璃璃！要吃饭了！你去哪儿？"

丢下报纸，苏若璃连鞋都没换，发了疯似的冲了出去，丝毫没有理会身后母亲的叫唤。

听见响声出来看看发生了什么事的顾思南，只来得及捕捉到女生眼睛里纷涌而出的泪水。然后，跟着那抹身影追了出去。

周世宇，周世宇。不知道该去哪里找他，只能盲目地寻找着自己所能想到的每一个地方。医院，公园，网吧，旅店。最后，终于在市中心广场上体力不支地跪倒在地。

鞋子早就在奔跑的路途中不见，也不知道摔了多少跤，手臂、膝盖上也都是些青紫色的瘀痕。

周世宇，我是不是再也见不到你了呢？

苏若璃难过地低下头，伏在双膝间哑哑地哭了出来。

"傻瓜，又被谁给欺负了呢？"熟悉的声音在头顶响起，她惊讶地抬起头，模糊的泪眼中，看见的是一张疲惫却温暖的笑脸看着她微笑。

"坏蛋……"苏若璃咬着嘴唇，像是个得不到糖的孩子，不顾路过行人诧异的目光，哭得不可抑制。

"对不起。"周世宇弯下身将苏若璃紧紧地环在怀中，附在她的耳边，轻轻地吐出三个字，然后渐渐加紧了拥抱的力道。

昏黄的灯光静静地洒在两个人身上，好像所有的一切都在顷刻间失去了颜色，只剩下路中央的两个人，拥抱着属于自己的世界。站在人群中的顾思南，握了握手中的红粉猪拖鞋，带着落寞的眼神，静静地转过身去，很快就消失在人群中。

"爸爸是被人陷害的，我和妈妈一直都在为他寻找减刑的证据而奔波，可是，他没有等到我们就在痛苦中选择了自杀。"

"现在妈妈也因受了刺激，不能说话，不能动，所以，我必须要撑起这一切，照顾好妈妈。"

随周世宇一同去了他租在贫民区中简陋的房子，手忙脚乱地准备了简单的两菜一汤，亲自拿着勺子一口一口喂着坐在床上像个木偶似的周妈妈，和周世宇一起去公共水池洗碗。就好像回到了在养老院的那些日子，单纯地开心着。

这是不是就叫作喜欢呢？

9

日子开始变得平淡且幸福，每天从自己家中做好了早点送去周世宇那儿，然后一起打闹着去学校，周末会在他的家中陪伴沈阿姨一整天。关于两个人的流言也以光速传播开来。

询问当事人，也只是微笑着言辞闪烁。两个人的关系，就这样一直暧昧着，不进一步，却更亲密。

直到有一天，苏若璃像平常一样，拎着从自己家中带来的小点心，哼着小曲儿去找周世宇时，发现平时冷清阴暗的小巷，此刻却围满了人。人群外，还停着一辆警车和救护车。

**若你离去，
　后会无期**

"真是恐怖呢，流了那么多的血。"

"现在的记者就是三八，人都死了还非要来打扰别人的生活，就算出了事也是自找的。唉，可就是可怜了那个孩子。"

"是啊，虽是无心，可毕竟人是他推倒的。"

一个男人被架在担架上软软地抬了出来，紧跟在后面的，是头发凌乱的周世宇，被警察押着的周世宇。

苏若璃手中的盒子就这样掉在了地上，一直低着头的少年突然抬起头来，迷茫的双眼中透着一丝惊恐。

他们怎么可以这样对他？怎么可以把他当犯人一样押着？苏若璃拨开人群冲了过去，死死地抱住周世宇单薄的身体，泪水一滴一滴砸在他颤抖的身体上。

警察们冲上来拽开苏若璃，可她却像是电视上的泼妇一样，不停地踢打，撕咬，就是不让他们靠近周世宇。

"你们走啊！走啊！为什么这么对他！"少女声嘶力竭地哭喊着，让在场的人看见这一幕后，都不禁跟着难过起来。

"璃璃！"一直没有说话的周世宇突然叫道，抓住苏若璃胡乱挥舞着的双手，捧着她的脸，说，"璃璃，你乖，别闹了，好不好，替我好好照顾妈妈，懂吗？"然后推开苏若璃，飞快地跳上了警车，旁边的警察也紧跟着跳上车，迅速发动。

"周世宇！"

回过神来的苏若璃哭喊着跟在车后追着，而车内的周世宇，始终不曾回头，也没有让人看见，从他眼里滑落下来珍珠似的泪。

那个记者的头撞到了青石板上，虽然保住了性命，却成了植物人。而周世宇，则被判四年有期徒刑。这些都是苏若璃后来才知道的。

没有人告诉她周世宇去了哪里，警察也只是说被送去别的地方改造，至于什么地方，是上面决定的，他们也不清楚。

那段时间里，苏若璃几乎找遍了市内所有的看守所，甚至连邻近的几个市也都去寻找过，而顾思南则一直陪伴在她的左右，给她安慰。他什么都不说，可是他什么都知道。因为是苏若璃，所以他心甘情愿地帮她圆谎，和她一起照顾孤独的周妈妈。

后来，苏若璃终于停止了漫无目的的寻找，只是像变了个人似的，安静得出奇，不爱说话，不爱笑。成天埋在成堆的习题中，不给自己留一点儿余地。

街道上的梧桐黄了又落，落了又黄。新建的城区因为需要，移走了这些生长了十几年的梧桐，换上了常青的香樟。移树的那天，苏若璃一个人站在弥漫着清香的香樟树间哭了很久。

不远处垂手而立的男生仰着头吐出了长长一声叹息，一下子便被风吹散开来。

六月之后，顾思南带着苏若璃去了外地的一所大学，以为远离了这座城市，就远离了悲伤。大学的生活亦是平淡无奇，拒绝了所有社团的邀请，独来独往，没有一个朋友。好像心中再也没有了喜怒哀乐。但只有自己知道，不是这样的。

她把自己锁在了周世宇被带走的那天，不愿离开，也不让别人靠近，久了，便不知道该怎么去和别人相处。

心里到底是痛的吧，有多痛呢，她也算不清。

时间在弹指间掠过，大四那年放假回家，去看周妈妈时却发现那片居民区在短短的几个月内就被夷为平地。而周妈妈，自然也是不见了。她竟然连周世宇最后的交代都没有完成，那么，她又该怎么再去面对他呢？像是晴天霹雳般，苏若璃无力地站在一片废墟之中，看着顾思南，泪眼模糊。

有路过的人认出她，告诉她多年前的那个男生几个月前就回来了，带着他的母亲不知道去了那里。

一瞬间，心里的喜悦和难过充斥了整个身体。

喜悦是因为周世宇平安地回来了，难过是因为他回来却不见她。他难道不曾想过她吗？又或者，这些年里，他早已将她忘记？

他们会不会像所有小说中描写的那样，她和他再也不见？

她不知道。

10

大学毕业后，苏若璃在报社工作，跑社会新闻。成天跟着一群人天南地北地到处奔波。住过窑洞，上过雪山。别人对她一个女孩子做这种工作表示不解，只有她自己知道，选择这份工作，是为了可以多跑些地方，寻找周世宇。这一找，就是三年。

也许是由于年纪和工作的原因，她渐渐变得开朗起来，却依旧拒绝与别人更深一步的交往。包括一直守在她身旁，度过这么多个春秋还是一如既往待她的顾思南。

很多人笑自己傻，连自己也会自嘲。可是，那个人，那张脸，始终霸占着她的心，任时光飞逝，也挥之不去。

七月，是一年中最热的时候。苏若璃和她的工作伙伴要在这个时候采访生活在死亡边缘的人，河北小煤矿的矿工们。

若你离去，后会无期

采访完毕，一群人坐在煤矿边喝水休息。苏若璃仰头的一瞬间看见矿洞内走出的一个推着车的人，忽然就怔了。

"周世宇！"

人们目瞪口呆地看着那个漂亮的女记者哭着投进一个矿工的怀中，不去在意他身上的煤渍与汗水，像是怕他下一刻就会随着阳光消失一样，紧紧地搂住他。

有多少年了呢，她等了那么久也痛了那么久，终于还是让她遇见了不是吗？这一次，她再也不要放手。

废弃的矿井边，苏若璃坐着，周世宇蹲在地上抽着劣质的香烟。皮肤晒黑了，也瘦了，胡楂杂乱。本以为是此生不会再见的人，此刻却活生生地出现在他的面前，他该以怎样的面貌去对她？

不是不想她，不是不爱她，是自己没有能力给她一切。从狱中出来后，没有学校和公司愿意接纳他。于是，沦落为天天与死神打交道的矿工。才几年而已，他就变成了现在这副模样。

连自己都嫌恶自己。

乡巴佬。

"我们结婚吧。"苏若璃走过来，蹲在他面前，拉着他满是老茧的手，看着明亮如昔的眼睛一字一顿地说，"就算辛苦点儿也没有关系，我们重新开始，可以吗？"

爱到卑微，就是这个样子吧，自尊什么都可以不要，只要他在她身边，愿意陪她走完剩下的人生路程，就好。

周世宇静静地看着她，没有说话，半晌，扔掉烟头，转身便走。

"周世宇！"苏若璃大声地叫了出来，不顾四周投来的诧异目光，带着哭腔说，"你有没有喜欢过我？"

周世宇顿住了身子，背对着她，终于开口："不许再想我，不许再喜欢我！"然后，加快了脚步，头也不回地消失在苏若璃的视野里。

阳光沿着山脚缓缓下沉，残阳如血。如血的亮光中，苏若璃盯着远处渐渐看不见的身影，泪流满面。

七个小时后，回到市里。

八个小时后，回到家中。

十个小时后，接到报社电话，说他们采访的那个煤矿发生了塌陷事故，所有人都逃了出来，只有一个人被埋在井底。

那个人，叫周世宇。

周世宇。

苏若璃突然间有些害怕地想,或许所有人都可以逃出来,只有他不想逃,选择用这种方式,永远离开……

两天之后,苏若璃再次回到煤矿,作为遇难者家属去处理后事。一名矿工,见到她时,欲言又止,最后从口袋中掏出一张已经泛黄的照片递给她。

是多年前,当他们还是小孩子时在养老院的照片。照片上的苏若璃歪着头,对着镜头开心地笑着,天空中呼啸而过的飞鸟,也一起被定格在那一刻。

再也回不去。

后来,苏若璃嫁给了守候自己多年的顾思南,带着周世宇的母亲,回到了家乡。

再后来,生下了一个女儿,起名念宇。

11

也许很多年以后,真的是很多年。苏若璃的头发都已经花白,她得了严重的阿尔茨海默病,忘记了很多东西,甚至连自己的女儿都不认得,她常常坐在院落里,混浊的双眼盯着院外一群嬉戏的小孩子。

阳光,一如当年,寂静无声。

面前的小女孩,突然转过身来,挥舞着拳头追打着身后的小男孩。

苏若璃有一瞬间的恍惚,双眼变得迷离起来,然后眼泪没来由地落下来。

忘记是多少年了。十年,二十年,还是三十年?

时光像是流水般缱绻湮没了那段关于青春的记忆。哗啦啦,哗啦啦,静静地沉淀在不为人知的角落。

只剩思念,绵远……

——本季完——

意林品牌书系推荐

意林女生文学·《小小姐》品牌书系 中国女生文学第一品牌，纯正、阳光、向上，优质女孩必选文学读物

萌灵小说系列
《悠莉宠物店Ⅰ》　　　　　　　　18.80
《悠莉宠物店Ⅱ》　　　　　　　　18.80
《悠莉宠物店Ⅲ》　　　　　　　　19.90
《悠莉宠物店Ⅳ》　　　　　　　　19.90
《悠莉宠物店Ⅴ》　　　　　　　　19.90
《悠莉宠物店Ⅵ（大结局）上》　　19.90
《封印之书·九尾狐》　　　　　　19.80
《封印之书·独角兽》　　　　　　19.80
《玛丽晴异闻录》　　　　　　　　19.90
《薇妮天使旅行》　　　　　　　　19.90
《苍岛有风①·人鱼过境》　　　　19.90
《萌物委托社①世外萌龙天然呆》　22.80

冒险励志系列
《迷藏·海之迷雾》　　　　　　　18.80
《迷藏Ⅱ·月影迷踪》　　　　　　19.90
《迷藏Ⅲ·幻梦迷城》　　　　　　19.90
《花与梦旅人Ⅰ》　　　　　　　　19.80
《花与梦旅人Ⅱ》　　　　　　　　19.90
《花与梦旅人Ⅲ》　　　　　　　　19.90
《花与梦旅人Ⅵ（大结局）》　　　19.90
《花与守梦人①·大公的苏醒》　　19.90
《花与守梦人②·占星师的眼泪》　19.90
《萌侦探纪事Ⅰ》　　　　　　　　18.80
《萌侦探纪事Ⅱ》　　　　　　　　19.90
《萌侦探纪事Ⅲ》　　　　　　　　19.90
《萌侦探纪事Ⅳ（大结局）》　　　19.90
《迷宫街物语》　　　　　　　　　19.80
《艾蜜儿宇航日记》　　　　　　　19.90

幸福蔷薇系列
《蔷薇少女馆Ⅰ》　　　　　　　　18.80
《蔷薇少女馆Ⅱ》　　　　　　　　18.80
《蔷薇少女馆Ⅲ》　　　　　　　　19.80
《蔷薇少女馆Ⅳ》　　　　　　　　19.80
《蔷薇少女馆Ⅴ》　　　　　　　　19.90
《蔷薇少女馆Ⅵ》　　　　　　　　19.90

浪漫古风系列
《七寻记Ⅰ》　　　　　　　　　　18.80
《七寻记Ⅱ》　　　　　　　　　　19.90
《七寻记Ⅲ》　　　　　　　　　　19.90

果绿年华系列
《蝴蝶飞过旧时光》　　　　　　　19.80
《第一女执政官》　　　　　　　　19.90
《风之少女琪琪格》　　　　　　　19.90
《霓裳小千金》　　　　　　　　　19.90
《两生花开时》　　　　　　　　　22.00
《风云俏萝莉》　　　　　　　　　19.90

月舞流光系列
《前方江湖请绕行Ⅰ》　　　　　　19.90
《前方江湖请绕行Ⅱ》　　　　　　19.90
《前方学院请绕行Ⅲ》　　　　　　19.90
《三色堇骑士之歌》　　　　　　　19.90
《守望彼岸星海》　　　　　　　　19.90

萌淑女驾到系列
《萌淑女驾到之美女训练营》　　　19.80
《萌淑女驾到之天使候补生》　　　19.80
《萌淑女驾到之人鱼的信奉》　　　19.90
《萌淑女驾到之天鹅公主成人礼》　19.90

星愿大陆系列
《星愿大陆①·天命巫女》　　　　19.90
《星愿大陆②·白银蔷薇》　　　　19.90
《星愿大陆③·幻月手杖》　　　　19.90
《星愿大陆④·永恒星钻》　　　　19.90
《星愿大陆⑤·夜之王子》　　　　19.90
《星愿大陆⑥·晨光微曦》　　　　19.90
《星愿大陆⑦·琉光暗影》　　　　19.90

浪漫星语系列
《处女座：完美年华初相见》　　　20.90
《天蝎座：假面黑桃Q》　　　　　20.90
《双子座：闯进你的孤单星球》　　20.90
《巨蟹座：追梦的水晶鞋》　　　　20.90
《天秤座：优雅走过下雨天》　　　20.90
《白羊座：裙摆是花开的地方》　　20.90
《摩羯座：寄给青春一座城》　　　20.90
《双鱼座：浪漫满分灰姑娘》　　　20.90
《金牛座：微笑天使倔强心》　　　20.90
《狮子座：再会，骄傲小时光》　　20.90
《水瓶座：星光偶像少年蓝》　　　20.90

淑女风尚馆·气质养成系列
《我要我的淑女范儿》　　　　　　18.80
《优雅女孩的秘密》　　　　　　　18.80
《清新森女在路上》　　　　　　　18.80
《俏女孩的甜美主义》　　　　　　18.80

小MM迷你爱藏本
《蝴蝶停在十六岁》　　　　　　　18.80
《焦糖玛奇朵天使咒》　　　　　　18.80
《那一年，花开半夏》　　　　　　18.80
《雨季微凉时》　　　　　　　　　18.80
《只穿一天公主裙》　　　　　　　18.80
《月色银蔷薇》　　　　　　　　　18.80
《傲娇公主的美丽回旋》　　　　　18.80
《花田明月照年少》　　　　　　　18.80
《亲爱的小气鬼》　　　　　　　　18.80
《青春如诗，静谧花开》　　　　　18.80

重磅作家系列

书名	价格
《薄荷香女孩》	19.80
《不说再见好吗（上）》	17.90
《不说再见好吗（下）》	17.90
《风走过树林》	17.90
《忆棠的夏天》	17.90

唯美新漫画系列

书名	价格
《钢琴小淑女（第一季）》	17.90
《钢琴小淑女（第二季）》	17.90
《钢琴小淑女（第三季）》	17.90
《钢琴小淑女（第四季）》	17.90
《最佳女主角（第一季）》	18.80
《七寻记·鎏金龙纹镯（漫画版）》	15.00
《七寻记·夔龙黄玉佩（漫画版）》	15.00
《天鹅座·鹅黄》	18.80
《天鹅座·柳青》	18.80
《天鹅座·冰蓝》	18.80
《天鹅座·禧红》	18.80
《天鹅座·蜜粉》	18.80
《天鹅座·浅紫》	18.80

绘色缤纷系列

书名	价格
《淑女绘·花的学校》	22.00
《淑女绘·童话诗人》	22.00
《淑女绘·雪花的快乐》	22.00

日光倾城系列

书名	价格
《巧克力色微凉青春Ⅰ》	20.90
《巧克力色微凉青春Ⅱ》	20.90
《浅蓝色时光舞步Ⅰ》	20.90
《女生宿舍Ⅰ·南栀向暖》	20.90

纯美小说系列

书名	价格
《少女果味杂志书①：甜心草莓号》	14.80
《少女果味杂志书②：蜜桃慕斯号》	14.80
《少女果味杂志书③：焦糖布丁号》	16.80
《少女果味杂志书④：香草海绵号》	16.80
《少女果味杂志书⑤：可可森林号》	18.80
《少女果味杂志书⑥：果果米苏号》	18.80
《少女果味杂志书⑦：香橙泡芙号》	18.80
《少女果味杂志书⑧：樱桃芝士号》	18.80
《少女果味杂志书⑨：蓝莓布朗号》	18.80
《少女果味杂志书⑩：薄荷方糖号》	18.80
《少女果味杂志书⑪：樱花紫苏号》	18.80
《少女果味杂志书⑫：柠檬红茶号》	18.80
《少女果味杂志书⑬：红豆奶昔号》	18.80
《少女果味杂志书⑭：芒果西多号》	18.80

蝴蝶蓝系列

书名	价格
《蝴蝶蓝（第一季）·千面桃花姬》	19.90
《蝴蝶蓝（第二季）·紫莲山庄》	19.90
《蝴蝶蓝（第三季）·落跑小郡主》	19.90

班花朵朵系列

书名	价格
《班花朵朵①·我是艺术生》	20.90
《班花朵朵②·电影初体验》	20.90
《班花朵朵③·偶像保卫战》	20.90
《班花朵朵④·追梦交换生》	20.90

现在是女生时代系列

书名	价格
《现在是女生时代！》	28.80
《现在是女生时代！②·我们闺蜜吧》	28.80
《现在是女生时代！③·女生都是小怪物》	28.80

小MM六周年主题书

书名	价格
《淑女王冠》	29.80

欢乐联萌系列

书名	价格
《养只萌呆镇镇宅①》	19.90
《养只萌呆镇镇宅②》	19.90
《养只萌呆镇镇宅③》	19.90
《养只萌呆镇镇宅④》	19.90
《养只萌呆镇镇宅⑤》	19.90
《萌师上线，顽徒请签收①》	19.90
《千金当道（一）》	19.90

天使在身边系列

书名	价格
《路过心上的哈士奇》	20.90
《当心！浣熊出没》	20.90
《萌动之森①·雪地精灵伶鼬》	20.90

公主天下系列

书名	价格
《清河公主·洙宛传》	22.80

小MM花漾青春版

书名	价格
《少女说①·花醒了》	22.80

极致小清新系列

书名	价格
《女孩子的清甜小说绘①·淡白栀子号》	20.90
《女孩子的清甜小说绘②·浅草茉莉号》	20.90

《意林·轻小说》·轻文库品牌书系　　引领校园小说阅读新潮流

绘梦古风系列

书名	价格
《公主驾到》	23.80
《花颜错》	23.80
《山寨世家》	23.80
《倾世迷迭书》	23.80
《凤九卿（一）》	23.80
《凤九卿（二）》	23.80
《凤九卿（三）》	23.80
《凤九卿（四）》	23.80
《凤九卿（五）》	24.80
《凤九卿（六）》	24.80
《美人千千泪西楼》	23.80
《郡主驾到·壹》	24.00
《郡主驾到·贰》	24.00
《木兰帝（上）》	23.80
《木兰帝（下）》	23.80
《俏娇小仙闹皇宫》	23.80
《连城赋（上）》	23.80

恋之水晶系列		暗影迷踪系列	
《致淡玫瑰色的你》	22.80	《终极推理事件簿》	22.80
《宁负流年不负君》	22.80	《超级学园探案密码》	22.00
《世界第一的假面殿下》	25.00	新炫武侠系列	
《脱线萌星易容记》	25.00	《邻家武圣》	23.80
《指尖花凉忆成殇》	22.00	星光璀璨系列	
《欢歌犹在意微醺》	22.00	《轻星球·仙女星云号》	19.80
《见习保镖呆呆兽》	25.00	灵气少女系列	
《可可少女梦想纪》	25.00	《星有灵犀遇见你》	20.80
《后天男神Ⅰ》	25.00	《萌熊改造计划》	20.80
《后天男神Ⅱ》	25.00	《守护极速甜心》	20.80
《后天男神Ⅲ》	26.80	《元气星女倾城记》	20.80
《世界第一的公主殿下Ⅰ》	23.80	《公主病》	20.80
《世界第一的公主殿下Ⅱ》	23.80	轻舞飞扬系列	
《挥手告别小时光》	23.80	《毛毛熊的浪漫樱花雨》	19.80
《少年站在云之彼岸》	23.80	《发梢轻绾茉莉香》	19.80
《我的青春,以你为名①偶像来了!》	23.80	《迷迭香在青春里绽放》	19.80
奇幻仙境系列		私人定制少女馆	
《彼渡少年与妖怪契约》	23.80	《恋恋星煌十二宫》	25.00
《神典·末夜公主》	23.80	《守护十二生辰石》	25.00
《御灵骑士团·诺茵与彩狸》	23.80	暖爱青春馆系列	
《逆世界之瞳》	23.80	《少年北顾,唯愿君安(上)》	25.00
《玫瑰帝国·荆棘鸟之冠》	25.80	《少年北顾,唯愿君安(下)》	25.00
《玫瑰帝国·黑羽蝶之翼》	25.00	《若你离去,后会无期》	22.80
《玫瑰帝国·白蔷薇之祭》	26.80	《想你的时候,抬头微笑》	22.80

《意林·小文学》品牌书系　　　阳光阅读·快乐写作

成长物语系列		爆笑学园系列	
《艾丽鲨半成年》	19.90	《鬼马女神捕①:绝密卧底(上)》	14.80
《换双翅膀飞翔》	19.90	《鬼马女神捕①:绝密卧底(下)》	14.80
《琥珀青春》	19.80	《鬼马女神捕②:绝命预言(上)》	14.80
魅力悦读系列		《鬼马女神捕②:绝命预言(下)》	14.80
《程家兄妹·永不毕业的少年》	19.90	《天神学院·魔女见习生》	19.90
幻之星球系列		动物奇缘系列	
《地球假日①:寻找洛神》	19.90	《萌兽报到,请多关照》	19.90

《意林·轻文库》暖爱青春馆重磅发力——
用心收录妖、凌霜降两位人气作者最经典的短篇作品,

《若你离去,后会无期》
《想你的时候,抬头微笑》

联袂上市,一定有一篇在复述你的青春

我们用**十四篇挚爱情深的暖心故事**,共同感谢那个一步一步走到今天,不曾后悔、执着真挚地喜欢过他的自己。

我们用**十四篇至美心酸的回忆**,与你共同寻找记忆深处的**花儿与少年**。

惊喜价:
22.80元/本